ro
ro
ro

ro
ro
ro

Lilli Beck wurde in Weiden/Oberpfalz geboren. Sie hat als Model, Visagistin und Schauspielerin gearbeitet und kocht für ihr Leben gern. Deshalb hat sie ihre Geschichte um Evelyn und Ulla auch mit zahlreichen Rezepten garniert. Von Lilli Beck sind bereits mehrere Kurzkrimis sowie der Roman «Reich heiraten!» im Rowohlt Taschenbuch Verlag erschienen. Sie hat eine Tochter und lebt heute in München.

Mehr über die Autorin unter:
*www.lilli-beck.de*

Und so urteilte die Presse über «Reich heiraten!»:
«Schräg, schön und einfach ein großer Lesespaß»
*Morgenpost*
«Witzig und frech erzählt!» *Tina*
«In ihrem ersten Roman fragt Lilli Beck mit einem Augenzwinkern, was 40 Jahre nach 1968 aus den Idealen geworden ist.» *Leipziger Volkszeitung*

Lilli Beck

# *Chili und Schokolade*

Roman

Rowohlt Taschenbuch Verlag

2. Auflage Dezember 2012

Originalausgabe
Veröffentlicht im Rowohlt Taschenbuch Verlag,
Reinbek bei Hamburg, Oktober 2009

Umschlaggestaltung any.way, Barbara Hanke/
Cordula Schmidt
(Foto: Master File Royalty Free)
Satz aus der Dolly PostScript bei pagina GmbH, Tübingen
Druck und Bindung CPI – Clausen & Bosse, Leck
Printed in Germany
ISBN 978 3 499 25208 2

# 1

«Eine Aufbaukur würde bei Ihnen Wunder wirken, Frau Meyer.»

Trixi, meine junge Friseurin, deren flotter Bob rabenschwarz glänzt, steht mit kritischem Blick hinter mir. Und wie bei jedem meiner monatlichen Besuche würde sie gerne meine Haarfarbe verändern.

«Freitag ist bei uns Anti-Aschblond-Tag. Sind Sie bereit für eine neue Haarfarbe?» Ihre professionell manikürten Finger fahren mit schnellen, routinierten Bewegungen durch mein fahles, aschblondes Haar. Spielerisch schiebt sie es vom Hinterkopf nach vorne und täuscht so eine enorme Fülle vor.

Dass die Aufbaukur für mein Fusselhaar sein soll, weiß ich natürlich. Aber ihre Pflegeempfehlung trifft auch auf mich zu. Ich gebe nämlich ein Abendessen für zwölf Leute und bin im Stress. Dennoch habe ich einen Termin bei «New Style» reingequetscht, damit wenigstens meine Frisur gut aussieht. Da legt Konrad besonderen Wert drauf.

«Tut mir wirklich leid, Trixi, aber heute passt es gar nicht. Wir geben nämlich eine Dinnerparty, und ich brauche Zeit für das Buffet», versuche ich mich zu entschuldigen.

«Schönheit braucht auch ihre Zeit», philosophiert Trixi und lächelt geheimnisvoll wie eine Sphinx. Vielleicht summiert sie aber auch nur gedanklich die vielen Stunden, die sie selbst täglich vor dem Spiegel verbringt, um ihr Make-up zu perfektionieren und sich modisch zu stylen. Ich dagegen stehe ja lieber am Herd. Seit ich als Neunjährige meinen ersten Schokopudding gekocht und mit geschlagener Sahne verziert habe, koche ich leidenschaftlich gerne.

«Beim nächsten Mal ganz sicher», verspreche ich. «Heute nur Spitzen schneiden. Ich bin wirklich in Eile.»

Trixi sieht mich verständnislos an, verzieht den hellrosa glänzenden Mund zur Schnute und zupft den Ausschnitt ihres pinkfarbenen Pullis zurecht.

«Und natürlich Waschen und Föhnen», ergänze ich schnell. Dieses Studentenangebot, sich die Haare selbst zu föhnen, würde Trixi als echte Beleidigung empfinden.

«Wirklich schade, Frau Meyer, ein helleres, strahlenderes Blond würde Ihre klassischen Gesichtszüge vorteilhaft betonen», erwidert sie leicht verschnupft und hüllt mich für die Haarwäsche in einen schokobraunen Umhang.

Der dunkle Ton macht auch keine Schönheit aus mir, stelle ich mit ernüchterndem Blick in den Spiegel fest und begebe mich zu den Waschbecken. Ein Azubi mit sauber gezupften Augenbrauen, getuschten Wimpern und dünnen langen Koteletten legt mir noch ein Handtuch in den Nacken. Dann sinke ich in den Liegesessel und bette mein Haupt in der Beckenmulde. Während ringsum die Scheren klappern, Haartrockner surren und mir gefühlvoll das Haar shampooniert wird, meditiere ich in den venezianischen Kronleuchter und gehe die Reihenfolge meiner anstehenden Erledigungen durch: erst zu Feinkost «Käfer», dort habe ich Thai-Spargel und Rinderfilet bestellt ... die Fahrt dauert etwa fünfzehn Minuten ... auf dem Heimweg am Blumenladen vorbei ... Getränke, Champagner und Wein liefert der ...

«Ist die Wassertemperatur so angenehm?»

Die sanfte Stimme des Azubis unterbricht meine gedankliche Einkaufsfahrt. Ich murmle ein zufriedenes «Ja, danke» und hoffe, rechtzeitig zu Hause zu sein, um den Weinhändler zu empfangen.

Wenig später sitze ich, einen goldgelben Handtuchturban auf dem Kopf, wieder bei meiner Hairstylistin. Das Mikrofasermaterial passt farblich zwar in die elegante Opulenz des ganz in Schokoladenbraun und Gold gehaltenen Trend-Salons, lässt mich aber kränklich aussehen. Ich frage mich, warum viele Frauen so gerne zum Friseur gehen? Mir gefällt selten, was ich da im Spiegel sehe. Auch jetzt denke ich wieder, dass meine hellblauen Augen müde aussehen, mich der beige Pulli ziemlich blass macht und ich wenigstens Lippenstift tragen sollte.

Geübt löst Trixi den Turban, drückt vorsichtig die Feuchtigkeit aus meinem nassen Haar und legt mir anschließend ein frisches Handtuch um die Schultern.

«Also dann, wie immer?», erkundigt sie sich mit gewohnt professioneller Höflichkeit. Unterschwellig höre ich aber ihre Hoffnung heraus, ich würde wenigstens der aufhellenden Farbspülung zustimmen, die sie mir seit Wochen empfiehlt.

«Ja, bitte. Wie immer», antworte ich und lächele versöhnlich.

Resigniert greift sie zum Kamm und entwirrt vorsichtig mein Haar. «Den Kaffee auch wie immer?»

«Sehr gerne, Trixi.»

Ja, ich bin ein Gewohnheitsmensch. Vor Veränderungen fürchte ich mich. Deshalb empfinde ich Friseurbesuche auch als schwierig. Denn erst, wenn meine geniale Friseurin es geschafft hat, dass ich wie immer aussehe, bin ich zufrieden. Ein neuer Schnitt oder gar eine andere Haarfarbe wären eine zu extreme Veränderung. Auf jeden Fall eine, die sich so schnell nicht rückgängig machen ließe, wenn es Konrad nicht gefällt. Daher bleibt es bei meinem gewohnt klassischen Look: Kinnlang und Seitenscheitel.

Trixi greift zur Schere, dreht mein Haar am Oberkopf partienweise zu kleinen Schnecken hoch, fixiert sie mit Klips und fängt am Hinterkopf an zu schneiden.

«Eines versteh ich aber nicht», sagt sie nachdenklich und unterbricht für einen Moment ihr Werk, um mich im Spiegel anzusehen. «So ein Buffet ist doch kalt. Da brauchen Sie doch nur Aufschnitt und Käse auf Platten zu verteilen. Wo ist denn da der Stress?»

Trixi und ich haben uns schon oft über mein Lieblingsthema Kochen unterhalten, daher weiß ich, dass sie höchstens mal eine Tiefkühlpizza in die Mikrowelle schiebt.

«Nun ja, ich werde auch warme Gerichte reichen. Es gibt unter anderem drei verschiedene Suppen als Vorspeise, ein Spargelgericht und als Hauptspeise in Speckstreifen gewickelte Rinderfilethappen und zum Dessert Schokotörtchen.»

Staunend lässt Trixi Kamm und Schere sinken. «Die Törtchen auch selbstgebacken?»

Ich nicke.

Der Azubi serviert den Kaffee und legt die neuesten Modezeitschriften daneben. Bevor ich anfange zu blättern, erkläre ich ihr: «Diese schokoladige Köstlichkeit können auch Sie zaubern. Das ist wirklich kinderleicht.»

Nachdenklich wuschelt sie in meinen Haaren herum. «Wenn es wirklich so einfach ist, sollte ich es vielleicht mal probieren. Für Schokolade macht mein Freund nämlich alles – vielleicht sogar einen Heiratsantrag!»

Eine Stunde später bürstet Trixi mein Haar ein letztes Mal durch, zupft noch einige Strähnen zurecht und verteilt zum Abschluss einen Hauch Glanzspray über ihr Werk.

Beeindruckend: Ich sehe aus wie immer! Vielleicht kann Trixi nicht kochen, aber sie ist eine Weltmeisterin, wenn es um die Erfüllung meiner Frisurwünsche geht.

«Also dann, bis zum nächsten Mal, Frau Meyer.» Zufrieden lächelnd steckt sie die zehn Euro Trinkgeld ein. «Vielleicht probieren wir es erst mal mit einem warmen Honigblond. Das würde Ihnen sicher gut stehen und der Unterschied zu Ihrer Naturfarbe wäre nicht so krass.»

Honigblond klingt wirklich schön, denke ich auf der Fahrt Richtung Feinkostladen. Möglicherweise wage ich beim nächsten Besuch dieses Abenteuer.

Bei «Feinkost Käfer» angelangt, dauert die Parkplatzsuche ewig. Nirgendwo eine Lücke, nicht mal eine, in die ich meinen kleinen Smart quer stellen könnte. Das Problem habe ich bei meinem Supermarkt, wo ich normalerweise einkaufe, nicht. Dort gibt es einen riesigen Kundenparkplatz. Aber wenn wir Gäste haben, wünscht Konrad 1a-Qualität, und die wird hier garantiert.

Ich ärgere mich, die Bestellung nicht schon vor dem Friseurtermin abgeholt zu haben. Heute Morgen war hier bestimmt weniger los. Nach diversen Runden um den Block finde ich endlich einen Platz – zehn Minuten von «Käfer» entfernt. Aber mir machen ein paar Schritte mehr oder weniger nichts aus. Ich bin lange Strecken von den Spaziergängen mit meinem Hund gewöhnt.

Wie der kurze Spaziergang sich allerdings auf meine 100-Euro-Frisur ausgewirkt hat, sehe ich in der Gemüseabteilung des Feinkostladens. Dort verdoppeln Spiegelwände das erlesene Angebot aus aller Welt. Ein Blick, hinweg über Flug-Ananas aus Hawaii, sonnengereifte Erdbeeren aus Chile und Avocados aus Israel, und ich stelle frustriert fest: Trixis kunstvolle Arbeit ist vollkommen zusammengefallen. Und das ausgerechnet heute!

Aber Dr. Preysing, dem neuen wichtigen Auftraggeber meines Mannes, wird mein Haar wohl egal sein, wenn ihm das Schokotörtchen auf der Zunge schmilzt. Schließlich lädt Konrad seine Kunden wegen meiner Kochkünste zu uns ein und nicht wegen meiner Frisur.

Zu Hause angekommen erkenne ich schon an der Gartentür, dass der Weinhändler die von Konrad ausgewählten Weine und den Champagner bereits geliefert hat. Fünf Kartons stapeln sich vor der Haustür. Dahinter bellt Oscar, als müsse er Einbrecher vertreiben. Mein weißer West-Highland-Terrier ist zwar klein, aber laut wie ein großer Wachhund. Erst als er meine Stimme hört und ich den Schlüssel im Türschloss drehe, verstummt sein Kläffen. Freudig wedelnd springt er dann zur Begrüßung an mir hoch.

«Schon gut, Oscar.» Beruhigend tätschle ich seinen Kopf. «Das war doch nur die Getränkelieferung für unsere Gäste.»

Während ich die Kisten ins Haus schleppe, rennt Oscar raus. Aufgeregt beschnüffelt er die Fußspuren des Störenfrieds, pinkelt demonstrativ gegen das Gartentor und bleibt dann dort sitzen, um für den täglichen Mittagsspaziergang loszustürmen. Leider ist auch dafür keine Zeit. Ich locke ihn mit einem Würstel zurück ins Haus. Heute muss er sich ausnahmsweise mal im Garten austoben. Unser Haus, ein langgestreckter Flachbungalow, steht nämlich in der Nähe des alten Englischen Gartens auf einem idyllischen Grundstück, durch das ein Seitenarm des Eisbachs fließt. Ein Gartenarchitekt hat die neuen Pflanzungen auf den alten Baumbestand abgestimmt und eine kleine Zugbrücke über den Bach bauen lassen, die nur von unserer Seite aus hochgezogen werden kann. So gelangen wir auch von dieser Seite in den öffentlichen Teil des Parks.

Noch während ich meinen Ablaufplan für den Abend durchgehe, erscheint Eulalia Gschwendner, meine Perle. Eulalia ist Mitte fünfzig und eine typische Münchnerin, die sich nie aus der Ruhe bringen lässt. Ihr streichholzkurzes, fast weißes Haar, das runde Gesicht, die klaren blauen Augen und die schlanke Figur entsprechen jedoch nicht der gängigen Vorstellung einer Haushaltshilfe. Als unsere Zwillinge noch zu Hause lebten, kam Eulalia zwei, drei Mal die Woche. Jetzt sind die Jungs aus dem Haus, und sie hilft mir nur noch bei großen Einladungen.

Einen roten Mopp in der Hand, steht sie kurz darauf in einer schneeweißen Kittelschürze parat. «Ich wische nochmal schnell über den Fußboden und kontrolliere dann, ob genug saubere Handtücher, frische Seife und Papier auf der Gästetoilette sind», verkündet sie in gewohnt resolutem Ton. «Danach helfe ich Ihnen.»

«Wunderbar, Eulalia. Ohne Sie würde ich das heute nicht schaffen.» Mein Lob ist keine alberne Herrschaftsfloskel, sondern wirklich ehrlich gemeint. Sie ist nämlich die beste Hilfsköchin, die man sich wünschen kann.

Nach fünf Stunden konzentrierter Arbeit sind die kalten Vorspeisen fertig angerichtet. Im Rohr brutzeln die Filethappen bei kleiner Hitze. Um die Schokotörtchen schmiegen sich frische Himbeeren, und im Eisfach steht ein Fruchtsorbet. Die Getränke sind gekühlt, die Zutaten für die trockenen Martinis bereitgestellt, und in der Kristallkaraffe atmet der Rotwein. Überall in unserem durchgängig in Grau-Weiß gestylten modern-puristischen Heim flackern weiße Kerzen, und der zarte Duft weißer Blumensträuße erfüllt das Haus. Ich trage Konrads Lieblingskleid, hellgrau und schlicht geschnitten, dazu gleichfarbige niedrige Wildlederpumps und als einzigen Schmuck mein Hochzeitsgeschenk, eine zweireihige Perlenkette. Meine Fingernägel glänzen frisch poliert, sogar meine ramponierte Frisur konnte ich einigermaßen wieder hinföhnen.

Als ich mir für die letzten Handgriffe noch eine frische weiße Schürze umbinde, höre ich Konrads Auto vorfahren. Er kommt von der Düsseldorfer Großbaustelle zurück, auf der er als leitender Architekt wieder mal die ganze Woche verbracht hat. Auch Oscar erwacht aus seinem Schläfchen auf dem Sofa, springt sofort runter und legt sich brav in sein Körbchen.

Ich eile zur Haustür, um ihn zu begrüßen. Doch Konrad rauscht an mir vorbei. Und noch während er seinen schwarzen Trenchcoat im Garderobenschrank verstaut, höre ich ihn fragen: «Ist alles bereit?»

«Selbstverständlich», versichere ich ihm.

Zufrieden präsentiere ich die angerichteten Speisen auf unserem imposanten Küchenblock. Das schneeweiße skulpturale Stück in Z-Form, mit den milchweißen Glasfronten und der polierten Arbeitsfläche aus hellgrauem Granit stammt, wie unsere gesamte Einrichtung, von einem italienischen Designer. Konrad liebt die klaren, schnörkellosen Formen der Italiener. Es versteht sich von selbst, dass er keine überflüssige Dekoration mag. Auch keine Familienfotos, ja nicht mal unsere Söhne in silbernen Rahmen. Als einzige Auflockerung im Raum gestattet er eine eckige Glasschale, in der immer genau fünf gleich große Äpfel liegen müssen. Vier grüne und ein roter!

Ohne erkennbare Regung wandert Konrads Blick über die kulinarische Pracht. «Bestens, dann gehe ich mich jetzt frisch machen.» Ein kurzes höfliches Nicken in Richtung Eulalia und er ist im Bad verschwunden.

Bei einem alten Ehepaar wie uns ist eine knappe Kommunikation nichts Ungewöhnliches. In letzter Zeit habe ich jedoch das unangenehme Gefühl, dass sich mein Ehemann stark verändert hat. Das betrifft nicht sein ehemals dunkles Haar, das inzwischen durchweg von Grau durchzogen ist, oder seinen Bauchansatz, der trotz des vielen Sports nicht schwinden will, weil Konrad wie sein Vater gerne ein Glas zu viel trinkt. Für Ende fünfzig sieht Konrad immer noch ganz gut aus.

Nein, es ist dieser kühle und distanzierte Blick und die oft kalte Höflichkeit, mit der er mich seit einigen Monaten behandelt. Als wären wir Fremde und nicht seit fünfundzwanzig

Jahren verheiratet. Aber wirklich unangenehm ist seine ständig schlechte Laune.

Ich poliere gerade noch ein paar zusätzliche Weingläser, als Konrad aus dem Bad zurückkommt. Er ist wieder in Architekten-Schwarz gekleidet. Ein Fremder würde vielleicht gar nicht erkennen, dass er sich umgezogen hat. Ich dagegen kenne die verschiedenen Schnitte seiner Hosen, die Revers oder Knöpfe an den Jacketts und die unterschiedlichen Kragenformen seiner Hemden.

«Wolltest du heute nicht zum Friseur?» Abschätzend betrachtet er mein Haar.

«War ich auch. Leider mögen meine Haare keine feuchte Luft. Es gab bei Käfer keinen Parkplatz vor der Tür. Ich musste ein Stück laufen und –»

«Aha.» Konrad greift nach der auf dem Küchenblock bereitstehenden Glaskaraffe und widmet sich dem Mixen des Martinis. Seit vor ein paar Jahren die Küche in den Wohnraum integriert wurde, empfangen wir hier nicht nur unsere Gäste, auch Konrad genießt hier gerne seinen abendlichen Drink. Allerdings ist dieses Ritual selten geworden, seitdem er oft sehr spät oder nur am Wochenende nach Hause kommt.

Mit dem Stilglas in der Hand begibt sich Konrad dann zu unserm Hund. «Na, alter Knabe ...» Liebevoll streichelt er Oscars Kopf. «Heute schon die Damen der Umgebung beschnüffelt?»

Oscar antwortet mit einem leisen «Wuff», bleibt aber wohlerzogen liegen. Sobald das Herrchen zu Hause ist, folgt er nur seinen Befehlen. Der Name unseres Hundes hat übrigens nichts mit dem Hollywood-Oscar zu tun. Er ist eine Hommage an Oscar Niemeyer, den großen brasilianischen Architektur-Titan. Dieses Genie bewundert Konrad schon seit seinem Studium. Und Konrads größter Traum wäre, auch eine Stadt wie Brasilia bauen zu dürfen. Wer baut, setzt Zeichen! So lautet sein Motto.

Umso wichtiger sind Kontakte zu großen Bauherren. Dr. Preysing nebst Frau, die wir heute zusammen mit einigen anderen Gästen erwarten, gehören unbedingt in diese Kategorie. Früher durfte ich Konrad manchmal auf seine Baustellen begleiten und seinen Vorträgen lauschen. Seine Ideen von innovativer Formensprache, wegweisenden Bauten und wohnlichen Innenstädten klangen so tröstlich. So, als gäbe es Hoffnung auf eine Welt ohne Bausünden und ohne Verschwendung von Steuergeldern, stattdessen großzügigen Wohnraum für Familien.

Alles nur hohle Worte, seufze ich still in mich hinein und merke, dass ich melancholisch werde. Zum Glück summt in diesem Moment unsere Überwachungsanlage.

Konrad eilt an die Tür, Eulalia hinterher.

«Dr. Preysing, wie schön, Sie zu sehen. Gnädige Frau! Bitte kommen Sie doch herein. Eulalia, die Mäntel», höre ich seine strenge Anweisung. Anschließend führt er die Gäste charmant lächelnd an den Küchentresen.

Das Ehepaar Preysing ist erst Ende dreißig. Aber beide sehen nach sehr viel Geld aus. Er trägt einen steingrauen, dezent schimmernden Anzug, der so perfekt sitzt, dass er nur von einem Maßschneider stammen kann. An seiner Krawatte klemmt eine protzige Goldnadel und an den Manschetten seines eisblauen Hemds blitzen Diamanten, so groß wie die Himbeeren an meinen Schokotörtchen. Auch die wuchtige Uhr an seinem rechten Handgelenk sieht nicht aus, als hätte er sie beim Kaffeeröster erstanden.

Frau Preysing könnte eine Kundin von Trixi sein: Ihr Haar glänzt im gleichen Rabenschwarz wie das meiner Friseurin. Die vollen, sinnlichen Lippen und die grünen Augen sind kunstvoll, nach meinem Empfinden aber etwas zu stark betont. Das fließende Material und der Schnitt ihres orangeroten Kleides betonen wirkungsvoll ihre üppigen Kurven, und die hohen lilafarbenen Pumps verlängern ihre schlanken Beine. In unserem grau-weißen Heim wirkt Tina Preysing wie ein bunter Falter. Die weiß-grau gestreifte Krawatte ihres Gatten harmoniert dagegen perfekt.

Freundlich lächelnd überreicht sie mir den mitgebrachten Blumenstrauß und wendet sich dann an Konrad, der sie schon die ganze Zeit bewundernd betrachtet: «Herzlichen Dank für die Einladung, Herr Meyer. Ihre Frau ist nicht zu Hause?»

Konrad fixiert mit strengem Gebieterblick meine Schürze, bevor er stotternd antwortet: «Äh ... das ist meine Frau.»

Dr. Preysing entschärft lachend die peinliche Situation: «Schatz, bei nächster Gelegenheit kriegst du auch so eine Schürze. Ich finde, das sieht ganz reizend aus!»

Verlegen reicht mir seine Frau die Hand: «Freut mich sehr, Frau Meyer, ich bin Tina Preysing, und bitte entschuldigen Sie. Das war dumm von mir.»

Auch ihr Mann bedauert den Fauxpas beim Händeschütteln. Die Preysings scheinen eigentlich ganz nett zu sein. Und mittlerweile freue ich mich auch wieder auf den Abend. Mein eben noch schlecht gelaunter Ehemann hat sich in einen charmanten und höflichen Gastgeber verwandelt und will gerade Getränke anbieten, als wieder der Türsummer ertönt.

Diesmal geht Eulalia alleine öffnen. An den Stimmen erkenne ich Carla und Frank Milius, unsere Nachbarn. Frank ist ebenfalls Architekt und hat zusammen mit Konrad studiert. Carla sieht trotz ihrer neunundfünfzig Jahre phantastisch jung aus. Nicht ein Fältchen stört ihr Gesicht, obwohl sie zehn Jahre älter ist als ich. Natürlich ist sie kein Naturwunder. Sie schwört auf teure japanische Kosmetik, ihren Coiffeur in Paris und einen berühmten plastischen Chirurgen vom Bodensee. Dass sie aber auch modisch auf dem neuesten Stand ist, erkennt man deutlich an der knallengen Designer-Jeans in Grün, den Stilettos in einem etwas dunkleren Ton und dem mintgrünen Satinjackett, das sie auf nackter Haut trägt.

«Servus Evelyn, ich hab einen Bärenhunger! Hab extra den ganzen Tag nichts gegessen, damit ich jetzt richtig zuschlagen kann.» Sie küsst mich freundschaftlich auf die Wangen und verkündet dann überschwänglich laut in die Runde: «Diese Frau ist nämlich eine 100-Sterne-Köchin!»

Ich weiß, dass sich Carla keine Sorgen um ihr Gewicht macht und Speckröllchen einfach absaugen lässt, aber über nette Komplimente freue ich mich immer.

Konrad stellt die Ehepaare einander vor und übernimmt auch den Rest der Etikette: Er bietet Getränke an, reicht Blumensträuße und Gastgeschenke an Eulalia weiter. Kurz darauf treffen zwei jüngere Kollegen nebst Freundinnen ein. Etwas verspätet erscheinen schließlich auch Alma und Arwed Meyer, meine Schwiegereltern. Und ich wage zu behaupten, dass sie im Grunde die heutigen Ehrengäste sind.

Konrads Vater ist Architekt, wie alle Meyer-Männer in dieser Familie. Die Söhne ergreifen diesen Beruf aus Tradition, führen die alteingesessene und gutgehende Firma weiter – und heiraten die Chefsekretärin. Und genau wie ich für meinen Schwiegervater Briefe getippt, Termine vereinbart und Telefonate erledigt habe, hat meine Schwiegermutter damals für ihren Schwiegervater dergleichen erledigt.

Unnötig zu erwähnen, dass auch Arwed nur schwarze Anzüge trägt. Heute kombiniert mit weißem Hemd und schwarzweiß getupfter Krawatte. Meiner schlanken Schwiegermutter sieht man immer noch an, dass sie als junge Frau eine strahlende Schönheit gewesen sein muss. Ihr silbergrauer Abendanzug im Smokingstil wirkt zu den kurz geschnittenen grauen Haaren sehr elegant. Drei große Silberringe an den Fingern, die sie als einzigen Schmuck trägt, vervollständigen das Bild. Alma ist wirklich eine überaus attraktive Erscheinung. Die Neunundsiebzig glaubt ihr niemand.

«Guten Abend, mein Kind, sind wir zu spät?»

Almas Frage ist rein rhetorisch, sie erwartet eigentlich keine Antwort. Jedenfalls nicht von mir. Seit Jens und Timo vor einem Jahr nach London gingen, um dort Modedesign zu studieren, spricht sie zwar noch *zu* aber nicht mehr *mit* mir. Ich nehme es meiner Schwiegermutter aber nicht übel, denn es ist letztlich ihr zu verdanken, dass die Zwillinge in England studieren können. Ihren geliebten, einzigen Enkelsöhnen kann sie einfach nichts abschlagen. Und so hat sie Konrad mit klugen Argumenten (in der Mode ginge es schließlich auch um Formen und Gestaltung) überzeugt, das Studium als Orientierungsphase anzusehen und es dennoch zu finanzieren.

«Na, Evelyn, wieder den ganzen Tag am Herd gestanden?», erkundigt sich mein Schwiegervater jovial, als handle es sich um etwas absolut Unzumutbares, und reicht mir die Hand. «Warum kochst du eigentlich immer noch selbst? Nicht mal die Unterschicht steht noch am Herd.»

Auch wenn ich mich gut mit ihm verstehe (ohne meine Anstellung bei ihm hätte ich Konrad vermutlich nie kennengelernt), finde ich, dass er ein echter Snob ist. Widersprechen würde ich aber nie. Auseinandersetzungen gehe ich gerne aus dem Weg. Carla behauptet sogar, ich sei harmoniesüchtig, sonst würde ich meine geliebte Porzellanschnecken-Sammlung nicht vor Konrad in Kartons verstecken.

Nachdem nun alle ihren Begrüßungschampagner geleert haben, eröffne ich das Buffet. «Bitte bedienen Sie sich.»

Dr. Preysing greift ungeniert zu. «Das sieht alles äußerst deliziös aus!», sagt er anerkennend. «Ihre Kochkünste sind ja bekannt, Verehrteste. Ihr Gatte muss sehr stolz auf Sie sein.»

So viel Lob bin ich nicht gewohnt, und die Worte lassen mich erröten. «Sehr freundlich, Dr. Preysing», bedanke ich mich verlegen und hoffe, dass Konrad auch alles gehört hat.

Nach einer weiteren Vorstellungsrunde beginnt Konrad mit einem halbstündigen Weinseminar über die Bedeutung von

Hanglagen, Jahrgängen und Bariquefässern. Das ist mir immer etwas peinlich. Aber endlich hat jeder Gast einen edlen Tropfen im Glas sowie einen Teller voller Köstlichkeiten in der Hand. Die Männer machen es sich auf unseren hellgrauen Leinensofas bequem, während wir Frauen auf den hohen Hockern um den Küchenblock Platz nehmen. Wir nennen uns inzwischen alle beim Vornamen und dementsprechend informell und fröhlich verläuft die Unterhaltung. Die Themen wandern von Kindern über Mode und Schönheit zum leidigen Thema Falten. Carlas absolutes Lieblingsthema ...

«Also, ich habe den genialsten Schönheitschirurgen der Welt! Wenn der Fett aus den Problemzonen absaugt, um die Lippen damit aufzuspritzen, sieht man anschließend nicht aus, als hätte man den Hintern im Gesicht.» Sie spitzt ihren prallen Mund (soweit das überhaupt möglich ist) und reckt ihn in die Runde. «Möchte jemand die Adresse?»

Die jungen, faltenlosen Freundinnen von Konrads Kollegen unterdrücken sichtlich ihr Lachen und werfen sich verschwörerische Blicke zu, verkneifen sich aber jegliche Bemerkungen.

Carla bietet außerdem noch die Visitenkarte ihres Friseurs an. Bei ihm verbringt sie noch mehr Zeit als unterm Messer. «Ich wechsele mein Styling ja mehrmals im Jahr», erzählt sie und sieht mich dabei streng an.

Alma, die unserer Unterhaltung bisher nur konzentriert gelauscht hat, meint plötzlich gelassen: «Bei mir ist sowieso alles zu spät ...»

Wir müssen herzlich lachen. Ich mag den trockenen Humor meiner sonst so strengen Schwiegermutter. Doch dann lässt sie eine kleine Spitze gegen mich los.

«... bei Evelyn dagegen nicht.»

Während die anderen das Für und Wider von neuen Frisuren oder Schönheitsoperationen diskutieren, überlege ich, wie Alma es gemeint hat. Vielleicht war es ja nur ein Scherz.

Ansonsten verläuft der Abend locker und ungezwungen – ganz nach Konrads Wünschen. Eulalia flitzt fast unbemerkt wie die Kommandeurin aller Heinzelmännchen zwischen den Gästen hin und her. Kaum wird ein Teller zur Seite gestellt, hat sie ihn auch schon entfernt. Kein Gast muss aufs Nachschenken warten. Wer sich nicht selbst bedienen möchte, der sendet Eulalia einen kurzen Blick, und schon ist sie zur Stelle. Genauso liebt es Konrad: ein kultivierter Abend mit erlesenen Gästen, an dem viel gelacht, reichlich nachverlangt und fast alles aufgegessen wird.

Beim Abschied bittet mich Tina um das Rezept von der Kürbiscremesuppe mit Garnelen. Während ich es notiere, wendet sich Dr. Preysing mit der ungewöhnlichen Bemerkung an mich: «Sie sollten Ihre Rezepte nicht nur für Freunde notieren, sondern ein Kochbuch schreiben. Das würde bestimmt ein Bestseller, glauben Sie mir. Ich hatte schon lange nicht mehr solche Delikatessen auf meinem Teller. Ein wahrhaft überirdischer Genuss! Herzlichen Dank, es war ein erlesener Abend, Frau Meyer.»

Geschmeichelt bedanke ich mich ebenfalls und blicke zu Konrad, der gerade Alma in den Mantel hilft. Ob er das Lob diesmal wohl gehört hat?

Ein kleines Lächeln umspielt seinen Mund. Er hat es gehört!, denke ich zufrieden und atme auf.

Konrad zieht seinen Mantel an, um seine Eltern zum Taxi zu bringen und noch eine Runde mit dem Hund zu drehen. Mein fünfundachtzigjähriger Schwiegervater fährt nachts nicht mehr gerne, trinkt aber umso lieber Wein. Und Oscar, der den ganzen Abend brav im Körbchen gelegen hat, springt begeistert auf.

In der Zwischenzeit bringe ich mit Eulalias Hilfe alles wieder in Ordnung. Schmutziges Geschirr würde ich nie über Nacht stehen lassen, egal, wie spät es geworden ist. Sogar die Weingläser spülen wir schnell noch von Hand. Die dürfen nämlich nicht in die Spülmaschine wegen drohender Glaskorrosion.

«Heute haben Sie sich Ihren Feierabend aber redlich verdient, Eulalia», verabschiede ich mich nach getaner Arbeit und helfe ihr in den Mantel. An der Tür drücke ich ihr zu der vereinbarten Bezahlung noch einen 20-Euro-Schein in die Hand. «Fürs Taxi, und ein schönes Wochenende!»

Kurz darauf kommt auch Konrad zurück. Der nächtliche Spaziergang von Hund und Herrchen hat etwa vierzig Minuten gedauert.

«War doch wirklich ein schöner Abend, findest du nicht?», frage ich Konrad, als er den Mantel ablegt.

Doch mein eben noch so freundlicher Ehemann schnauft genervt, bevor er mürrisch antwortet: «Das Buffet hätte eigentlich ich eröffnen müssen. Schließlich war ich der Gastgeber.»

Einen Moment lang bin ich sprachlos. Dann erinnere ich mich an die vielen Komplimente und wage es, ihm zu widersprechen. «Entschuldige bitte, ich dachte, du wolltest eine Dinnerparty, weil die eben nicht so förmlich, sondern locker und ungezwungen sind. Alle waren doch sehr zufrieden. Und Dr. Preysing –»

«Ich habe dich nicht gebeten zu denken», unterbricht er mich herablassend und verzieht sich ohne weitere Erklärung ins Bad.

Es ist nicht das erste Mal, dass Konrad weder meine Bemühungen noch meine Kochkünste erwähnenswert findet. Es gab in letzter Zeit sogar Einladungen, bei denen ihm das Essen angeblich überhaupt nicht geschmeckt hat. Doch wozu streiten? Würde ja doch zu nichts führen, denke ich resignierend und schicke Oscar mit einem Kauknochen in sein Körbchen.

Vielleicht war es ja wirklich unangebracht, ihn einfach so zu übergehen. Vielleicht haben sich neue Probleme mit

Dr. Preysing aufgetan, von denen wir Frauen am Küchenblock nichts mitbekommen haben. Vielleicht hat seine miese Laune gar nichts mit mir oder dem Dinner zu tun und ich bin nur der Blitzableiter wie so oft in letzter Zeit.

Aber warum lässt du dir das gefallen?, meldet sich plötzlich eine leise Stimme in mir. Ja, warum eigentlich? Vielleicht wäre jetzt der richtige Moment, meiner ständig nörgelnden besseren Hälfte endlich mal die Meinung zu sagen!

## 2

Samstage gehörten immer schon zu meinen Lieblingstagen. Als die Kinder noch zur Schule gingen, konnten wir ausschlafen und später gemeinsam frühstücken. Konrad ging, wenn überhaupt, erst gegen Mittag ins Büro.

Ausschlafen kann ich natürlich immer noch. Aber heute werde ich trotz des späten Zu-Bett-Gehens schon um sieben wach. Konrad schläft noch tief und fest. Meinetwegen kann er den ganzen Tag im Bett verbringen, dann muss ich wenigstens seine Launen nicht ertragen.

Leise stehe ich auf. Oscar freut sich über mein frühes Erscheinen. Wie jeden Morgen will er zuerst in den Garten, zur täglichen Revier-Markierung.

«Nachher machen wir einen ganz langen Spaziergang», verspreche ich ihm, als ich ihn rauslasse.

Während Oscar durch den Garten saust, wärme ich etwas Milch auf. Mehr brauche ich heute Morgen nicht. Ich bin nicht hungrig, das Buffet war doch sehr üppig. Mir fällt Dr. Preysings nettes Kompliment wieder ein. Ein Kochbuch schreiben! Ja, das wäre toll. Rezepte hätte ich jede Menge. Schon seit meiner Teenagerzeit kreiere ich eigene Gerichte und schreibe sie auch auf.

Aber wenn ich meine über die Jahre angewachsene Sammlung von Kochbüchern ansehe, frage ich mich: Gibt es nicht mehr als genug davon? In den Buchläden steht doch für jeden Geschmack etwas. Vor allem von berühmten Fernsehköchen. Wer würde da schon ein Kochbuch von einer ganz normalen Hausfrau kaufen? Ganz egal, wie phantastisch sie kochen kann. Was sollte sie dagegen zu bieten haben? Konrads Meinung nach vermutlich gar nichts.

Nachdem ich Oscar wieder ins Haus geholt habe, mache ich es mir mit der heißen Milch auf dem Sofa bequem. Von dort aus kann ich zwischen den Bäumen die Oktobersonne an einem türkis-rosa Himmel aufgehen sehen. Oscar ist mit einem Satz bei mir und legt sich auf meine Füße. Ich mag diese frühe Stunde, wenn der Tag noch unschuldig und voller Möglichkeiten ist. Eine gute Zeit, um nachzudenken.

Ob Konrad überhaupt merken würde, wenn ich alles stehen ließe, der Kühlschrank nicht mehr gefüllt wäre und sich das schmutzige Geschirr stapeln würde? Oder wenn er mich abends mal nicht zu Hause vorfände? Die Vorstellung lässt mich trotz meines warmen Flanellhemds für einen Moment frösteln. Wie komme ich nur auf derart ketzerische Gedanken? Genau wie gestern Abend vor dem Einschlafen. Schließlich führe ich doch das Leben, von dem ich als kleines Mädchen immer geträumt habe. Schon damals wollte ich heiraten, Kinder bekommen und in einem eigenen Haus mit Garten leben.

Plötzlich steht Konrad im Raum und scheucht Oscar mit forscher Stimme vom Sofa. «Los, alter Knabe, wir gehen laufen!»

Mein sportlicher Ehemann trägt einen gutsitzenden Sportanzug und nickt mir beiläufig zu, bevor er zum Kühlschrank marschiert, um seinen täglichen Energiedrink zu sich zu nehmen. Oscar eilt ihm schwanzwedelnd hinterher.

«Guten Morgen», begrüße ich ihn heiter und versuche, seine Unfreundlichkeit von gestern Abend zu vergessen.

«Morgen», kommt die knappe Antwort. Energisch zieht Konrad den Reißverschluss seiner anthrazitfarbenen Jacke hoch, aktiviert den Schrittzähler am Handgelenk, und schon sind beide draußen.

Ich bleibe etwas ratlos zurück. Gedankenversunken falte ich die Kaschmirdecke ordentlich zusammen und schüttle die Kissen auf. Anschließend poliere ich das Silberbesteck, sortiere die weißen Blumen aus den bunten Sträußen unserer Gäste und arrangiere sie zu einem Strauß. Konrad mag keine farbigen Blumen. Die stören angeblich den Gesamteindruck.

Gerade als ich ins Bad will, um zu duschen, höre ich Konrads Schlüssel in der Haustür. Seltsam. Sein Rundlauf dauert doch normalerweise viel länger als dreißig Minuten. Neugierig eile ich zur Tür und bleibe irritiert stehen.

Der verstörte Ausdruck in Konrads verschwitztem Gesicht, dazu sein verschmutzter Sportanzug und das merkwürdige Paket aus Zeitungspapier, das er auf dem Arm trägt, machen mir Angst. Stumm hält er mir das Bündel entgegen.

«Oscar ...», flüstere ich mit zittriger Stimme und zwinge mich genauer hinzusehen. An einer Seite blitzt Oscars Nase hervor, an der anderen hängt eine Pfote kraftlos herunter. Er gibt keinen Laut von sich.

«Er wurde angefahren», murmelt Konrad leise.

«Schnell, leg ihn aufs Sofa.» Panisch stürze ich zum Telefon, um unseren Tierarzt anzurufen.

Konrad platziert das eingewickelte Tier auf der weißen Kaschmirdecke, tritt dann zu mir und nimmt mir den Hörer aus der Hand. «Es hat keinen Sinn mehr, Evelyn. Oscar ist tot.»

Verständnislos starre ich ihn an. «Wieso tot? Gerade hast du gesagt, er wäre nur angefahren!»

Schuldbewusst senkt er den Kopf. «Ja ... aber er hat es leider nicht überlebt.»

«Du hast nicht aufgepasst!», schreie ich verzweifelt.

Konrad versucht, mich zu beruhigen. «Ich glaube, er hat nichts gespürt.»

Zornig schubse ich ihn weg. Mein armer kleiner Oscar! Er war doch eben noch so quicklebendig.

«Vielleicht tröstet es dich, dass er in seinen letzten Minuten glücklich gewesen ist», erklärt Konrad, als würde so eine banale Bemerkung meinen schmerzlichen Verlust mildern. «Er wollte zu einer läufigen Hündin auf der anderen Straßenseite.»

«Was für eine läufige Hündin?» Meine Stimme erstickt in Tränen.

«Eine kleine schwarze Pudeldame. Ich glaube, sie wohnt im Freesienweg. Oscar hat sich losgerissen und ist über die Straße gerannt. Auf meine Befehle hat er nicht mehr gehört. Er ist einfach losgestürmt.» Konrad lächelt versonnen. «Ja, unser Oscar war zwar nicht mehr der jüngste, aber immer noch ein toller Hund! Ich muss jetzt erst mal unter die Dusche. Und danach möchte ich frühstücken.»

Als wäre es vollkommen normal, einen toten Hund nach Hause zu bringen, bestellt Konrad Frühstück und verschwindet danach im Bad.

Ich weiß nicht, ob ich in einen hysterischen Lachanfall oder in einen Weinkrampf ausbrechen soll. Vorsichtig nehme ich das Zeitungspapier zur Seite. Mein süßer, kleiner Oscar sieht aus, als würde er schlafen. Nur das blutverschmierte Fell passt nicht zu dem Eindruck. Laut schluchzend wickle ich ihn in die weiße Kaschmirdecke ein. Darin werde ich ihn begraben.

Mit einem Spaten aus Konrads kostbarer Sammlung beginne ich wenig später neben Oscars Stammpinkelbaum zu graben. Normalerweise darf man die Geräte nur anschauen. Anfassen ist verboten. Damit graben sowieso. Mindestens zwanzig dieser Dinger hängen in extra dafür angefertigten Schlaufen an den Garagenwänden. Da gibt es eine Kaffeebohnenschaufel aus Guatemala, einen Soldaten-Klappspaten aus irgendeinem Krieg und natürlich die Schaufel vom ersten Spatenstich zu unserem Haus. Den Grund für diese seltsame Passion hat mir mein Mann oft genug erklärt: «Die Schaufel ist das männlichste aller Werkzeuge und selbstverständlich auch für Architekten von elementarer Bedeutung. Mit diesem Handwerksgerät wurden Zivilisationen begründet, und auch Neil Armstrong hatte eine Schaufel in der Hand, als er den Mond betrat.»

Jedes einzelne seiner Exponate wurde nur einmal für den jeweils ersten Spatenstich bei wichtigen Bauvorhaben benutzt – immer in der Hoffnung, das Gebäude und somit auch der Spaten würden eines Tages an Bedeutung gewinnen. Aber ich bin jetzt so entschlossen, dass ich es sogar auf eine Auseinandersetzung mit Konrad ankommen lasse.

Nach einer Stunde bin ich fertig, und es geht mir schon besser. Die ungewohnte körperliche Anstrengung hat mich etwas beruhigt. Zumindest fließen meine Tränen nicht mehr. Doch als ich meinen kleinen Liebling in die Grube lege, fange ich wieder an zu schluchzen. Ich kann überhaupt nicht mehr aufhören. Ich bin einfach zu traurig. Oscar war der Hund, den ich schon als kleines Mädchen immer wollte und nie bekommen habe. Er war der Spielgefährte meiner Söhne und in letzter Zeit meine einzige Gesellschaft, wenn ich tagelang allein zu Hause saß.

Zurück im Haus stolpere ich dann auch noch über das verlassene Körbchen. Mir wird bewusst, dass Oscar nie wieder um meine Beine streichen wird. Unter Tränen starre ich auf den leeren Platz. Der angenagte Kauknochen von gestern Abend liegt noch drin. Die Kraft, alles wegzuräumen, habe ich nicht. Seufzend begebe ich mich in die Küche.

«Vielleicht solltest du dir gleich einen neuen Oscar anschaffen.» Umgeben von frischem Seifenduft und in eine lässige Freizeithose gekleidet, steht Konrad vor dem Kühlschrank.

Fassungslos sehe ich ihn an. Hab ich mich verhört, oder hat er gerade «einen neuen Oscar anschaffen» gesagt? Das kann doch unmöglich sein Ernst sein?

Gelassen zuckt er die Schultern. «Ich wollte dich nur aufmuntern. Und so ein süßer kleiner Welpe könnte das noch viel besser.»

Eben war ich noch tieftraurig. Doch jetzt brodelt es heftig in mir. Erst vor wenigen Minuten habe ich meinen geliebten Hund mit Erde bedeckt. Und jetzt will Konrad ihn schon gegen einen neuen ersetzen. Ist er wirklich so gefühllos?

«Was würdest du eigentlich machen, wenn ich mal sterbe?», frage ich vorwurfsvoll. «Suchst du dir dann nach meiner Beerdigung auch sofort wieder eine neue Frau, damit dein Leben wie gewohnt funktioniert?»

«Bitte, Evelyn, bleib realistisch. Oscar war ein Hund.»

«Ja, und du hast keine Ahnung, wie klug er war», schluchze ich. «Oscar verstand jedes Wort. Er wusste genau, was er wann durfte und wann nicht.» Vor allem, wenn du nicht zu Hause warst, füge ich in Gedanken hinzu.

«Wie dem auch sei, wenn du wieder einen Hund möchtest, habe ich nichts dagegen ...»

«Dich kann wohl gar nichts erschüttern?», motze ich ihn an und bin über mich und meine plötzliche Angriffslustigkeit erstaunt. «Da wird ein langjähriges Familienmitglied überfahren, und du gehst einfach zur Tagesordnung über.»

Irritiert blickt er mich an. «Was soll diese Feindseligkeit? Ich habe dir gesagt, dass es nicht meine Schuld war. Im Übrigen hätte dir das auch passieren können. Gegen eine läufige Hündin ist man einfach machtlos. Wie dem auch sei, das Leben geht weiter.»

Typisch Konrad: Er beendet unangenehme Themen gerne

mit einem: «Wie-dem-auch-sei». Und damit verschwindet er die Treppe runter im Hobbykeller. Das Thema ist für ihn abgehakt. Er geht tatsächlich zum gewohnten Tagesprogramm über.

Bestürzt starre ich ihm nach. Ist das wirklich der Mann, der geweint hat, als nach fünfjährigem Warten endlich die Zwillinge geboren wurden? Ich fühle mich schrecklich allein gelassen. Anstatt mich zu trösten, wäre es Konrad lieber, ich würde mir ganz schnell einen Ersatzhund kaufen: Er hat nichts dagegen!!!

Ich fühle mich so erschlagen, als würde ich eine schwere Grippe bekommen. Erschöpft schleppe ich mich zum Sofa, ziehe mir die Decke über den Kopf und wäre am liebsten auch tot.

Nach einer Stunde werden meine dunklen Gedanken vom Klingeln des Telefons unterbrochen. Solange Konrad zu Hause ist, wünscht er nicht, dass ich abnehme. Doch es klingelt weiter. Also muss ich rangehen.

«Hallo Mami!», begrüßt mich Jens, der dreißig Minuten ältere Zwilling. Gleich darauf höre ich auch Timos Stimme. «Mamilein, hallooo! Wie geht's dir denn?»

Sofort fange ich wieder an zu schluchzen und platze mit der schrecklichen Nachricht heraus. «Oscar ist tot!»

«Oh, Mami, wie furchtbar. War er krank?», fragt Jens nach einer Schrecksekunde.

Ich muss mir erst die Nase putzen. «Nein, er wurde überfahren, als er einer läufigen Hündin nachlief.»

Dann trösten mich beide gleichzeitig und einstimmig, wie es typisch für sie ist. «Der arme Oscar, aber bestimmt sitzt er jetzt im Hundehimmel, hat eine große Wurst im Maul und ist happy. Also sei nicht traurig.»

Allein mit meinen Söhnen zu sprechen, hilft mir mehr, als es Konrad je gekonnt hätte. «Ach, erzählt mir lieber, was es bei euch Neues gibt», erkundige ich mich.

«Also, hm ... wir rufen eigentlich wegen Weihnachten an ...», beginnt Jens, und Timo beendet den Satz. «Wir sind nämlich auf einer superschicken Party eingeladen.»

«Wieso Weihnachten?», frage ich verständnislos. «Es ist Anfang Oktober.»

«Ja, genau», antworten beide wieder gemeinsam, und dann fährt Timo fort. «Wir wollten nur rechtzeitig Bescheid sagen, damit du planen kannst. Wir werden über die Feiertage wohl nicht nach Hause kommen.»

«Und das wisst ihr jetzt schon?» Ich bin wirklich sehr enttäuscht.

Timo erklärt mir, dass sie von wichtigen Modeleuten eingeladen wurden. «Das ist eine super Chance für uns, die Stars der Szene kennenzulernen. Dolce und Gabbana haben ausgedient, jetzt kommen wir: JETI! So wird nämlich unser Modelabel heißen! Wie findest du den Namen, Mami?»

Es gelingt mir, ein Seufzen zu unterdrücken. Die Ambitionen meiner Jungs überraschen mich immer wieder. «Gefällt mir sehr gut, ehrlich. Ich wünsche euch, dass ihr noch erfolgreicher werdet als die beiden Italiener.»

«Weißt du was, Mami?», sagt Timo. «Wieso kommst du nicht einfach mal her? Also, halte mich jetzt bitte nicht für gefühllos, aber wo du nun keinen Hund mehr zu versorgen hast und uns auch nicht, hast du doch endlich etwas mehr Zeit!»

Jens ergänzt noch: «Papi ist doch sicher rund um die Uhr beschäftigt, warum besuchst du uns nicht mal für ein Wochenende in London? Wir könnten dir die Stadt zeigen, im Ritz den 5-Uhr-Tee nehmen oder an die Küste nach Brighton fahren. Oder noch besser: Wir machen einen Zug durch die coolen Modeboutiquen und kleiden dich komplett neu ein.»

Im ersten Moment will ich protestieren. Doch dann wird mir bewusst, dass meine Kinder mich nur trösten wollen.

Durch Modeläden zu ziehen gehört nun mal zu ihren Lieblingsbeschäftigungen.

Die beiden erzählen mir noch von ihren neuesten Erfahrungen in der englischen Metropole, bis wir uns schließlich verabschieden und ich versprechen muss, über einen Besuch nachzudenken.

Nach dem Telefonat geht es mir besser. Meine süßen Jungs laden mich zu einem Besuch ein ... Gerührt gehe ich ihren Vater suchen, um ihm davon zu erzählen. (Ihren Vorschlag, mich neu einzukleiden, werde ich aber nicht erwähnen. Konrad mag mich nur in dezenter, klassischer Kleidung.)

Doch mein Mann ist verschwunden. Er hat nur schmutziges Geschirr und die zerfledderte Zeitung hinterlassen. Ich nehme an, dass er im Büro sein wird. Wie so oft an den Wochenenden. Die Arbeit an Dr. Preysings neuem Firmengebäude nimmt ihn extrem in Anspruch. Vor heute Abend kommt er sicher nicht zurück. Für mich heißt das: Wieder einen Tag alleine verbringen.

Was fange ich jetzt nur mit mir an? Die Betten sind frisch bezogen, die Kissen auf den Sofas glatt gestrichen, die Decken dekorativ drapiert. Das Haus erstrahlt in vorbildlicher Ordnung. Es sieht aus, als würde es gleich für eine edle Wohnzeitschrift fotografiert. Ich muss auch nichts kochen oder vorbereiten. Ob ich ein neues Kuchenrezept ausprobieren sollte? Aber wer würde den Kuchen essen? Oder sollte ich Trixi anrufen? Vielleicht ist jetzt die richtige Zeit, um honigblond zu werden? Nicht mal Oscar kann ich mehr Gassi führen. Dieser Gedanke ist genauso unerträglich wie die Stille im Haus. Es sieht nach einem schrecklich einsamen Wochenende aus, murmle ich traurig vor mich hin, als ich Konrads Frühstücksreste vom Tablett räume und das Geschirr in die Spülmaschine einsortiere.

Nach einer heißen Dusche schlüpfe ich in meinen bequemen beigen Hausanzug und bereite mir einen Tee zu. Hunger habe ich immer noch keinen.

Während ich an meiner Tasse nippe, blättere ich die von Konrad zerknitterte Wochenendzeitung durch. Vielleicht lenkt mich der Reiseteil etwas von meinem Verlust ab. Ob ich meine Söhne tatsächlich besuchen sollte?

Nein, ich brauche etwas, das mich nicht nur eine Woche beschäftigt. Konrad hat seinen Beruf. Er kennt keine Langeweile. Ich brauche dringend auch eine sinnvolle Beschäftigung, denke ich entschlossen und erinnere mich an meine Zeit als Sekretärin im Architekturbüro Meyer. Die Arbeit hat mir immer großen Spaß gemacht. Sogar der Stress und die vielen Überstunden, wenn große Projekte anstanden. Das Gefühl, gebraucht zu werden, war befriedigend. Ob ich vielleicht wieder arbeiten sollte? Viele Frauen gehen doch zurück in den Beruf, wenn die Familie sie nicht mehr braucht. Und immerhin war ich mal eine wirklich gute Sekretärin. Wenn auch nur für ein paar Jahre. Ja, warum eigentlich nicht?

Mein plötzlicher Einfall stimmt mich zuversichtlich, und ich beginne, die Stellenanzeigen in der Zeitung zu studieren. Doch beim gründlichen Durchforsten des Arbeitsmarkts realisiere ich, dass ernstzunehmende Anzeigen ausschließlich gut ausgebildete junge Leute mit Hochschulabschluss ansprechen. Für Hausfrauen Ende vierzig gibt es nicht mal Halbtagsjobs – höchstens im Callcenter, bei Sex-Hotlines oder als Hauspersonal. Was für eine absurde Vorstellung, wenn ich Konrad sagen würde: Ab sofort koche und putze ich in einem anderen Haushalt!

Während ich mir die darauf folgende Diskussion ausmale, klingelt das Telefon erneut.

Es ist Konrad. Ohne sich groß mit Höflichkeiten aufzuhalten, kommt er direkt zum Grund seines Anrufs. «Ich wollte dir nur sagen, dass es spät werden kann. Dr. Preysing hat diverse

Sonderwünsche, die noch vor Baubeginn berücksichtigt werden müssen. Du brauchst also nicht mit dem Essen auf mich zu warten.»

«Gut», antworte ich einsilbig und überlege, das Thema Jobsuche gleich jetzt anzusprechen. Solange er in seinem Büro ist, würde Konrad sicher keine Diskussion anfangen, schließlich könnte jemand zuhören und denken, seine Ehe sei nicht in Ordnung. Was einer Katastrophe gleichkäme! Die Familie Meyer legt nämlich allergrößten Wert auf einen tadellosen Ruf. Aber ich komme nicht mal dazu, Konrad vom Anruf unserer Kinder zu berichten, denn da verabschiedet er sich schon.

Nach diesem kurzen unpersönlichen Gespräch gehe ich die Anzeigen noch einmal gründlich durch. Und tatsächlich stoße ich zwischen den zahlreichen Annoncen für gut ausgebildetes Fachpersonal und Manager auf zwei kleine Anzeigen, in denen Büropersonal ohne Altersbeschränkung gesucht wird. Dort werde ich mich bewerben.

Im Zimmer der Zwillinge stehen noch ein alter Computer sowie ein Drucker, die ich beide bedienen kann. Ich weiß noch genau, wie meine Söhne mich überzeugt haben, einen Computerkurs an der Volkshochschule zu belegen. «Mami, willst du eines Tages wie eine Analphabetin dastehen?», haben sie argumentiert. Ach ja, seufze ich gerührt, ohne meine wunderbaren Jungs könnte ich nicht mal eine ordentliche Bewerbung schreiben.

Dennoch kostet mich die Formulierung viel Zeit. Aber so bin ich wenigstens den Rest des Tages beschäftigt. Konrad kommt wie versprochen erst spät nach Hause. Ich liege bereits im Bett und stelle mich schlafend, als er sich im Dunkel neben mich legt. Anscheinend möchte er nicht mit mir sprechen. Wozu sollte ich es dann wollen?

Bevor ich in einen unruhigen Schlaf falle, erkenne ich die

traurige Wahrheit: Aus unserer Ehe ist eine Zweckgemeinschaft geworden. Gemeinsamkeiten oder gar Erotik gibt es längst nicht mehr. Nicht mal Gutenachtküsse. Auch auf ein zärtliches «Schneckchen», ein kleines Lächeln oder ein Zeichen, dass er meine körperliche Nähe suchen würde, warte ich schon lange nicht mehr.

Alles, was von einer ehemals glücklichen Ehe geblieben ist, sind die Abende mit Konrads Geschäftskunden. Dann darf ich die Architektengattin spielen – und natürlich kochen. Oscar war der letzte Anlass für ein relativ normales Gespräch.

Und eines weiß ich sicher: Wenn ich weiterhin nur zu Hause sitze und auf Konrads Heimkehr oder die Bewirtung seiner Gäste warte, werde ich am Ende noch verrückt.

## 3

Ungeduldig warte ich Montagmorgen darauf, dass Konrad ins Büro verschwindet. Ich will doch auf eine Anzeige antworten, die mir interessant erscheint:

**Aushilfe für kleines Reisebüro gesucht!**

Daneben ist nur eine Telefonnummer angegeben. Doch mein Mann frühstückt derart ausgiebig, dass ich schon befürchte, er ahne etwas von meiner Job-Suche. Ich habe nämlich beschlossen, ihm zunächst nichts von meinen Plänen zu sagen, sondern ihn irgendwann vor vollendete Tatsachen zu stellen.

Wie sollte ich das Konrad auch beibringen? Er würde vermutlich sofort die Scheidung einreichen. Ich habe schließlich noch nie etwas ohne sein Einverständnis entschieden. Nur den Haushalt führe ich selbständig. Für meinen tief in den Meyer'schen Familientraditionen verhafteten Ehemann war schon bei unserer Verlobung klar: Ich habe mich um Haus, Garten und vorrangig um die «Kinderaufzucht» (als wäre der Nachwuchs eine Gemüsesorte) zu kümmern und alle anderen Interessen zurückzustellen. Für Konrad gehört eine Frau an die Seite eines Mannes, ins Haus und zu den Kindern. Für ihn ist das ein Naturgesetz wie runde Kreise.

Aber meine Söhne sind nun erwachsen und weit weg. Und Konrad kommt meist so spät nach Hause, dass ich ihn manchmal schon als Besucher empfinde. Es gibt also keinen Grund, mich nicht mal um meine Bedürfnisse zu kümmern. Die Vorstellung ist jedenfalls nicht ohne Reiz.

Es dauert noch zwanzig Minuten, bis Konrad endlich das Haus verlässt. Leider ist dann die Nummer des Reisebüros ständig besetzt. Die Konkurrenz scheint ziemlich groß zu sein.

«Himmlisch Reisen, Guten Morgen. Was kann ich für Sie tun?», meldet sich schließlich eine junge Männerstimme.

«Mein Name ist Evelyn Meyer, ich rufe wegen des inserierten Aushilfsjobs ...»

«Da sind Sie Nummer siebzehn!», unterbricht er mich ziemlich genervt. Der Ton erinnert jetzt unangenehm an Konrad.

Verblüfft stotternd antworte ich: «Oh ... tut mir leid.»

«Ja, ja, schon gut.» Ungeduldig und nicht besonders interessiert klingend erkundigt er sich: «Wo waren Sie denn bisher tätig?»

Mit möglichst wenigen Worten, aber nicht ohne Stolz, erkläre ich ihm, dass ich seit fünfundzwanzig Jahren einen großen Haushalt leite und pädagogische Kompetenz besitze. Zugegeben, ich habe mich an diesen Werbespot erinnert, in dem eine junge Hausfrau und Mutter ihren Job derart raffiniert umschreibt, dass den «berufstätigen» Damen die Spucke wegbleibt. Ich finde nämlich, dass der kleine Spot dem angeblich so langweiligen Hausfrauendasein endlich mal die gebührende Ehre erweist.

Herr Himmlisch-Reisen ist anderer Meinung. Er fasst meine Erklärung in einem Satz zusammen: «Aha, Sie haben also seit fünfundzwanzig Jahren nicht gearbeitet!»

Am liebsten würde ich ihn für diese Diskriminierung «Schnösel» schimpfen und einfach auflegen. Aber ich bemühe mich, höflich zu bleiben.

«Wie sind denn die genauen Anforderungen für den Job?»

Der gestrenge Herr lässt meine Frage unbeantwortet und beendet das Telefonat kurz angebunden: «Tut mir leid. Wir suchen jemanden mit Branchenerfahrung.»

«Verstehe», murmle ich frustriert, verabschiede mich und lege auf. Na, wenn das so weitergeht, werde ich wohl nie eine Beschäftigung finden.

Die Woche vergeht, ohne Reaktion auf meine schriftlichen Bewerbungen. Aber am Freitag, als ich die Hoffnung schon fast aufgegeben habe, erhalte ich vormittags einen Anruf. Eine große Investmentfirma hatte einen Halbtagsjob ausgeschrieben.

«Ich gehe davon aus, dass Sie Computerkenntnisse besitzen», beginnt Frau Daiser, die Personalchefin, unser Gespräch. «Das ist nämlich Vorbedingung.»

«Ja, selbstverständlich», beeile ich mich zu versichern.

«Sehr schön, Frau Meyer, heute um zwölf Uhr hätte ich einen Vorstellungstermin für Sie, da könnten wir dann die Einzelheiten besprechen.»

Huch, das ist ja in einer Stunde!, denke ich, bedanke mich aber erfreut und sage zu.

Nachdem ich aufgelegt habe, schlüpfe ich eilig in ein klassisches Kostüm, das mir für diesen Zweck passend erscheint. Auf Make-up muss ich aus Zeitnot verzichten. Ich fahre mir nur kurz mit der Bürste durchs Haar und düse los.

Abgehetzt und nervös stehe ich vierzig Minuten später vor

dem Firmengebäude in der Innenstadt. In meinem hellgrauen Kostüm, der schwarzen Bluse und den flachen schwarzen Slippern fühle ich mich fast schon wie eine erfolgreiche Businessfrau.

Das Gespräch mit Frau Daiser lässt dieses Gefühl aber bereits nach dem zweiten Satz auf Erbsengröße zusammenschrumpfen.

«Nun, Frau Meyer, es handelt sich um eine Tätigkeit in unserem Archiv. Die gängigen Datenverarbeitungs-Systeme sind Ihnen vertraut?» Die Mittdreißigerin mit dem rotbraunen Kurzhaarschnitt fixiert mich streng durch ihre eckige Hornbrille.

Ich vermute, dass «Datenverarbeitung» nur eine andere Bezeichnung für Computerkenntnisse ist, nicke zustimmend und ertrage lächelnd die Blickkontrolle. Wenn man dem Blick standhält, soll das ja Selbstbewusstsein signalisieren – hab ich mal bei Trixi in einer Frauenzeitschrift gelesen.

«Ich beherrsche natürlich auch das 10-Finger-System», erkläre ich selbstbewusst und erinnere mich an meinen Schwiegervater. Der war immer enorm beeindruckt, in welcher Geschwindigkeit ich die Korrespondenz erledigt habe.

Frau Daiser wirkt konsterniert. «Haben Sie denn spezielle Kurse belegt oder eine Schulung absolviert?»

«Selbstverständlich! Einen Wochenendkurs an der Volkshochschule.» Dass der schon zwei Jahre her ist, verschweige ich lieber.

«Also, nur Grundkenntnisse», folgert sie ungerührt, klappt resolut die schwarze Mappe mit meinen Unterlagen zu und beendet das Gespräch. «Vielen Dank für Ihr Kommen, Frau Meyer. Wie Sie sich vorstellen können, gibt es noch andere Bewerber. Wir werden uns aber in spätestens zwei Wochen entscheiden. Sie bekommen dann Bescheid.»

Das war eine indirekte Absage, denke ich enttäuscht, als sie mir höflich die Hand reicht. Sonst hätte sie Einzelheiten über den Job erzählt oder mehr über mich wissen wollen. Was ich falsch gemacht habe, kann ich mir aber nicht vorstellen. Vielleicht war das graue Kostüm falsch? Der erste Eindruck ist ja nicht zu unterschätzen.

Zu Hause erwartet mich wieder die gefürchtete Stille. Ein großes, menschenleeres Haus wirkt noch größer und leerer, wenn man nicht allein sein möchte. Nur der Kühlschrank gibt sanfte Geräusche bei der Eiswürfelproduktion von sich. Diese Funktion lässt sich zwar auch abstellen, aber das habe ich nur einmal gewagt. Ausgerechnet an jenem Tag kam Konrad unplanmäßig früh nach Hause und war ziemlich verärgert, als keine Eiswürfel für seinen Martini parat waren. Ungekühlt sei der nicht genießbar, aber davon verstünde ich nichts, warf er mir vor.

Niedergeschlagen trete ich an das Fenster zur Terrasse. Im Garten hüpfen zwei Saatkrähen laut krächzend umeinander, als würden sie über mich lachen.

Mir ist kalt. Ich vermisse Oscar. Verzweifelt sehe ich zur Seite und fixiere das Telefon. Doch es bleibt stumm. Enttäuscht setze ich mich an den Esstisch und blättere in einem dieser Stadtteilblätter mit Kleinanzeigen, die ich normalerweise ungelesen zum Altpapier stecke. Und plötzlich fällt mein Blick auf das kleine Inserat einer Marketingfirma, das mich neugierig macht.

**WIR SUCHEN SIE!!!**

Um was für einen Job es sich handelt, wird leider nicht verraten.

Erwartungsvoll wähle ich die angegebene Telefonnummer. Eine blechern klingende Stimme vom Band gibt den Interessenten eine Adresse im zwanzig Kilometer entfernten Ottobrunn bekannt. Dort werde man bis spätestens sechzehn Uhr erwartet.

Viel Zeit bleibt mir nicht. Doch diesmal gebe ich mir mit der Auswahl meiner Garderobe mehr Mühe. Also nichts wie raus aus dem grauen Kostüm, Marketing hat ja auch mit Werbung zu tun. Es kann daher sicher nicht schaden, etwas schicker auszusehen. Meine Wahl fällt auf eine klassische Hose-Jacken-Kombination in Karamellbraun. Eine weiße Bluse soll den matten Farbton auffrischen. Dazu flache, dunkelbraune Stiefeletten und als Schmuck ein Paar dezente Perlenohrringe. Etwas Wimperntusche und hellroter Lippenstift lassen mich auch gleich nicht mehr so blass aussehen.

Wegen der unterschätzten Entfernung verspäte ich mich zehn Minuten. Und bei der Suche nach einem Parkplatz verrinnt weitere kostbare Zeit. Damit es nicht noch später wird, parke ich quer vor einer protzigen Limousine. Mein Smart hat da problemlos Platz.

Am Eingang empfängt mich eine hübsche, junge Frau in kurzem Jeansrock, engem rosa Shirt und weißblondem Pferdeschwanz. Aber weder meine gestammelte Entschuldigung noch mein Zuspätkommen scheinen sie zu interessieren. Gelangweilt drückt sie mir einen fünfseitigen Fragenbogen in die Hand, brummelt «Ausfüllen und zurückbringen» und schickt mich zum Ende des Flurs.

In einem fensterlosen Raum, beleuchtet von kaltem Neonlicht, sitzen ungefähr dreißig Frauen jeden Alters und Typs an kleinen Tischen über die gleichen Formulare gebeugt. Alle sind eifrig mit Ausfüllen beschäftigt.

So viel Konkurrenz direkt vor Augen zu haben, ist nicht gerade motivierend. Ob es sich überhaupt lohnt, hierzubleiben? Ich bin mir nicht sicher, ob ich heute noch eine Absage ertragen kann. Zusätzlich verwirren mich die seltsamen Fragen. Nach den allgemeinen Angaben zu Alter und Familienstand wird gefragt, ob mein Wagen bar bezahlt oder durch einen Kredit finanziert wurde. Leider habe ich von solchen Dingen keine Ahnung, so was regelt Konrad. Also kreuze ich einfach «bar bezahlt» an.

Bei Fragen wie «momentaner Beruf/Verdienst» gibt es zum Glück auch die Rubrik *Hausfrau*. Von elementarer Wichtigkeit scheinen aber meine Einkaufsgewohnheiten zu sein. Drei Seiten lang geht es nur darum, *wo* ich *was* und *warum* einkaufe. Ich bin wirklich gespannt, um was für einen Job es sich handelt. Ob er etwas mit kochen zu tun hat? Dann wäre ich doch die Idealbesetzung.

Für den ausgefüllten Bogen erhalte ich eine Nummer von dem Pferdeschwanz-Mädchen. Damit schickt sie mich in die entgegengesetzte Richtung des Flurs, wo ich wieder hinter der Konkurrenz Schlange stehen muss.

Irgendwann komme ich an die Reihe. Ein rotgesichtiger Mann in Hemd und Pullunder schiebt mir träge zwanzig Euro und eine Quittung über den Schreibtisch zu.

«Hier unterschreiben.»

«Wofür ist das?», frage ich verwundert.

«Na, Sie haben doch bei der Marktanalyse mitgemacht.»

«Äh, ich habe nur einen Fragenbogen ausgefüllt», widerspreche ich leise.

«Sag ich doch», meint er und schüttelt verständnislos seinen roten Kopf. «Die Nächste», brüllt er an mir vorbei.

Verwirrt verlasse ich das Gebäude und muss zu meinem Entsetzen feststellen, dass an meinem Auto ein Strafzettel über dreißig Euro klebt! Merde! Die Vorderräder meines Wagens stehen angeblich unerlaubt in der Einfahrt. Damit sind die zwanzig Euro also schon wieder futsch.

Auf der Heimfahrt quillt meine Wut langsam auf wie ein Hefeteig. So ein Reinfall! Immer nur Kinder, Küche und Familie macht also doch meschugge!, schimpfe ich leise vor mich hin. Da hilft auch kein Pro-Hausfrauen-Werbespot. Ein Grund mehr, mir einen Job zu suchen! Sonst verblöde ich noch komplett und mutiere zur dressierten Haushaltsmaschine.

Am Abend betritt Konrad überraschend gut gelaunt das Haus. Seinem heiteren, entspannten Gesichtsausdruck entnehme ich, dass er eine höchst erfolgreiche Woche hinter sich hat.

«Hallo», begrüßt er mich knapp, aber freundlich und gesellt sich wider Erwarten zu mir an den Küchentresen, wo ich vorsorglich die Zutaten für den Martini bereitgestellt habe.

Gekonnt lässig gießt er die Flüssigkeiten über die perfekt geformten, durchsichtigen Eiswürfel in die Glaskaraffe. Als echter Kenner trinkt er seinen Cocktail natürlich gerührt.

«Und? Wie hast du dich in der Hundefrage entschieden?» Seine Frage klingt so verbindlich, als ginge es plötzlich um einen gemeinsamen Urlaub, den wir seit Jahren nicht mehr gemacht haben.

«Oscar ist noch nicht mal eine Woche tot», erinnere ich ihn vorsichtig.

Belustigt sieht er mich an. «Ach, es gibt auch ein Trauerjahr für Hunde?»

Um eine Szene zu vermeiden, fülle ich das Eis in dem fast vollen Behälter auf und versuche das Thema zu wechseln. «Wann möchtest du denn essen?»

Genüsslich leert Konrad erst sein Glas, bevor er antwortet: «Für mich nur eine Kleinigkeit und ein kühles Bier. Aber nichts Warmes. Lieber irgendwas Kaltes, das ich nebenbei beim Fernsehen essen kann. Ich möchte mir ein Golfspiel ansehen.»

Da ist es wieder, dieses unerträgliche Gefühl, dass mich mein Mann nicht mehr zur Kenntnis nimmt. Wie dicker Novembernebel legt es sich über mich und nimmt mir die Luft zum Atmen.

Während Konrad vor dem Fernseher seine «Kleinigkeit mit Bier» verzehrt, werde ich unsichtbar, verschmelze in meinem hellgrauen Fleeceanzug mit dem weiß-grauen Küchentresen. Leise seufzend stelle ich benutzte Teller in die Spülmaschine, wische über die Arbeitsplatte und schreibe nebenbei den Einkaufszettel fürs Wochenende. Ohne mich besonders konzentrieren zu müssen, habe ich nach kurzer Zeit alle benötigten Lebensmittel notiert. Ist das nun die vielgerühmte Fähigkeit von Hausfrauen und Müttern, mehrere Dinge gleichzeitig tun zu können, oder nur stumpfsinnige Routine? Nein, es sind die immer gleichen Tätigkeiten und Gewohnheiten, die sämtliche Gehirnzellen einschläfern und mich langsam verblöden lassen, murmele ich erschöpft vor mich hin.

«Was ist los?», fragt Konrad beiläufig. Anscheinend hat er mich gehört.

«Ach, nichts, ich hab nur laut überlegt. Verzeih, wenn ich dich gestört habe.»

«Unglaublich!!!» Geräuschvoll stellt Konrad sein Bierglas auf den Tisch und lässt sich in die Kissen zurückfallen. Sein Gefühlsausbruch betrifft aber offensichtlich gar nicht mich, denn er blickt nach wie vor unverwandt in den Fernseher.

In diesem Moment erkläre ich mein «Nur-Hausfrauen-Dasein» im Stillen für beendet. Es muss noch etwas anderes geben, als Konrads Hausgeist zu sein! Entschlossen knülle ich den Einkaufszettel zusammen (in Zukunft werde ich *freihändig* im Supermarkt einkaufen) und beginne stattdessen auf einem neuen Blatt meine Fähigkeiten aufzulisten.

1. Organisationstalent
2. 10-Finger-System

Mmh, den letzten Punkt streiche ich besser wieder. Schnelles Tippen interessiert heutzutage ja offensichtlich niemanden mehr. Und wenn ich an das peinliche Erlebnis in der Marketingfirma denke, gehört schnelle Auffassungsgabe wohl auch nicht zu meinen Stärken. Frau Daiser würde mich vielleicht sogar als «unvermittelbar» einstufen.

Aber ich lasse mich nicht entmutigen. Auch am Samstagmorgen blättere ich wieder im Anzeigenteil der Wochenendzeitung. Konrad ist beim Joggen, er wird mich also nicht stören.

Im redaktionellen Teil des «Stellenmarkts» finde ich einen Artikel, aus dem ich erfahre, dass es in vierzig Prozent aller Betriebe keinen einzigen Mitarbeiter über Fünfzig gibt! Na, das sind ja motivierende Aussichten.

Nach der Lektüre und den Erfahrungen der vergangenen Woche sollte ich mich daher vielleicht nur auf Aushilfs- oder Nebenjobs konzentrieren, für die keine besonderen Qualifikationen verlangt werden. Eine gute Stunde lang studiere ich gründlich jedes einzelne Angebot. Aber außer der Anzeige eines exklusiven Seniorenstifts, das halbtags eine Aushilfsköchin sucht, kommt absolut nichts in Frage.

Das Seniorenstift bittet um telefonische Bewerbung. Nach kurzem Zögern wähle ich entschlossen die Telefonnummer. Es meldet sich ein Herr Keller, der sich als Leiter des Seniorenstifts entpuppt. Wie befürchtet, stellt auch er mir sofort die Frage nach meinen bisherigen Tätigkeiten.

«Nun ... ich bin Hausfrau, aber ich kann Ihnen versichern, dass meine Kochkenntnisse ohne Übertreibung außergewöhnlich gut sind, Herr Keller», antworte ich so selbstsicher wie möglich. «Und ich bin durchaus in der Lage, für mehr als vier Leute zu kochen!»

«Verstehe», antwortet er verhalten, bevor er mir erklärt: «Die Anzeige war allerdings etwas unglücklich formuliert. Genau genommen, suchen wir keine Aushilfsköchin, sondern tatkräftige Unterstützung für die Chefköchin. Eine unserer bisherigen Kräfte geht nämlich in den Mutterschutz.»

«Aha», antworte ich. Ob Unterstützung Kartoffelschälen, Salatwaschen und Herdputzen bedeutet? Na, aber auch darin bin ich ein Profi …

«Und darf ich noch nach Ihrem Alter fragen, Frau Meyer? Bitte verstehen Sie das nicht als Diskriminierung, aber wir sind eine private Einrichtung, und noch eine Schwangerschaft können wir uns nicht leisten, deshalb bevorzugen wir ältere Bewerber.»

«Oh! Also, ich bin neunundvierzig», antworte ich und überlege, ob ich noch hinzufügen sollte, dass bei mir nicht nur aus biologischen Gründen eine Schwangerschaft so gut wie ausgeschlossen ist.

«Prima», meint der Heimleiter erleichtert. «Könnten Sie sich am nächsten Freitag hier vorstellen? Vorher geht es bei mir leider nicht.»

Erfreut sage ich zu, notiere mir die Adresse und stelle aufatmend fest, dass der kommende Freitag kein Dreizehnter ist. Ein gutes Omen.

## 4

Das Seniorenstift liegt im vornehmen Stadtteil Lehel, direkt an der feudalen Widenmayerstraße, die an der Isar entlang führt. Zur vereinbarten Zeit bin ich am Freitag pünktlich dort. Das fünfstöckige Altbauanwesen mit der hellgelben opulenten Stuckfassade wirkt in der goldenen Oktobersonne freundlich und einladend. Eine mächtige Eingangstür aus dunklem Holz und die blank polierten Messingbeschläge verstärken den gediegenen Eindruck. Vermutlich besteht die Verpflegung hier nicht aus gewöhnlichem Kantinenessen.

Im Erdgeschoss werde ich von einem Portier in moosgrüner Stehkragen-Uniform empfangen. Auf seiner Mütze prangt in goldenen Lettern *Concierge*, und wie in einem Hotel hat man ihn hinter einem Tresen postiert.

«Einen wunderschönen guten Tag, die Dame.» Der grauhaarige Mann begrüßt mich, als sei ich ein ankommender Hotelgast.

«Guten Tag, ich möchte zu Herrn Keller. Er erwartet mich», melde ich mich an.

«Der Stiftleiter sitzt im obersten Stock, fünfte Tür rechts. Sein Name steht an der Tür», gibt er lächelnd Auskunft. «Sie können den Aufzug dort nehmen.» Mit einer Handbewegung weist er die Richtung an und ruft einer Frau am Lift zu: «Warte einen Moment, Ulla, hier will noch jemand nach oben.»

Dort steht eine kleine, zierliche Person in türkisfarbenen Hosen und einem silbergrauen Pulli, dessen Ausschnitt von langen blonden Haaren umspielt wird. Ihre Füße stecken in silbernen Pumps, und über der Schulter trägt sie eine große, silberne Umhängetasche. Als sie sich umdreht, lächelt sie breit.

«Logo, Alois», antwortet sie fröhlich und hält die Tür vom Fahrstuhl auf.

Ich bedanke mich höflich beim Concierge und marschiere los. Auf der Fahrt nach oben beobachte ich die junge Frau verstohlen in den Spiegelwänden des Lifts. Sie muss mindestens zwanzig Jahre jünger sein als ich. Ihr voller Mund schimmert in einem unaufdringlichen Rose, die blauen, leicht schräg stehenden Augen betont ein dezentes Make-up, und der frische, blumige Duft, der sie umgibt, passt perfekt zu ihrem natürlichen Aussehen. Sie hat das strahlende Aussehen eines Models. Und ich muss mich anstrengen, sie nicht anzustarren. Sie verkörpert alles, was ich immer gerne sein wollte: schön, selbstbewusst, sexy! Nur die vielen silbernen Armreifen, die schweren Silberringe und die Strasshalskette finde ich etwas zu mondän für diese Tageszeit – und für diesen Ort.

Na ja, aber als Köchin wird sie sich wohl nicht bewerben

wollen. Dagegen sprechen schon ihre langen, perlmuttweiß lackierten Fingernägel.

«Ich besuche meine Oma», sagt sie in dem Moment, als könne sie Gedanken lesen. Ihre Stimme klingt hell und weich wie die eines jungen Mädchens. Dazu grinst sie mich an wie eine alte Bekannte.

«Äh ... Und ich bin wegen eines Jobs hier», antworte ich überrascht. Von fremden Menschen angesprochen zu werden, bin ich nicht gewohnt.

Ulla steigt im vierten Stock aus und wünscht mir im Weggehen viel Glück. Dazu klimpern ihre Armreifen wie Glöckchen.

Das Büro von Herrn Keller ist eine angenehme Mischung aus Geschäfts- und Wohnzimmer. Rechts neben dem Eingang befindet sich eine moosgrüne Sitzecke, eingerahmt von zwei klassischen, beigen Schirmlampen. Vom Schreibtisch aus hat man einen fantastischen Ausblick über mehrere begrünte Hinterhöfe. Der Stiftsleiter selbst ist ein rundlicher Mittfünfziger im dunkelbraunen Anzug, gelblichem Hemd mit kleingemusterter Krawatte, angegrauten Locken und großen Ohren. Als ich eintrete, erhebt er sich höflich.

«Freut mich, Sie kennenzulernen, Frau Meyer.» Er eilt auf mich zu, streckt mir die Hand entgegen und bittet mich in dem grünen Polstersessel am runden Kaffeetisch Platz zu nehmen. «Gestatten Sie mir gleich zu Anfang eine wichtige Frage: Wieso bewerben Sie sich gerade um diesen Job?», fragt er und schiebt dabei seine Nickelbrille zurecht.

Seit dem Telefonat habe ich mich fünf Tage lang auf dieses Gespräch vorbereitet und mir genau überlegt, wie ich über meine lange Hausfrauenzeit berichten soll – und darüber, wie Aushilfsköchinnen wohl gekleidet sind. (Meine Wahl fiel auf eine beige Hose, einen beigen Rolli und eine dunkelbraune Jacke. Zugegeben, alles etwas aus der Mode gekommen, aber für diesen Anlass hoffentlich genau das Richtige. Es ist mir sogar gelungen, meine Haare selbst zu föhnen, ohne dass sie wie Sauerkraut aussehen.) Ich dachte also, ich sei gut vorbereitet, aber mit dieser Frage hatte ich nicht gerechnet.

«Ach so, ja ...», stottere ich und gebe dann einfach zu: «Nun, weil ich leidenschaftlich gerne koche, es aber niemanden mehr gibt, den ich bekochen kann.»

Er nickt. «Verstehe. Eine Ausbildung als Köchin haben Sie aber nicht, oder? Wir sind zwar nur eine kleine private Einrichtung mit etwa fünfzig Bewohnern. Aber professionell zu kochen ist doch etwas ganz anderes, als für eine Familie. Die Arbeit in einer Profiküche ist anstrengender, als Sie sich das vielleicht vorstellen, Frau Meyer. Unsere Bewohner stellen nämlich hohe Ansprüche. Die Speisen werden nach den neuesten Erkenntnissen der Ernährungswissenschaft zubereitet und müssen selbstverständlich auch lecker schmecken. Da bedarf es der Erfahrung.»

«Um ganz ehrlich zu sein, habe ich mir das alles noch nicht so konkret vorgestellt», gestehe ich leise. «Aber ...» Ich stocke, weil auf der Stirn von Herrn Keller jetzt eine hässliche steile Falte entsteht, die mir sagt: Wenn ich erzähle, dass mir zu Hause die Decke auf den Kopf fällt, werde ich den Job nicht bekommen. Wer will schon jemanden beschäftigen, der als Hauptgrund Langweile angibt. Solche Bewerber sind vermutlich von jeder Beschäftigung schnell gelangweilt.

Im selben Moment wird mir klar, dass ich einen wirklich plausiblen Grund brauche, warum ich arbeiten muss. Unglücklicherweise bin ich aber eine ganz schlechte Lügnerin. «Also, ich ... äh. Ich bekomme bei der ... bei der Scheidung keinen Unterhalt», höre ich mich plötzlich sagen. Schnell verdecke ich meinen Ehering mit der linken Hand. Wer in Scheidung lebt, trägt sicher keinen mehr. Konrad hat seinen schon vor Jahren auf einer Baustelle verloren. Angeblich war er damit hängen geblieben und hatte sich verletzt.

Meine Antwort ist wohl ausreichend. Die Falte auf Herrn Kellers Stirn weicht einem freundlichen Lächeln. «Haben Sie Kinder, um die Sie sich kümmern müssen?»

«Nein, das heißt ja, ich habe Zwillinge, Jungs. Doch die studieren inzwischen und sind bereits ausgezogen.»

«Aha.» Herr Keller lehnt sich in seinem Sessel zurück und mustert mich prüfend. «Demnach sind Sie also zeitlich ungebunden? Ich frage das nur, weil es zwar geregelte Arbeitszeiten gibt, es in einem exklusiven Haus wie dem unseren aber auch einmal später werden könnte. Unabhängigkeit und Flexibilität sind daher Vorbedingung.»

«Das wäre kein Problem», antworte ich erleichtert. «Ich habe nicht mal mehr einen Hund. Er wurde vor kurzem überfahren.»

«Verstehe», sagt er wieder, und es klingt tatsächlich mitfühlend. Dann erzählt er, dass sein Rauhaardackel letztes Jahr gestorben ist. Und aus dieser traurigen Gemeinsamkeit ergibt sich ein nettes Gespräch über das beglückende Zusammenleben mit Hunden, bis Herr Keller plötzlich vorschlägt, die Küche zu besichtigen.

Würde er mir das anbieten, wenn ich nicht in die engere Wahl käme?, überlege ich auf der Fahrt ins Souterrain? Sein Vorschlag ist bestimmt ein gutes Zeichen. Vor lauter Aufregung spüre ich jetzt meinen Herzschlag in den Ohren.

«Das Mittagessen wird gerade vorbereitet», erklärt Herr Keller beim Betreten der Küche.

In der chromglänzenden und penibel sauberen Profiküche herrscht geschäftiges Töpfeklappern. An der Spüle hantiert ein dunkelhäutiger Mann in einem weißen Kittel mit Geschirr. Ein junges Mädchen, etwa im Alter von Timo und Jens, wäscht in einem großen Becken Tomaten. Auch sie trägt einen Kittel und ein Tuch über den Haaren. Überall stehen Schüsseln herum, gefüllt mit frischem Gemüse und Obst. In einem großen

Topf auf dem Herd erkenne ich klare Brühe, und unter dem gekippten Fenster dampft auf einem Kuchenblech frischer Apfelstrudel. Es riecht wunderbar, weder nach altem Fett noch sonst irgendwelchen unangenehmen Küchendünsten. Meinem Eindruck nach wird hier nur Gesundes aus frischen Zutaten gekocht.

«Frau Stoll, das ist Frau Meyer, die sich um die frei werdende Stelle bewirbt», stellt Herr Keller mich jetzt einer resolut wirkenden Frau vor, die mich sofort an Eulalia erinnert. Jedenfalls ist die dunkelhaarige Mittvierzigerin in weißer Hose und weißem T-Shirt genauso schlank wie meine Haushaltshilfe und mindestens fünfzig Kilo weit weg vom Klischee einer dicken Köchin.

«Im Prinzip können S' gleich dableiben», schnauft die Chefköchin mit bairischer Klangfärbung und mustert mich von oben bis unten. «Sofern Sie anpacken können und belastbar sind. Arbeit gibt's hier immer genug, und heut sind wir sogar unterbesetzt.»

«Selbstverständlich kann ich anpacken», versichere ich und betone, wie gerne ich koche. «Mir macht jede Küchenarbeit Spaß.» Na ja, auch wenn Zuarbeiten nicht gerade mein Traumjob ist, es wäre doch ein Anfang. Allemal besser, als völlig frustriert allein zu Hause zu sitzen, denke ich und habe plötzlich eine Idee. «Was halten Sie von einem Probekochen?», frage ich mutig.

«Probekochen?» Frau Stoll fixiert mich kritisch und zupft an dem rot-weiß gemusterten Dreieckstuch herum, das ihr halblanges Haar zurückhält. Dann erscheint ein breites Grinsen auf ihrem Gesicht. «Donnerwetter, das ist aber mal ein brauchbarer Vorschlag. Und was haben Sie sich da so vorgestellt?»

Das ist meine Chance! Etwas kochen zu dürfen, gibt mir die Möglichkeit, Frau Stoll zu beweisen, dass ich keine einfältige

Hausfrau, sondern genau die Richtige für diesen Job bin – und Herrn Keller kann ich zeigen, dass ich mehr draufhabe, als nur eine Familie zu bekochen.

«Wie würde Ihnen eine Bayrische Creme gefallen? Die könnten Sie auch morgen noch servieren, falls Sie heute kein Dessert mehr benötigen», sage ich.

Erstaunt stemmt die Köchin ihre Arme in die Hüften.

Selbstbewusst spreche ich weiter: «Das Grundrezept habe ich selbstverständlich im Kopf. Eier, Milch und Sahne sind doch bestimmt vorrätig? Sie müssen mir nur sagen, wo ich alles finde und für wie viele Personen ich die Creme zubereiten soll.»

Auch Herr Keller scheint beeindruckt. Er verabschiedet sich vorerst und bittet mich, später noch mal in sein Büro zu kommen. «Es wären da noch diverse Einzelheiten zu besprechen, Frau Meyer.»

Als ich am frühen Nachmittag nach erfolgreichem Probekochen und einem einvernehmlichen Gespräch mit dem Stiftsleiter wieder im Lift nach unten fahre, steigt im vierten Stock die junge blonde Frau zu.

«Ach, hallo!», begrüßt sie mich wie eine gute Bekannte. Sie drückt auf den Erdgeschoss-Knopf und kramt aus ihrer Umhängetasche eine Zellophantüte mit Pralinen hervor. «Magst probieren? Schokotrüffel, Mandeln und ein Hauch Chili. Selbstgemacht!»

Im Aufzug eines Seniorenheims von einem so heißen Feger (der so gar nicht nach Kochen oder Backen aussieht) selbstgemachte Pralinen angeboten zu bekommen, hätte ich mir nie träumen lassen. Mal abgesehen davon, dass ich nicht gewohnt bin, so einfach geduzt zu werden.

«Schmecken echt geil», fügt Ulla noch hinzu, als sie mein Zögern bemerkt.

Welche leidenschaftliche Köchin könnte bei so einem Angebot schon widerstehen? Also bedanke ich mich und greife ungeniert zu.

Als der Lift im Erdgeschoss hält, steigen wir beide aus. Ulla schlendert neben mir her Richtung Ausgang und verabschiedet sich im Vorbeigehen winkend vom Portier. «Servus, Alois, bis nächste Woche.»

«Servus, die Damen.»

«Magst noch eine?», fragt sie, als wir auf der Straße vor dem Heim stehen. «Die müssen gegessen werden, bevor sie schmelzen. Eigentlich hab ich die ja für meine Oma gemacht, aber sie will abnehmen. Stell dir vor, die Frau ist achtundsiebzig!»

Im Tageslicht leuchten Ullas Augen in den ungewöhnlichen Farben blauvioletter Veilchen. Ihr Haar fällt glatt und schwer über die Schulter und glänzt wie Honig, der vom Löffel tropft. Honigblond!

«Ist sie denn zu dick?», erkundige ich mich höflich und greife erneut in die Tüte. Diese Chili-Schoko-Kugeln schmecken überraschend köstlich und weisen am Ende eine milde Schärfe auf. Unglaublich, dass die selbstgemacht sein sollen.

Ulla schüttelt heftig den Kopf. «Nee, Oma ist ganz schlank und zierlich, aber letzte Woche ist hier ein zehn Jahre jüngerer Mann eingezogen, in den sie sich sofort verguckt hat. Wir Frauen machen doch die verrücktesten Sachen, sobald uns die Männer den Kopf verdrehen, oder?» Sie sieht mich keck an. Im Gegensatz zu mir erinnert sie sich wahrscheinlich tatsächlich an jede Menge Verrücktheiten.

Ein älteres Pärchen spaziert an uns vorbei Richtung Eingang. Der Mann blickt sich nochmal um und lächelt Ulla verschmitzt zu, bevor er hinter seiner Begleitung das Haus betritt. Sie scheint es nicht zu bemerken. Auch nicht, dass ihr Pulli fast durchsichtig ist.

«So ein Obermist», schnauft Ulla plötzlich und sieht nach oben in die aufziehenden dunklen Wolken. «Ich muss los, schaut nach Regen aus, und ich bin mit dem Fahrrad unterwegs.» Schon eilt sie davon.

«Danke für die leckeren Pralinen», rufe ich ihr noch hinterher und gehe zu meinem Wagen.

Heute muss mein Glücksfreitag sein, schmunzle ich beim Ausparken vor mich hin, auch wenn das Manöver etwas mühsam ist. Irgendjemand hat mich zugeparkt, aber das kann meiner guten Laune jetzt überhaupt keinen Abbruch tun. Denn so positiv überrascht wie Frau Stoll von meiner Dessert-Kreation war und so gut wie das anschließende Gespräch mit Herrn Keller gelaufen ist, müsste es mit dem Job eigentlich klappen.

Während ich noch einmal zurücksetze, überlege ich schon mal, wie ich das Konrad beibringen kann, als mich ein dumpfer Knall erschreckt. Merde!, fluche ich leise und steige automatisch auf die Bremse. Fast gleichzeitig höre ich einen lauten Schrei, der mehr nach Wut als nach Schmerz klingt. Irritiert blicke ich aus dem Seitenfenster.

Ulla ist mir in die Seite gefahren. Oder ich habe das Auto zu schnell aus der Lücke gefahren. Ich habe es gar nicht richtig mitgekriegt.

Panisch steige ich aus. Ulla ist zwar nicht gestürzt, hat aber ihr Fahrrad fallen lassen. Sie lehnt jetzt am Auto und reibt ihren rechten Fuß. Ihrem verzerrten Gesichtsausdruck nach zu schließen, hat sie Schmerzen.

«Mon dieu! Alles in Ordnung?», frage ich besorgt. «Es war meine Schuld, tut mir leid, ich war nicht auf den Verkehr konzentriert. Ich hätte noch mal in den Rückspiegel sehen sollen.»

Ulla versucht aufzutreten. «Ach Quatsch, es war meine Schuld. Erstens hab ich total falsche Schuhe an, und zweitens wollte ich gerade mein Handy aus der Tasche holen, weil es gepiept hat. Du könntest mich wahrscheinlich verklagen: Telefonieren ist auf dem Rad verboten.» Sie grinst unsicher.

«Keine Sorge», versuche ich sie zu beruhigen. «Sag mir lieber, ob du verletzt bist?»

«Nein, es ist nicht schlimm, und das Rad sieht auch noch ganz passabel aus.»

Ich helfe Ulla, das Fahrrad aufzustellen. Es sieht tatsächlich unversehrt aus.

Sie klopft sich den Staub von der Hose und versucht aufzusteigen, stöhnt aber sofort schmerzvoll auf. «Ober-, Ober-, Obermist! Es tut saumäßig weh.»

Erschrocken nehme ich ihren Arm, um sie zu stützen. «Wir sollten zu einem Arzt oder in ein Krankenhaus fahren», schlage ich vor.

Ulla wehrt tapfer ab. «Ach nee, das wäre total übertrieben, ist sicher bloß verstaucht. Wenn der Knöchel gebrochen wäre, könnte ich wahrscheinlich überhaupt nicht mehr auftreten. Ich muss mich nur einen Moment setzen und ausruhen, dann geht's gleich wieder.»

Da es mittlerweile angefangen hat zu regnen, helfe ich ihr in mein Auto. Tiefhängende Wolken verdunkeln jetzt den Himmel. Und es sieht nicht so aus, als würde es bald wieder aufhören.

«Hast du einen Hausarzt?», erkundige ich mich und merke, dass ich sie die ganze Zeit auch einfach geduzt habe.

«Nee, wozu?»

«Dann fahre ich dich ins Krankenhaus», bestimme ich mütterlich.

«Nein, wirklich nicht nötig. Ich brauche höchstens etwas aus der Apotheke. Bei mir zu Hause findest du nicht mal eine Kopfschmerzpille.»

Mir fallen meine Jungs ein, für die auch immer alles eine Bagatelle ist und die Verletzungen mit einfachen Schmerztabletten therapieren wollen. «Ich habe zwei erwachsene Söhne, Zwillinge, die glauben auch an die Allheilkraft von Aspirin», erwidere ich schmunzelnd. «Aber ich würde mich einfach wohler fühlen, wenn sich das ein Arzt anschauen würde. Schließlich war es mein Auto, gegen das du geknallt bist. Tut es noch sehr weh?»

«Nicht, wenn ich sitze», meint sie fröhlich, zieht das Bein hoch und platziert den Fuß vorsichtig auf dem Armaturenbrett. «Nur blöd, dass der Knöchel inzwischen ganz schön angeschwollen ist.»

Erschrocken starre ich auf die deutlich erkennbare Schwellung.

«Wo wohnst du denn?», erkundige ich mich.

«Schwabing, Schleißheimerstraße.»

«Gut, dann fahren wir ins Schwabinger Krankenhaus. Widerspruch zwecklos», entscheide ich.

Ulla seufzt ergeben. «Okay. Aber nur, weil's immer noch saumäßig weh tut. Und mein Fahrrad? Das ist ganz neu, hab ich erst letzte Woche geschenkt bekommen – von meinem Süßen.» Glücklich lächelnd blickt sie nach draußen auf das Geschenk.

«Ich schließe es dort an den Laternenpfahl», biete ich an. «Jetzt sollten wir uns nämlich erst mal um deinen Fuß kümmern und danach um das Rad. Falls es wirklich nur eine Verstauchung ist und du wieder laufen kannst, fahre ich dich gerne hierher zurück.»

Die Verstauchung stellt sich in der Klinik leider als Sehnenzerrung heraus. Ulla bekommt einen Spezialverband plus Schiene und Krücken verpasst und vom Arzt die Empfehlung, den Fuß erst wieder zu belasten, wenn die Schwellung zurückgegangen ist.

«So ein Scherzkeks!», grummelt Ulla, als sie neben mir auf

Krücken zum Auto humpelt. «Der glaubt wohl, ich bin die Queen und meine Lakaien tragen mich durchs Schloss.» Doch eigentlich hat die eben durchgemachte schmerzhafte Untersuchung ihrem heiteren Gemüt nichts anhaben können. Auch die Krücken bereiten ihr keinerlei Probleme. Gewandt weicht sie den Regenpfützen aus und bewegt sich erstaunlich flink vorwärts.

Als wir an meinem Smart angelangt sind, hält sie überrascht ihre glitzernde Tasche an die silbergraue Lackierung. «Kuck mal, passt perfekt dazu. Ist mir vorhin gar nicht aufgefallen. Wenn ich mir jemals einen Wagen anschaffe, dann genau so einen. Es ist das absolut niedlichste Auto der Welt. Wir haben wohl den gleichen Geschmack.»

«Sieht ganz danach aus», erwidere ich amüsiert. Das Prädikat «Frohnatur» muss für diese Frau erfunden worden sein, denke ich und lasse mich von ihrer guten Laune anstecken. «Wenn du Lakaienmangel hast, würde ich gerne einspringen. Ich könnte für dich einkaufen, kochen oder dir sonst wie helfen, solange du nicht rumlaufen kannst.» Zu sagen: *Ich habe jede Menge Zeit, auf mich wartet niemand,* kann ich mir gerade noch verkneifen.

Ulla nimmt mein Angebot gerne an. «Du bist wirklich sehr hilfsbereit ... äh, wie heißt du eigentlich?»

«Evelyn Meyer.»

«Meyer?», fragt sie überrascht und unterdrückt mühsam ein Lachen.

«Ja», bestätige ich verwundert. Dass mein Allerweltsname so amüsant ist, habe ich noch nie erlebt. Schließlich ist Meyer in sämtlichen Schreibweisen in München so normal wie Biergärten. Irritiert blicke ich sie an.

«Ich bin Ulla Bronner. Entschuldige, dass ich lache, aber mein Traummann, weißt schon, der, der mir das Fahrrad geschenkt hat, heißt auch Meyer. Henry Meyer.»

# 5

«Das ist ja total verrückt!», quietscht Ulla aufgedreht, als sich auf der Fahrt zu ihrer Wohnung eine weitere Gemeinsamkeit herausstellt: Ihr Henry ist ebenfalls in der Baubranche tätig.

«Ich glaube aber nicht, dass die beiden sich kennen», wende ich ein. «Das hätte mir Konrad erzählt. Aber ein amüsanter Zufall ist es dennoch.»

«Ab hier kannst du schon mal nach einem Parkplatz suchen. Wir sind gleich da», erklärt Ulla, als ich darauf bestehe, sie sicher in ihre Wohnung zu bringen.

Während ich einparke, plaudert sie munter weiter: «Nein, ich glaube auch nicht, dass die beiden sich schon mal begegnet sind. Henry ist ja erst vor kurzem nach München gezogen ... Da vorne, in dem Hochhaus wohne ich.»

Das Haus muss mit dem Boom um die Sommer-Olympiade 1972 gebaut worden sein. Und es macht nicht den Eindruck, als wäre es seit damals renoviert worden. Der schmutzig-graublaue Anstrich wirkt schrecklich trist bei diesem Regenwetter. An vielen Stellen ist der Putz abgeblättert und verwittert oder von laienhaften Graffiti beschmiert. Die gläserne Eingangstür weist einen diagonalen Sprung auf, die zahlreichen überschrifteten Klingelschilder zeugen von häufig wechselnden Mietern und die bemalten Briefkästen von kreativen Kinderhänden.

«Ein Glück, dass der Aufzug vor kurzem überholt wurde und wieder funktioniert», seufzt Ulla, als wir auf den Lift warten. «Zu Fuß in den elften Stock ... mag ich mir gar nicht vorstellen. Hahaha.» Sie beginnt so heftig zu lachen, dass sie sich verschluckt.

«Hast du eigentlich immer so gute Laune?», frage ich neugierig.

«Ach, da müsstest du mich mal sehen, wenn ich koche! Dann höre ich Salsa-Musik, wackle mit dem Hinterteil und singe ganz laut dazu. Hey, wenn du noch Zeit hast, könnten wir doch gemeinsam was essen. Mittag ist zwar längst vorbei, aber ich hab einen Bärenhunger.»

«Ja, gerne», nehme ich ihre Einladung erfreut an. Ein Essen mit Ulla ist auf jeden Fall spaßiger als allein zu Hause rumzusitzen und auf Konrad zu warten.

Als sich die Tür des veralteten Lifts öffnet, steigt ein junger Mann aus und lächelt Ulla verzückt an. Gleich darauf blickt er entsetzt auf ihre Krücken und den bandagierten Fuß. «Au weh, was hast du denn angestellt?»

«Hallo, Stefan», lächelt Ulla zurück. «Kleiner Unfall. Ist nicht schlimm, muss nur für einige Tage einen Verband tragen.»

Stefan hält galant die Lifttür auf, bis wir eingestiegen sind. Bevor er geht, bietet er noch seine Hilfe an: «Melde dich, wenn du mich brauchst. Meine Nummer hast du ja.»

«Logo», verspricht Ulla übertrieben freundlich. Doch als wir nach oben fahren, brummt sie ungehalten: «Diese Nervensäge ist mein Nachbar. Den würde ich nur anrufen, wenn der Aufzug ausfällt oder ich bis zur Hüfte eingegipst wäre und mich jemand tragen müsste.»

«Das wollen wir doch nicht hoffen», antworte ich. «Gib mir schon mal den Schlüssel, damit ich gleich aufsperren kann.»

Geschickt nimmt Ulla beide Krücken in eine Hand, lehnt sich an die Wand und reicht mir ihre Tasche. «Hier, der muss in einem der Seitenfächer stecken.»

Die Wohnungstür öffnet sich zu einem winzigen, rosé gestrichenen Flur, der an einer Seite Platz für einen Spiegel im pinkfarbenen Rahmen und gegenüber für ein paar verchromte Garderobenhaken bietet. Ulla richtet ihre Krücke auf eine der drei offen stehenden Türen. «Geradeaus geht's in mein Sperrmüll-Stübchen, links ins Bad, rechts in die Küche.»

Als ich ihr Zimmer betrete, bemerke ich als Erstes den

traumhaften Panoramablick über das Olympiagelände. Durch ein deckenhohes Fenster, das sich über die gesamte Breite des Raumes erstreckt, fällt selbst bei so grauem Himmel wie heute unglaublich viel Licht herein. Die Einrichtung des mittelgroßen Zimmers besteht aus einem bunten Sammelsurium von Einzelstücken, die in verschiedenen Pastellfarben lackiert wurden. Die Wände zieren verschieden große Spiegel, in den Sitzgelegenheiten liegen weiße Kissen, und vor einer silbernen Wand steht ein Bett, das mit einem bunt gestreiften Überwurf bedeckt ist. Gemessen an unserem weitläufigen Haus wirkt dieses Zimmer zwar tatsächlich wie eine Puppenstube. Aber als *Sperrmüll*-Stübchen würde ich es nicht bezeichnen. Ich finde, es sieht eher aus wie eine Pralinenschachtel, in der viele bunt verpackte Köstlichkeiten glitzern.

«Gefällt dir meine Resteverwertung?» Erschöpft lässt sich Ulla auf ein kleines Sofa fallen. «Ich wohne zwar schon eine Weile hier, aber irgendwie bin ich immer noch am Einrichten. Die Wohnung ist kein Palast, dafür billig, und sie hat die wahrscheinlich schönste Aussicht der Stadt. Zu Sylvester hab ich sogar mein ganz privates Feuerwerk vor meinem Fenster!»

«Es ist zauberhaft», schwärme ich. «Wenn mein Mann nicht so einen schrecklich nüchternen Geschmack hätte, würde ich mich liebend gern auch etwas verspielter und vor allem viel farbiger einrichten. Wir wohnen nämlich komplett in grau-weiß.»

«Ach, ich hätte es gern weniger provisorisch. Aber seit ich nicht mehr in der Begleitagentur arbeite, bin ich ständig knapp bei Kasse ...» Sie kramt in ihrer silbernen Handtasche, holt ihr Handy heraus und legt es auf den niedrigen Tisch, der zwischen dem Sofa und zwei Korbstühlen steht. Dann deutet sie auf den Beistelltisch, wo zwischen diversen Alkoholika eine Flasche Wodka steht. «Ich glaube, ich brauche jetzt erst mal ein Tröstерchen. Was für ein Tag! Möchtest du auch einen?»

Dankend lehne ich ab, nehme aber eines der Gläser und schenke für sie ein. «Hast du denn überhaupt etwas zu Essen im Haus?», erkundige ich mich. «Sonst gehe ich schnell einkaufen.»

«Logo!» Ulla kippt den Wodka hinunter und schüttelt sich. «Uha ... kulinarische Purzelbäume kann ich dir heute zwar nicht bieten, aber in meiner Küche gibt es stets frische Kräuter und genug Zutaten für einen Teller Nudeln. Im Kühlschrank müssten außerdem noch zwei Becher Quark stehen, und Kartoffeln sind sowieso immer da. Und es ist noch selbstgebackener Kuchen übrig. Wir können also ausgiebig schlemmen. Vielleicht sehe ich nicht so aus, aber ich bin eine leidenschaftliche Köchin!»

«Nun ja, Kochlöffel und Schürze kann ich mir bei dir nicht so richtig vorstellen», antworte ich flapsig. «Übrigens koche auch ich leidenschaftlich gern.»

«Na, bitte», grinst Ulla. «Noch eine Gemeinsamkeit.»

Zwanzig Minuten später sitzt Ulla auf dem Sofa, das verletzte Bein auf ein dickes Kissen gebettet. Ihr modisches Outfit hat sie inzwischen gegen eine bequeme Jogginghose und ein dazu passendes rotes Shirt getauscht. Ich habe ihr gegenüber auf einem rosa lackierten Korbstuhl Platz genommen. Vor uns stehen Teller mit Kräuterquark und dampfenden Pellkartoffeln.

«Sag mal, du hast vorhin von einer Begleitagentur gesprochen. Es war aber nicht so eine, wo Männer ... na, du weißt schon, was ich meine?», frage ich neugierig und zerteile eine Kartoffel mit der Gabel.

Schwungvoll klatscht sie eine Portion Kräuterquark auf ihren Teller. «Doch, genau so eine.»

Ihrem angespannten Gesichtsausdruck entnehme ich, dass sie ungern daran erinnert werden möchte.

«Entschuldige, ich wollte nicht indiskret sein.»

«Schon okay, ich dachte ja auch zuerst, es handle sich um eine seriöse Agentur. Ich hab nämlich Russisch und Arabisch studiert und dachte, ich könnte während des Studiums die Gattinnen reicher Russen oder wohlhabender Scheichs zum Einkaufen begleiten oder dolmetschen und so. Während der Sommermonate gibt es doch massenhaft Araber, die nach München kommen, weil es bei ihnen zu heiß ist. Und reiche Russinnen trifft man ja das ganze Jahr über. Bei den ersten zwei Aufträgen waren es auch tatsächlich Frauen, aber dann sollte ich einem Russen die Stadt zeigen. Tja, aber der Mann wollte weder shoppen gehen, noch hatte er Bock auf Sehenswürdigkeiten. Der wollte nur mich *besichtigen*. Der Agenturbesitzer hat sich natürlich vielmals entschuldigt und so getan, als wäre das zum ersten Mal passiert. Aber als er mich dann noch öfter gelinkt hat, habe ich endlich kapiert, wie der Hase läuft. Genauer gesagt: Häschen. Denn der Laden war letztlich eine ganz banale Callgirl-Vermittlung. Seitdem arbeite ich nur noch für eine absolut seriöse Dolmetscheragentur. Da verdient man natürlich längst nicht so viel. Aber zum Glück habe ich ja meine Oma, die mir immer mal wieder ein paar Scheinchen zusteckt. Wenn ich sie besuche, lese ich ihr russische Romane vor. Sie ist geborene Russin, lebt aber schon ewig in Deutschland.»

Staunend höre ich Ullas Redeschwall zu. Gemessen an meinem geregelten Hausfrauenalltag eignet sich ihr Leben als Vorlage für einen Hollywoodfilm.

«Das waren sicher schlimme Erfahrungen», vermute ich mitfühlend.

Ulla zuckt mit den Achseln. «Ach nee, im Nachhinein fand ich es eigentlich ziemlich amüsant. Wie überzeugt manche Männer doch von ihrer vermeintlich unwiderstehlichen Ausstrahlung sind! Egal wie alt, dick oder hässlich sie aussehen, ihr Selbstbewusstsein ist genauso unerschütterlich wie ihr

Ego groß ist. Besonders das der kleinen Männer. Ich glaube, es stimmt wirklich, was man über den Napoleon-Komplex sagt.»

Für einen Moment muss ich an Konrad denken. Ich nicke schmunzelnd.

«Du lächelst so wissend», stellt Ulla fest. «Hast du etwa auch Erfahrung in der Callgirl-Branche?»

Erschrocken lasse ich meine Gabel fallen. «Mon dieu, nein! Mir fiel nur gerade das Ego meines konservativen Mannes ein. Ich darf zum Beispiel keine hohen Schuhe tragen, weil ich ihn sonst überragen würde wie Carla Bruni ihren Sarkozy ...»

Ulla zerdrückt eine weitere Kartoffel. «Was hat denn deine Jobsuche im Stift ergeben? Wofür hast du dich eigentlich vorgestellt?»

«Die suchen eine Küchenhilfe.»

Ulla lacht herzhaft auf, als hätte ich ihr einen guten Witz erzählt. «Sorry, Evelyn, aber ich kann mir dich nur schwer beim Salat waschen vorstellen. Du trägst so stilvolle Sachen ... wenn auch etwas bieder. Und dazu noch diese eleganten Perlenohrringe. Außerdem hast du so eine ... so eine vornehme Ausstrahlung, als wärst du mit einem reichen Mann verheiratet und würdest höchstens mal die Espressomaschine einschalten, wenn dich eine Freundin besucht.»

«Vornehm bin ich wohl nur, wenn ich auf Französisch fluche ...»

«Sag ich doch. Wer bei einem Unfall aussteigt und *mon dieu!* ausruft, der ist vornehm», kichert Ulla. «Sollten dir deine französischen Flüche mal ausgehen, kann ich dir wunderbar exotische Flüche auf Russisch oder Arabisch beibringen. Aber mal im Ernst, hast du den Job bekommen?»

«In ein paar Tagen gibt mir Herr Keller Bescheid..»

Ungläubig sieht sie mich an: «Also doch kein Scherz?»

«Ach, weißt du, seit Konrad oft nur noch am Wochenende zu Hause ist, bleibt meine Küche meistens kalt. Na ja, und deshalb sitze ich häufig untätig rum, wozu ich aber absolut keine Lust habe, weil ich leidenschaftlich gerne koche. Genau wie du», erkläre ich abschließend.

«Ja, unter diesen Umständen würde ich vielleicht auch lieber für Senioren kochen als gar nicht. Nur für sich selbst am Herd zu stehen ist schon langweilig, aber dann auch noch alles alleine essen zu müssen, das ist wirklich frustrierend.»

«Und dann macht es auch noch fett», ergänze ich und stöhne. «Seit die Zwillinge ausgezogen sind, habe ich fünf Kilo zugenommen! Ich hoffe, dass ich die durch den positiven Küchenstress im Stift schnell wieder loswerde.»

«Aber fünf Kilo sind doch ein Klacks», wundert sich Ulla. «Ein bisschen mehr Sport und schon schmelzen die Pölsterchen wie Butter in der heißen Pfanne.»

«In meinem Alter leider nicht mehr.» Beschämt blicke ich auf den leer geputzten Teller vor mir. Die dritte Kartoffel hätte ich mir eigentlich verkneifen sollen. Auf den Kuchen werde ich wohl verzichten.

«Was für ein Alter?» Ulla greift nach einem Stück Weißbrot, wischt damit genüsslich die Quarkreste vom Teller und lässt es sich schmecken.

«Nun, ich werde demnächst fünfzig. Da sitzt jedes Gramm wie festgeschweißt auf den Hüften.»

«Fünfzig!?» Ulla mustert mich überrascht. «Ich hätte dich allerhöchstens auf vierzig geschätzt, du hast kaum eine Falte und deine Haut glänzt wie frisch gegossener Zuckerguss.»

«Na, das ist doch mal ein süßer Vergleich.» Unsicher aber auch geschmeichelt, ziehe ich eine Grimasse. «Hier schau, alles voller Falten.»

Wir werden von einem melodiösen Klingeln unterbrochen. Ulla greift nach ihrem Handy, zieht aber vorher noch die Nase kraus. «Dann schau mich mal an, ich bin neunundzwanzig und kriege langsam Krähenfüße.»

Diskret nehme ich unsere leer gegessenen Teller und trage sie in die Küche. Da es keine Spülmaschine gibt, wasche ich das wenige Geschirr im Becken ab. Angetrocknete Kartoffelreste lassen sich ja nur sehr schwer entfernen. Noch während ich abtrockne, höre ich Ulla ihr Gespräch beenden.

«Das war Henry», ruft sie mir zu und berichtet dann mit einem verliebten Strahlen im Gesicht: «Er kommt nachher noch vorbei – und hat angeblich schon wieder eine Überraschung für mich!»

«Für mich ist es sowieso Zeit», murmele ich halblaut und werde ganz neidisch. So frisch verliebt muss das Leben herrlich leicht und süß wie ein Soufflé sein.

Wir tauschen noch unsere Handynummern aus, dann verabschiede ich mich. Im Gehen fällt mir das Fahrrad ein.

«Ach, ich werde aber natürlich noch wie versprochen dein Rad abholen und hierherbringen.»

Ulla sieht mich konsterniert an. «Wie willst du das denn in deinem kleinen Spielzeugauto transportieren? Der Smart hat doch nicht mal einen Kofferraum.»

«Ich *lasse* transportieren», antworte ich souverän und lächele verschmitzt. «Von einem Taxi!»

Sie sieht mich anerkennend an. «Oberprima! Hab ich nicht gesagt, dass du eine feine Dame bist?»

## 6

*Oberprima*, was für ein altmodisches Wort aus dem Mund einer so jungen Frau!, amüsiere ich mich nach dem Fahrrad-Abtransport auf meinem Heimweg.

Kurz bevor ich in unsere Straße einbiege, ertönt mein Handy. Als brave Autofahrerin werfe ich aber nur einen schnellen Blick aufs Display. Es ist Carla, meine Nachbarin.

Seltsam. Normalerweise ruft sie mich nie auf dem Handy an. Neugierig geworden fahre ich nicht in die Garage, sondern direkt zu ihr. Das Haus der Milius ist ein Flachdachbungalow wie unserer und wurde in knapp fünfzig Meter Entfernung errichtet. Die weitläufigen Grundstücke gehen ineinander über, sind aber optisch durch alten Baumbestand und weißblühende Rhododendrenhecken voneinander getrennt.

Carla öffnet mir in einem türkisfarbenen Bademantel. Im Gesicht trägt sie eine dicke, grünliche Schicht. Offensichtlich betreibt sie ihre Schönheitspflege gerne am Abend.

«Evelyn, da bist du ja! Ich versuche seit Stunden, dich zu erreichen. Normalerweise bist du doch nie so lange unterwegs. Wo zum Kuckuck warst du denn?», löchert sie mich vorwurfsvoll, während sie mich hineinzieht.

Wie in unserem Haus öffnet sich auch hier die Küche zum Wohnraum. Die Einrichtung dagegen ist nicht spartanisch-modern, sondern eher gemütlich-verspielt. Es gibt drei Sofas mit Rosenmuster im Laura-Ashley-Stil nebst klassischen Teetischchen aus rotbraunem Holz, deren Tischplatten wie Tabletts abnehmbar sind. Der reich verzierte Kamin aus Marmor stammt aus einem alten Schloss. Carla hat ihn, wie viele der englischen Antiquitäten und Ölgemälde, auf Auktionen ersteigert.

Ohne meine Erklärung auf ihre Fragen abzuwarten, hält sie mir einen goldenen Cremetopf unter die Nase.

«Auch einen Schluck?»

«Nein, danke, du weißt ja, dass mein Glaube an die allmächtige Schönheitsindustrie nicht besonders groß ist. Einen *Schluck* Kaffee würde ich dagegen gerne trinken.»

«Bitte schön, tu dir keinen Zwang an. Und dann erklär mir endlich, wo du gewesen bist!»

Während ich für uns beide Cappuccino zubereite, berichte ich von meinem Vorstellungsgespräch. Mit irgendjemand muss ich darüber reden, und ich werde sie einfach bitten, Konrad nichts davon zu erzählen.

Schweigend und mit unbewegter Miene hört Carla mir zu. Vermutlich will sie nicht, dass die Algen-Packung platzt. Doch als ich erzähle, wie ich Frau Stoll in der Küche beeindruckt habe, vergisst sie ihre Gesichtspackung.

«Bist du jetzt völlig übergeschnappt, Evelyn?», wettert sie und hält sich die Hände unters Gesicht. Ihrer grünen Schicht bekommt so viel Empörung nicht, und sie beginnt zu bröckeln. «Du willst für ein paar Euro Gemüse schälen? Erlaubt das Konrad denn?»

«Nun, äh ... er weiß noch nichts davon. Ich werde es ihm erst sagen, wenn ich den Job tatsächlich bekomme. Bitte sag ihm vorerst auch nichts davon, ja?»

Skeptisch blickt Carla mich an, während sie zwei Löffel Zucker in ihren Cappuccino rührt. «Na, dann viel Glück.»

Ihr unterschwelliger Spott lässt mich trotzig werden. «Vielleicht sag ich's ihm auch gar nicht. Vermutlich würde er ohnehin nicht merken, wenn ich nicht da bin. Er ist ja kaum noch zu Hause. Im Grunde brauche ich seine Erlaubnis ja auch nicht, oder? Schließlich leben wir nicht mehr im 19. Jahrhundert.»

Spöttisch zieht Carla die Brauen hoch. «Konrad schon! Und das müsstest du doch am besten wissen. Bis zum obersten Kragenknopf ist er in den angestaubten Traditionen seiner spießigen Familie verhaftet. Ein Wunder, dass du überhaupt alleine einkaufen darfst», stellt sie ungerührt fest. «Aber davon mal abgesehen: Wenn er doch Wind davon bekommt, wird es gewaltig krachen. Und das kannst du mit deiner Harmoniesucht doch gar nicht aushalten.»

«Ja, vielleicht hast du recht», grummle ich entmutigt. Wahrscheinlich haben sich ohnehin auch gelernte Köchinnen um den Job beworben. Trotz meines gelungenen Probekochens sollte ich die ganze Sache vielleicht besser wieder vergessen.

Neugierig mustert mich Carla. «Wieso willst du denn überhaupt arbeiten?»

Seufzend rühre ich in meiner Tasse. «Keiner braucht mich mehr. Das ist total deprimierend.»

«Ach, da weiß ich aber Vergnüglicheres als in fremden Küchen rumzuwerkeln ...» Sie greift nach einer Schachtel mit türkisfarbigen Papiertüchern. «Ich will doch schon lange eine Kreuzfahrt durch die Karibik machen. Frank hat genauso wenig Zeit wie dein Konrad. Da könnten wir beide doch –»

«Mit einem Schiff?», unterbreche ich sie entsetzt.

«Nee, wir mieten uns ein Tretboot, das trainiert die Beine und spart das Fettabsaugen.» Sie lacht laut los. «Natürlich mit einem Schiff! Womit denn sonst?»

«Aber ich habe Angst vor so viel Wasser», sage ich und gestehe leise: «Ich kann doch kaum schwimmen.»

Kopfschüttelnd erhebt sich Carla. «Komm mit ins Bad.»

«Wozu?»

Sie kichert albern. «Schwimmen üben ... Was ist denn heute mit dir los? Ich muss die Maske abwaschen!»

Carlas Badezimmer hat die luxuriösen Ausmaße eines Spas, seit es mit dem früheren Kinderzimmer ihrer Tochter zusammengelegt wurde. Ein Innenarchitekt gestaltete nach Sinas Auszug aus der ehemals weiß gekachelten Nasszelle eine schicke Wohlfühloase in Glas, Marmor und Chrom. Zum Baden besteigt man die im Boden eingelassene Wanne über drei Stufen. In der Dusche kann man sich den Rücken von Düsen massieren lassen, die in den Seitenwänden eingelassen sind. Wahlweise stoßen sie auch Wasserdampf aus. Zwei hellrosa Marmorwaschbecken schweben wie große Schüsseln auf weiß glänzenden Unterbauten, und neben der Toilette befindet sich ein Bidet. Außerdem steht eine schier unüberschaubare Zahl feinster Cremes, Badezusätze, Öle, Schwämme und Bürsten bereit.

Soviel ich weiß, verbringt Carla manchmal ganze Tage in dieser Oase. Ich hätte zu derlei Müßiggang keine Ruhe.

Sie deutet auf zwei türkis-weiß gemusterte Liegestühle, die neben dem breiten Fenster unter einer raumhohen Palme Urlaubsstimmung verbreiten. «Mach's dir gemütlich.»

«Nein danke, ich muss gleich wieder nach Hause. Abendessen vorbereiten.»

«Ach ja? Vor wenigen Minuten hast du noch gesagt, dass keiner mehr was von dir will», stellt sie schnippisch fest und lässt heißes Wasser über ein kleines türkisfarbenes Handtuch laufen, bis es dampft. Anschließend legt sie es über die angetrocknete Maske und hält es mit den Händen fest. «Spaß beiseite, Evelyn», brummt sie unter dem Tuch hervor. «Dieser Aushilfsköchinnen-Quatsch ist doch hoffentlich nur eine Schnapsidee, oder? Dein Mann verdient gut, euer Haus ist schuldenfrei, und du kannst dir alles kaufen, was du willst. Du hast es doch nicht nötig, dir die Hände schmutzig zu machen!»

«Das stimmt nicht ganz», erwidere ich leise.

Carla wäscht sich die grüne Schicht ab und hat kurz darauf eine unglaublich frische Gesichtsfarbe. Ist dieses Zeug vielleicht doch besser als ich dachte?

Sie strahlt in den Spiegel. «Toll, diese Japaner!» Dann wendet sie sich wieder zu mir. «Wie meinst du das: Es stimmt nicht ganz?»

«Na ja, von einhundert Euro Taschengeld kann man sich eben nicht alles kaufen, was man will.»

«Waaas?» Carla starrt mich an, als würde sie mich zum ersten Mal sehen. «Akustisch hab ich dich schon verstanden. Aber das kann doch wohl nicht wahr sein! Einer der am besten verdienenden Architekten der Stadt teilt seiner Frau einen läppischen Hunni zu?»

«Wieso regst du dich denn so auf? Den bekomme ich natürlich zusätzlich zum Haushaltsgeld. Wenn ich sparsam bin, bleibt davon auch mal etwas übrig. Das muss ich dann nicht zurückgeben.»

«Ach du süßes Schäfchen!!!» Aufgebracht stemmt sie die Hände in die Hüften. «Da weiß ich gar nicht, worüber ich mich zuerst aufregen soll: Erstens verdient Konrad mit seiner Firma ein Vermögen. Zweitens hast du für ihn deinen Beruf aufgegeben. Drittens hast du die Kinder großgezogen und warst vierundzwanzig Stunden am Tag, sieben Tage die Woche nur für ihn und die Familie da. Aber das Wichtigste: Allein für deine Kochkünste und die Bewirtung seiner Gäste würden dir mindestens fünftausend Euro Gehalt zustehen.» Herausfordernd sieht sie mich an.

«Im Jahr?», frage ich verblüfft von ihrem seltsamen Rechenbeispiel.

«Im Monat natürlich! Und eine eigene Kreditkarte», fügt sie bestimmend hinzu. «Dieser Geizkragen spart doch Unsummen, wenn er seine Geschäftsfreunde nicht ins Restaurant einlädt und sie stattdessen zu Hause bewirtet.»

«Ach», wehre ich ab, «für Notfälle hat Konrad mir eine eigene Karte besorgt. Die darf ich benutzen – natürlich nur bis zu einem bestimmten Betrag. Aber ich brauchte ja nicht viel. Und wenn ich einen größeren Wunsch hätte, bin ich sicher, dass Konrad ihn mir erfüllen würde.»

«Wirklich?» Skeptisch zieht Carla die Augenbrauen hoch. «Wenn du dir so sicher bist, meine Liebe, würde ich es an deiner Stelle mal austesten. Warum wünschst du dir nicht mal, nur zum Spaß und ohne besonderen Anlass, eine richtig ekelhaft teure Handtasche von Armani», schlägt sie vor.

Verständnislos frage ich, wozu das gut sein soll.

«Probier es einfach aus, du wirst überrascht sein!», prophezeit sie.

# 7

Im Fernseher laufen die letzten Bilder eines Doris-Day-Films (ich liebe alte Filme mit Happy End), als Konrad am Abend nach Hause kommt. Ich sitze in meinem hellgrauen Hausanzug und dicken Socken auf dem Sofa und blättere in einem Kochbuch mit Festtagsrezepten und traumhaft schönen Hochglanzfotos.

Konrad murmelt ein knappes «Guten Abend» und verschwindet sofort Richtung Arbeitszimmer.

«Möchtest du noch etwas essen?», rufe ich ihm hinterher.

Er antwortet nicht, und da er auch nicht zurückkommt, folge ich ihm. Doch die Tür zu seinem Arbeitszimmer ist geschlossen, und das bedeutet, dass ich klopfen muss. Aber er reagiert nicht, stattdessen höre ich ihn telefonieren. Also begebe ich mich zurück zu meinem Kochbuch.

Es vergehen ein paar Minuten, bis Konrad wieder auftaucht. «Was gibt's?», fragt er gereizt und blickt mich dabei mit strengem Lehrerblick über seine Lesebrille hinweg an.

Verwegen beschließe ich, Carlas Ratschlag zu befolgen und einen Versuch zu wagen. Wenn ich mir aber eine teure Handtasche wünschen würde, wäre das zu unglaubwürdig. Da gibt es Besseres. Entschlossen klappe ich mein Buch zu.

«Ich würde mir gerne ein Laptop kaufen und wollte dich nur fragen, ob ich dafür die Kreditkarte benutzen soll.»

Die Hände in den Hosentaschen vergraben, die Brauen unwillig zusammengezogen steht Konrad da und sieht mich an, als wäre ich plötzlich übergeschnappt.

Schnell füge ich noch eine plausible Erklärung an. «Damit ich meine Kochrezepte besser aufschreiben und verwalten kann.»

«Ach, und dazu brauchst du ein neues Laptop?», erkundigt er sich und fügt spöttisch an: «Deine Rezepte kannst du doch genauso gut auch auf dem alten Computer der Kinder oder in ein Schulheft schreiben. Liest doch eh keiner außer dir.»

Ich kann einfach nicht glauben, dass Carlas Beschuldigung tatsächlich stimmt. Doch so schnell gebe ich mich nicht geschlagen.

«Ja, sicher ... aber ein Laptop wäre irgendwie praktischer, damit könnte ich schon während des Abmessens der Zutaten und der Zubereitung der Speisen gleich alles eintippen.»

«Ein Laptop ist doch kein Küchenmixer. Wie leicht verschüttest du etwas und ruinierst so das Gerät», unkt Konrad abfällig. «So einen Unsinn werde ich nicht finanzieren.»

Fassungslos sehe ich ihn an. «Bitte Konrad, ich bin doch kein Kleinkind, das überall rumkleckert.»

Ein kurzer entnervter Blick, dann dreht er sich um und beendet die Unterhaltung mit seinem üblichen: «Wie dem auch sei.»

Noch am nächsten Morgen bin ich wie betäubt. Ich habe kaum geschlafen, mich die ganze Nacht in den Kissen gedreht und leise vor mich hingestöhnt. Ich kann einfach nicht fassen, dass ich mich nach fünfundzwanzig Jahren Ehe so in Konrad getäuscht habe. Das gestrige Gespräch gibt mir das Gefühl, ihn überhaupt nicht zu kennen.

Als der Wecker um sieben läutet, weiß ich jedenfalls, dass es so nicht weitergehen kann. Ich will mich nicht länger wie ein unmündiges Kind behandeln lassen.

Unter der Dusche überlege ich, was Konrads Einstellung ändern könnte. Was ich sagen oder tun muss, damit er merkt, dass unsere häusliche Situation sich seit dem Auszug der Jungs verändert hat. Mittlerweile bin ich sogar bereit, es auf einen Krach ankommen zu lassen.

Während Konrad nach seinem üblichen Fitness-Programm am Samstag im Bad weilt, bereite ich ihm die bestellten Eier im Glas und die in Butter gebratenen Vollkornbrotstreifen zu. Mit frisch gepresstem Blutorangensaft serviere ich dann dem

«Herrn des Hauses» beim anschließenden Frühstück meinen Entschluss.

«Wenn du mir kein Laptop kaufen willst, werde ich eben arbeiten und eigenes Geld verdienen», verkünde ich mit fester Stimme.

Konrad schreckt aus seiner Zeitungslektüre hoch. «Wie?»

Bewusst langsam setzte ich mich zu ihm an den Tisch und streiche erst Butter und Orangenmarmelade auf meinen Toast, bevor ich ruhig antworte: «Ich habe beschlossen, mir einen Job zu suchen. Dann muss ich dich nicht mehr mit Sonderausgaben belästigen. Auch wenn das ja höchst selten vorkommt.»

Für eine Sekunde treffen sich unsere Blicke. Von seinem ins Ei getauchten Brotstreifen tropft Eigelb auf die Zeitung.

«Sei nicht kindisch», weist er mich gereizt zurecht. «Und nerv mich nicht mit unsinnigem Emanzengeschwätz. Ich möchte in Ruhe frühstücken und den Wirtschaftsteil lesen. Du weißt genau, wie sehr ich Diskussionen am frühen Morgen hasse.»

Mutig straffe ich meine Schultern. «Entschuldige, Konrad, aber es ist mir egal, wie du es nennst. Mein Entschluss steht jedenfalls fest. Außerdem bist du ja sowieso kaum noch zu Hause. So gesehen, wird es dich also nicht tangieren.» Im Stillen wünsche ich mir inständig, Herr Keller möge noch heute anrufen und mich einstellen.

Genervt faltet Konrad die Zeitung zusammen und knallt sie auf den Tisch. Mit unüberhörbarer Schärfe in der Stimme erklärt er dann: «Genug damit, Evelyn. Du wirst dir keinen Job suchen. Du hast schließlich ein großes Haus zu versorgen. Das war unsere Vereinbarung. Vergiss das nicht!» Mit dieser ultimativen Urteilsverkündung über meinen emanzipatorischen Ausbruchversuch verlässt er den Tisch.

Nachdenklich räume ich das Frühstück ab, stelle das schmutzige Geschirr in die Spülmaschine, Butter und Schinken in den Kühlschrank. Noch nie war mir so bewusst wie jetzt, dass ich vollkommen von meinem Mann abhängig bin. Bin ich deshalb wieder mal einer Konfrontation ausgewichen?

Kurz darauf verschwindet der Herr Architekt. «Ich fahre ins Büro», lässt er mich wissen. Bevor die Tür hinter ihm zufällt, sagt er noch gönnerhaft: «Und damit du siehst, dass ich kein herzloser Tyrann bin, werde ich mich in der Firma nach einem gebrauchten Laptop umhören.»

Kein herzloser Tyrann? Der Widerspruch seiner Bemerkung ist ihm offensichtlich entgangen. Dafür sieht er aber so zufrieden aus, als sei die gewohnte Ordnung wieder hergestellt.

Ist sie aber nicht!

Es ist schon lange nichts mehr in Ordnung, murre ich beim täglichen Staubsaugen vor mich hin. Nicht nur, dass mein Mann kaum noch mit mir spricht, dafür aber stets seine schlechte Laune an mir auslässt, sieht er in mir anscheinend wirklich nur noch die Haushälterin, die allein für seine Bequemlichkeit zuständig ist. Das schmerzliche Gefühl, dass mein Traum von einem glücklichen Leben an Konrads Seite geplatzt ist, schnürt mir beinahe die Luft ab. Aber wann ist das geschehen? Vielleicht an jenem denkwürdigen Tag vor fünf Jahren, als er mir die Schuld dafür gab, dass die Zwillinge schwul geworden sind?

Jens und Timo hatten uns damals unisono eröffnet, dass sie homosexuell seien. Zuerst gab sich Konrad noch tolerant. Scherzhaft nannte er es «eine vorübergehende sexuelle Orientierung» und «dass man heutzutage eben auch mal das eigene Geschlecht ausprobieren würde.» Doch nach einer Modenschau (auf die wir Carla gemeinsam begleitet hatten) wollten beide lieber Modedesign und nicht Architektur studieren, wie es sich für Meyer-Männer gehört. Konrad war zutiefst schockiert und kommentierte zynisch: «Das bedeutet wohl, dass ihr über kurz oder lang zu Fummeltrinen werdet?»

So stinksauer wie damals hatte ich ihn noch nie erlebt. Und seitdem gibt er mir die Schuld dafür, dass keiner seiner Söhne die Familientradition fortführen und die Firma übernehmen will. Ich hätte die Jungs ständig zu Modeschauen geschleppt und ihnen somit Flausen in den Kopf gesetzt. Vielleicht erwartet er ja immer noch, dass ich die Zwillinge zur Vernunft bringe? Aber ich kenne meine Söhne gut genug. Schon als Kinder saßen sie lieber an ihren Zeichenblöcken, als gegen ihren Vater ein Tennismatch zu bestreiten.

Die Vorstellung, eines Tages die Entwürfe meiner Söhne zu tragen oder sie an jungen Frauen bewundern zu können, hat mir dagegen immer sehr gefallen. Ihre ersten, damals schon ungewöhnlich kreativen Modezeichnungen bewahre ich noch heute auf. Konrad dagegen sah in dem fröhlich bunten Gekritzel nur die Meyersche Familienbegabung fürs Gestalten. Er weigert sich bis heute, Jens' und Timos Begabung anzuerkennen.

Aufseufzend wische ich den Staubsauger feucht ab, bevor ich ihn im Besenschrank verstaue. Carla hatte recht: Konrad steckt in den Macho-Traditionen seiner Familie fest. Und ich stecke mit drin! Eine beängstigende Vorstellung.

Um auf andere Gedanken zu kommen, rufe ich Ulla an. Vielleicht braucht sie ja meine Hilfe.

Es dauert eine Weile, bis sie sich meldet.

«Hallo Evelyn, wie geht's?», höre ich sie vergnügt fragen. Ullas Fröhlichkeit ist genauso ansteckend wie belebend.

«Na, das muss ich dich ja wohl fragen. Also, wie geht es dir, was macht die Schwellung und brauchst du irgendetwas?»

«Lieb von dir, Evelyn, vielen Dank. Der Fuß liegt brav auf dem Kissen, tut kaum noch weh, und am Wochenende wird Henry mich versorgen», erwidert sie munter.

Nach einem kurzen Plausch verabschiede ich mich beruhigt. Auch wenn Ulla behauptet, an dem Unfall mitschuldig zu sein, saß doch ich am Steuer, und deshalb fühle ich mich verantwortlich. Vielleicht liegt es aber auch am Altersunterschied – sie könnte schließlich meine Tochter sein. Wie gern hätte ich eine fröhliche Tochter wie Ulla gehabt! Aber nach der Geburt unserer zwei Söhne war Konrad wunschlos glücklich. Er dachte schließlich, er hätte zwei Nachfolger für die Firma. Na, diese Annahme hat sich ja als schwerer Irrtum erwiesen. Wer weiß, vielleicht hätte ihm eine Tochter diesen Wunsch erfüllt. Aber dass Mädchen den Architektenberuf ebenfalls ergreifen können, wäre mit seinem verkrusteten Traditionsdenken wohl nicht zu vereinbaren. Seine stille Hoffnung, dass Jens und Timo eines Tages ihre Modeambitionen aufgeben und sich doch noch der Architektur zuwenden, wird sich jedenfalls nicht erfüllen.

Den Beweis für diese Vermutung bringt gegen Mittag der Postbote: ein Päckchen von JETI! Gespannt öffne ich die Sendung und finde darin eine flauschige Strickmütze in dunklem Lila, ähnlich der Schuhe, die Tina Preysing auf der Dinnerparty getragen hat. Dazu ein Foto, wie die Mütze aufzusetzen ist, und ein kurzer Brief der Designer:

*Liebe Mami, liebes Mamilein,*
*anbei ein Stück aus unserer ersten Stickkollektion, für die wir als Jahrgangsbeste ausgezeichnet wurden! Wir würden uns freuen, wenn sie dir gefällt und du sie tragen würdest. Übrigens: Lila ist in dieser Saison das neue Schwarz. Viele Küsse und Umarmungen schicken dir*
*Deine Söhne (zwei aufgehende Sterne am internationalen Modehimmel ;-o)*

Gerührt und gleichermaßen stolz auf meine Designer-Zwillinge probiere ich das Geschenk natürlich sofort an. Erstaunlicherweise macht mich die Farbe nicht blass, wie ich befürchtet habe. Sie lässt mich sogar frischer aussehen. Für warme Kopfbedeckungen ist es aber noch nicht kalt genug, deshalb lege ich sie vorerst zu meinen anderen Wintersachen – und mache eine irritierende Feststellung: Zwischen all den hellbeigen und hellgrauen Schals, Handschuhen und Mützen sieht diese farbenfrohe Kopfbedeckung aus wie Konfetti in schmutzigem Schnee.

## 8

Montagmorgen gegen halb acht, kurz vor dem Frühstück, klingelt unser Festnetztelefon. Konrad weilt gerade unter der Dusche, also kann ich rangehen.

«Guten Morgen, Frau Meyer», begrüßt mich Herr Keller freundlich und eröffnet mir dann ohne lange Vorrede: «Die Chefköchin würde Sie gerne in unserem Team begrüßen.»

«Wirklich?», frage ich zweifelnd. Das ganze Wochenende hatte ich mich mental auf eine Absage vorbereitet.

Herr Keller lacht aufmunternd. «Ja, warum überrascht Sie das? Frau Stoll war von Ihrer Eigeninitiative sehr angetan. Und Ihre Ansichten über gesunde Ernährung stimmen mit der Philosophie unseres Hauses überein. Sie haben ein erstaunliches Wissen für eine nicht professionelle Köchin, meinte sie. Eigentlich seien Sie sogar überqualifiziert, aber Frau Stoll hofft, dass Sie trotzdem zusagen. Und sollte die junge Mutter nicht zurückkommen, gibt es vielleicht sogar die Möglichkeit einer Festanstellung.»

Ich kann es kaum fassen. Gut, dass ich bereits geduscht und ordentlich angezogen bin, sonst würde ich glauben, noch zu träumen. Überglücklich bedanke ich mich. «Und sagen Sie bitte Frau Stoll, dass ich mich sehr freue.»

«Sehr schön, Frau Meyer. Könnten Sie denn gleich morgen anfangen?»

«Huch! Äh, ja ... selbstverständlich», antworte ich etwas irritiert über das Tempo.

Herr Keller atmet erleichtert auf. «Wunderbar. Für diesen Monat habe ich Sie zur Frühschicht eingeteilt, von sechs bis zehn Uhr. Sie werden auch beim Servieren helfen und dadurch unsere Bewohner kennenlernen.»

«Muss ich etwas mitbringen?», erkundige ich mich.

Herr Keller überlegt einen Moment. «Besitzen Sie eine weiße Bluse und dazu einen Rock oder eine Hose in Schwarz? Arbeitskleidung für die Küche bekommen Sie von uns. Also bis morgen dann, und bitte, seien Sie pünktlich!»

Ich habe einen Job! Aufgekratzt murmle ich nach dem Auflegen immer wieder leise: *Ich habe einen Job!* vor mich hin und muss mich beherrschen, nicht laut loszukichern.

Eine übermütige Viertelstunde später weicht meine Freude jedoch dem Schockgedanken an Konrad. Der packt gerade in seinem Ankleidezimmer die Koffer für eine weitere Woche auf der Baustelle in Düsseldorf. Ob er das Gespräch mitangehört hat?

Aber ich komme nicht mehr dazu, mir eine passende Ausrede zu überlegen. Denn plötzlich steht er im schwarzen Anzug, schwarzem Hemd und offenstehendem Kragen in der Küche.

«Mit wem hast du eben telefoniert?»

Ich fühle eine verräterische Röte in meinem Gesicht aufsteigen. Geschäftig rolle ich die Ärmel meines beigen Pullis hoch und verteile geräuschvoller als üblich Tassen, Teller und was wir sonst noch zum Frühstück benötigen auf dem Tisch.

«Äh ... wie bitte?», frage ich bemüht beiläufig, als hätte ich ihn wegen des Geschirrklapperns nicht verstanden.

«Wer eben am Telefon war?»

«Oh, es war nicht für dich», antworte ich ausweichend und frage nach seinen Sonderwünschen für das Frühstück, um ihn abzulenken.

Doch er bohrt misstrauisch weiter. «Wer ruft dich denn so früh am Morgen an? Carla kann es ja wohl nicht gewesen sein. Die feine Dame steht doch nie vor elf Uhr auf.» Gewohnt lässig streicht er sich eine noch feuchte Haarsträhne zurück.

«Äh ... also ...», stottere ich unsicher. Mir fällt nichts ein. Doch dann kommt mir ein rettender Gedanke. «Es war die Besitzerin der schwarzen Pudeldame. Du weißt schon, die vom Freesienweg.»

Fordernd hält Konrad mir seine Kaffeetasse hin. «Was will *die* denn von dir?»

Meine Güte, was ist nur los? Er interessiert sich doch sonst nicht so für mich, denke ich verzweifelt, während ich zittrig seine Tasse fülle. Normalerweise darf ich morgens keinen Laut von mir geben, damit der Herr ungestört seine Zeitung lesen kann. Die liegt jetzt aber unbeachtet neben seinem Teller. Möchte er sich etwa unterhalten? Was sag ich denn jetzt? Meinen Mann kann ich nämlich noch weniger als andere belügen.

«Ja ... also ... Sie wollte fragen ...», beginne ich und versuche krampfhaft, die gefährlichen Worte *Seniorenstift* und *Aushilfe* aus meinem Kopf zu verbannen. Doch dann platze ich damit raus: «Also, da ist dieses Seniorenstift, ja?»

Konrad beißt genüsslich in ein Schinkenbrötchen. «Ja?», fragt er kauend.

Merde!, wenn mir nicht sofort eine geschickte und vor allem glaubwürdige Erklärung einfällt, bin ich geliefert. «Nun ja, die suchen Hilfe ... Und ich wollte doch ...»

Erstaunt, ja beinahe freundlich, sieht er mich an. «Wenn du dich ehrenamtlich betätigen möchtest, habe ich nichts dagegen!», erteilt er mir überraschend seine Erlaubnis.

Natürlich! Warum ist mir das nicht selbst eingefallen?! Ich

bin gerettet! Konrad *liebt* soziales Engagement. Nicht wegen seiner überschäumenden Güte, sondern weil eine wohltätige Frau, die ihre Freizeit in eine gute Sache investiert, das Ansehen des Mannes hebt. Dafür ist er sogar zu Geldspenden bereit. Denn nichts ist für den standesbewussten Konrad wichtiger als sein guter Ruf. Mindestens so wichtig wie die Familientradition fortzusetzen und die Firma noch erfolgreicher zu machen.

«Ja ... äh, natürlich ehrenamtlich. Aber ich wusste nicht, ob es dir recht ist ... weil du doch neulich so wütend warst», fahre ich zögernd fort.

«Wie dem auch sei», erwidert er und greift nun doch nach der Zeitung.

Zufrieden lächelnd beuge ich mich über den Tisch zu ihm und drücke ihm einen Kuss auf die Wange. «Das ist wirklich lieb von dir, Konrad.»

«Ja, ja, schon gut. Kein Grund, gleich rührselig zu werden.» Es klingt etwas ungehalten. Das Thema scheint ihn bereits zu nerven.

Als Konrad kurz danach mit dem Koffer in der Hand die Verbindungstür zur Garage öffnet, dreht er sich nochmal um. «Aber das mit dem Ehrenamt geht natürlich nur, wenn es nicht mit deinen anderen Aufgaben kollidiert. Du kennst meine Meinung dazu.»

«Nein, nein», beeile ich mich zu versichern und wünsche ihm eine gute Fahrt.

Berauscht von meiner Kühnheit, schwebe ich nach Konrads Abreise durchs Haus und genieße das sahnige Gefühl, ihn mit seiner Gier nach Ansehen um den Finger gewickelt zu haben.

Kurz darauf rufe ich Ulla an, um nachzufragen, wie es ihr inzwischen geht.

«Der Fuß ist abgeschwollen, ich kann schon wieder auftreten, und wenn dieser doofe lilablassblaue Fleck verschwunden ist, wird der Fuß auch wieder zum anderen passen», berichtet sie in gewohnt atemlosem Tempo. Doch ihrer Stimme fehlt heute irgendwie die Fröhlichkeit.

«Das hört sich zwar sehr erfreulich an, aber du klingst verändert», stelle ich besorgt fest. «Ist auch wirklich alles in Ordnung?»

Sie atmet hörbar tief aus. «Na ja, ich bin ein bisschen sauer wegen Henry ... Erst hat er versprochen, sich das ganze Wochenende um mich zu kümmern und dann ...»

«Hat er dich versetzt?»

Sie antwortet nicht sofort, sondern brummt: «Nee, nicht so direkt.»

«Entschuldige, Ulla, ich wollte nicht indiskret sein.» Ich wechsle lieber das Thema. «Brauchst du irgendwas? Ich muss heute den Wocheneinkauf machen und besorge gerne etwas für dich mit.»

«Oh, das wäre klasse, Evelyn. Der Kühlschrank ist nämlich bis auf ein paar Essiggurken und ein Joghurt ziemlich leer. Das ist mir noch nie passiert. Macht mich richtig nervös.»

Ich angle nach dem bereitliegenden Block. «Na, dann mal her mit der Einkaufsliste, heute habe ich noch jede Menge Zeit, denn morgen fange ich schon im Seniorenstift an.»

«Hey, du hast den Job bekommen! Oberprima!», freut sie sich für mich und gratuliert mir herzlich. «Du musst mir nachher genau berichten.»

Bepackt mit zwei großen Tüten voller Obst, Gemüse und diverser Grundnahrungsmittel klingle ich drei Stunden später bei Ulla. Als ich aus dem Fahrstuhl trete, erwartet sie mich bereits auf einer Krücke gelehnt an der Tür zu ihrer Wohnung. Der gesunde Fuß steckt in einem dicken Socken, der andere ist noch bandagiert. Sie ist ungeschminkt, hat die Haare zu einem straffen Knoten zusammengebunden und trägt einen übergroßen, dicken rosa Pulli zu einer dunkelroten Jogginghose.

«Komm doch rein», fordert sie mich auf, als ich staunend im Hausflur stehen bleibe.

«Entschuldige, dass ich dich so anstarre, aber du siehst unglaublich jung in den Sachen aus, wie ein Teenager.»

Abwehrend hebt sie eine Hand. «Ach was, nur hier im dunklen Treppenhaus. Bei Tageslicht wirst du deine Meinung ganz schnell ändern. Ich hab grässliche Ringe unter den Augen, weil ich in den letzten Tagen mit dem doofen Druckverband am Fuß so schlecht geschlafen habe.»

Ich stelle die Tüten in der Küche ab, ziehe schnell meine beige Jacke aus, die sich plötzlich noch unscheinbarer anfühlt als sonst, und packe die Lebensmittel weg. «Schmerzt er auch wirklich nicht mehr?», frage ich Ulla, die im Türrahmen lehnt.

«Heute geht's wieder», erklärt sie und bewegt wie zum Beweis vorsichtig die Zehen.

«Ich will dich ja nicht mit meiner Fürsorge nerven, Ulla, aber warum setzt du dich nicht aufs Sofa, und ich mach uns etwas zu trinken, wie wäre das?»

«Ach nein, du nervst mich überhaupt nicht. Meine Mutter würde mich nerven. Wenn die wüsste, was passiert ist, würde sie aus dem Allgäu anreisen, mich zu Megaportionen Käsespätzle mit Zwiebeln nötigen, fette Quarkumschläge auf den Fuß legen und alle drei Minuten nachfragen, ob der Fuß noch kühl genug ist.» Theatralisch rollt sie die Augen, dreht sich um und sagt im Weggehen: «Ein starker Kaffee wäre gut, Evelyn, vielleicht wache ich dann auf. Irgendwo findest du einen von diesen Espresso-Kochern, weißt schon, die man auf die Herdplatte stellt.»

Ich entdecke das kleine Metallkännchen im Oberschrank. «Schon gesehen», rufe ich ihr hinterher.

Kurz darauf sitzen wir gemütlich bei Kaffee und knabbern teure Pralinen aus einer protzigen Schachtel, die Henry ihr mitgebracht hat. Ulla liegt zwischen vielen Kissen auf dem Sofa und hat das Bein hochgelegt. Ich mache es mir wie schon beim letzten Mal in einem der Korbstühle bequem.

«Nun erzähl schon», fordert sie mich ungeduldig auf. «Wann genau fängst du an? Hast du die Kollegen schon kennengelernt? Und wie ist deine zukünftige Chefin? Ich kenne ja nur ihr Essen, aber das ist echt oberprima.»

«Na ja, ich habe Frau Stoll erst einmal gesehen, aber sie war mir sehr sympathisch», berichte ich und erzähle, dass ich den Job nicht zuletzt wegen des Probekochens bekommen habe.

Ulla staunt. «Was für eine geniale Idee.»

Verlegen rühre ich in meiner Kaffeetasse. «Küchen machen mich offensichtlich kreativ. Da laufe ich zur Höchstform auf.»

Ulla richtet sich auf und schüttelt ihr Kissen zurecht. «Also, ich glaube, in dir steckt eine ganz andere Frau, als man auf den ersten Blick vermutet. Deshalb wundere ich mich auch, dass du deine Talente in einer Küche verschwenden willst. Kochen kannst du doch auch zu Hause.»

«Darüber wundert sich meine Nachbarin ebenfalls», gestehe ich amüsiert.

Neugierig erkundigt sich Ulla: «Geht mich zwar nichts an, aber braucht ihr die Kohle?»

«Nein, nein», wehre ich ab und erkläre, dass Konrad sehr gut verdient und mir eigentlich nie erlauben würde zu arbeiten. «Er denkt jetzt, ich würde mich sozial engagieren.»

Ulla lacht Tränen, als ich ihr berichte, wie es zu diesem Missverständnis kam. Es ist so schön, mit ihr darüber sprechen zu können.

«Sag ich doch, Evelyn. Du bist gar nicht die biedere Hausfrau im harmlosen beigen Outfit. Ich glaube, in dir steckt eine ganz raffinierte Femme fatale!»

Dass jemand von mir eine derart verruchte Vorstellung hat, bringt mich ebenfalls zum Lachen.

«Ach, Männer!», schnauft Ulla plötzlich unwillig. «Die sind doch nur zufrieden, wenn es nach ihrem Willen geht. Henry war am Wochenende auch enttäuscht, dass es wegen des lädierten Beins nichts zu essen und nur Blümchensex gab. Aber ich konnte einfach nicht so rumturnen, wie er es gern gehabt hätte.»

«Hat er dir denn wenigstens was gekocht?», frage ich besorgt – auch, weil es mir unangenehm ist, über Sex zu plaudern.

«Henry und kochen?» Amüsiert verdreht Ulla die Augen. «Der glaubt doch, die Küche sei minenverseuchtes Gebiet. Aber er war im Feinkostladen einkaufen und hat noch was vom Asiaten liefern lassen.»

«Wie traurig», stelle ich mitfühlend fest. «Ich dachte, die jungen Männer deiner Generation wären anders und hätten ihre Angst vor Kochtöpfen und Pfannen längst überwunden. Kochen ist doch eigentlich in Mode, wie man an den vielen jungen Fernsehköchen und ihren Kochshows sieht.»

«Stimmt schon, in meinem Freundeskreis gibt es einige Jungs, die super kochen können – und sich sogar unaufgefordert zum Pinkeln hinsetzen. Aber ich hatte bisher nur zwei kurze Affären mit Gleichaltrigen. Ich stehe mehr auf ältere Männer. Die Jungs in meinem Alter sind irgendwie total unreif, denken nur an Fußball, mit Freunden abhängen und Bier. Männer wie Henry dagegen sind verantwortungsvoll und können mir etwas mehr bieten.»

Überrascht und gleichsam verwundert starre ich sie mit großen Augen an. Dass ältere Männer von Ulla hingerissen sind, ist logisch. Eine junge attraktive Frau ist sicher ein begehrtes Statussymbol, mit der sie der Welt beweisen können, wie potent sie noch sind. Aber was eine kluge Frau wie Ulla an einem grauhaarigen Esel findet, verstehe ich nicht. Für Ulla ist mein Staunen wohl eine Aufforderung, mir noch mehr über ihren Traummann zu erzählen.

«Henry ist aber kein alter Mann. Er ist fünfzig, und solche Männer laufen nicht sofort weg, wenn eine Frau die Wörter *Familie* oder *Kinder* in den Mund nimmt. Henry möchte sogar unbedingt noch Kinder haben. Er ist nämlich Witwer und kinderlos.» Versonnen blickt sie aus dem Fenster. «Er sieht auch noch super aus. Also, wenn er Schauspieler wäre, hätte Sky du Mont einen ernsthaften Konkurrenten. Wir haben uns übrigens bei einem Job kennengelernt. Ich hab dir doch erzählt, dass ich staatlich geprüfte Dolmetscherin für Russisch und Arabisch bin. Na ja, und über meine Dolmetscheragentur hat er mich engagiert, als er mal russische Geschäftspartner hatte, und so kam es zum ersten Kontakt.»

Ihr verklärter Gesichtsausdruck und das Glitzern in ihren blauen Augen lassen keine Zweifel aufkommen. Offensichtlich ist sie heftig verliebt.

«Das hört sich ja alles so an, als gäbe es schon einen Hochzeitstermin», schließe ich aus ihrer Schilderung.

Ulla schüttelt müde den Kopf. «Leider nicht. Zuerst möchte ich noch ein paar Jahre arbeiten, ich hab schließlich nicht studiert, um dann gleich zu heiraten und Kinder zu kriegen. Aber in letzter Zeit höre ich meine biologische Uhr ziemlich laut ticken, ich werde ja bald dreißig. Ich kann schon an keinem Kinderwagen mehr vorbeigehen, ohne neidisch reinzuschauen ... Aber wer weiß, vielleicht geht's ja doch schnell.» Plötzlich leuchten ihre Augen wieder. «Henry hat nämlich eine Wohnung für uns gekauft, und wenn er darüber spricht, hat seine Stimme immer so einen fürsorglichen Ton.»

«Hm ...», überlege ich. «Möglicherweise überrascht er dich ja demnächst mit einem Ring.»

Ulla streckt ihre linke Hand aus, als würde daran ein imaginärer Verlobungsring funkeln. «Ach, ja», seufzt sie und greift nach einer weiteren Praline. «Das wäre himmlisch.»

## 9

Aufgeregt wie ein Schulkind vor der Einschulung betrete ich an meinem ersten Arbeitstag das Seniorenstift. Erst als ich in weißem Kittel und einem Tuch auf dem Kopf die Küche betrete, fällt die Anspannung von mir ab wie Mehlstaub von trockenen Händen.

Der junge dunkelhäutige Mann, den ich schon beim Probekochen gesehen habe, hantiert bereits an der Spüle.

«'allo», begrüßt er mich. Sein Akzent ist eindeutig französisch.

«Ich bin Evelyn Meyer, die Neue», stelle ich mich vor und gestehe: «Leider spreche ich kein Französisch. Aber ich kann Omelette bestellen, Café au lait, Sandwich au Jambon und ... äh, fluchen.»

Sein Mund verzieht sich zu einem breiten Lächeln. Eine Reihe strahlend weißer Zähne wird sichtbar. «Oui?»

Da kommt Frau Stoll in die Küche und zeigt auf ihren Mitarbeiter. «Das ist Abbud, unser marokkanischer Sonnenschein! Wir duzen uns übrigens alle, ich bin Gerlinde – und französisch fluchen kann ich auch. Hat mir Abbud beigebracht!»

Sie streckt mir die Hand entgegen. Verlegen drücke ich sie. Hoffentlich denkt sie jetzt nicht, dass ich ständig fluche.

«Sacre Bleu.» Vergnügt lachend klopft sich Gerlinde auf den flachen Bauch. «Ich wusste doch, dass mein Gefühl mich nicht täuscht. Du passt prima zu uns. Also, willkommen im Reich der Genüsse! Deine Bayrisch Creme kam übrigens fantastisch an. Heute gibt's Obstsalat zum Nachtisch, Evelyn. Sei so gut, filetiere die Orangen und schäle die Äpfel, auch wenn dadurch eine Menge Vitamine verloren gehen. Aber einige unserer Bewohner tragen schon die «Dritten», und da bleibt gern die Schale drin hängen.»

Ich nicke und freue mich, etwas dazugelernt zu haben.

Die Vorbereitungen für das Frühstück dauern eine gute halbe Stunde. Zwischenzeitlich liefert ein Biobäcker warmes Brot und Brötchen. Zusammen mit Roswitha, der zweiten Küchenhilfe, verteile ich alles im Frühstückszimmer in den Körbchen auf den Vierer-Tischen. Von dem großen, lichtdurchfluteten Raum im Erdgeschoss hat man einen wunderschönen Blick auf die Isar. Die Logenplätze an den Fenstern, von wo aus man die Spaziergänger beobachten kann, sind schnell belegt. Pünktlich um sieben helfe ich beim Servieren und bediene die gehbehinderten Bewohner. Ein bisschen komme ich mir zwar wie eine Kellnerin vor, aber Herr Keller hat mir erklärt, dass wir «unsere Bewohner» wie Gäste behandeln. Dazu gehört auch, das Wort *Senioren* zu vermeiden.

Aber im Grunde unterscheidet sich meine Arbeit kaum von der zu Hause. Abgesehen vom schnellen Tempo in der Küche und den freundlichen Gesichtern um mich herum. Konrad sitzt ja meist nur muffelig rum und sieht durch mich hindurch. Hier dagegen bekomme ich ein freundliches Lächeln, einen netten Blick oder einen dankbaren Händedruck. Doch das Schönste ist das Gefühl, nicht herumkommandiert zu werden, wie Konrad das gerne tut. Vielleicht vergeht mein 4-Stunden-Arbeitstag deshalb schneller als Teewasser kocht.

Nach den Vorbereitungen für das Mittagessen verlasse ich meinen neuen Arbeitsplatz in Hochstimmung. Nur ein winzig kleines Problem bereitet mir noch Kopfzerbrechen: Ich brauche eine Lohnsteuerkarte. Keine Ahnung, wie ich da rankommen soll. Ich weiß auch nicht, wo Konrad meine aufbewahrt. Möglicherweise liegt sie in seinem Schreibtisch. Aber da ranzugehen, hieße, etwas Verbotenes zu tun. Sein Arbeitszimmer darf selbst Eulalia ohne Erlaubnis nicht betreten.

Zu Hause blinkt der Anrufbeantworter, und ich spule voller Neugier zurück.

«Hier ist Konrad. Evelyn, hallo. Wieso gehst du denn nicht ran?» Es klingt, als wäre er überzeugt davon, dass ich danebenstehe und mithören würde. Ungehalten spricht er weiter: «Seit Stunden versuche ich, dich zu erreichen. Und wieso hast du dein Handy ausgeschaltet?»

Merde! Ich hab tatsächlich vergessen, es wieder einzuschalten! Herr Keller wünscht eben keine Handys beim Personal. Aber was sage ich denn jetzt? Ob es glaubwürdig ist, dass ehrenamtliche Helfer ihre Handys nicht benutzen dürfen? Oder welchen Grund könnte ich sonst nennen? Akku leer? Funkloch? Handy verloren? Verloren! Ja, das ist gut. Aber dann muss ich mein Gerät natürlich verstecken, damit Konrad es nicht zufällig entdeckt – und zwar an einem Ort, an dem er garantiert nicht nachsieht.

Na, da brauche ich nicht lange überlegen: die Wäschebox. Die öffnet Konrad nicht mal, um seine eigene schmutzige Kleidung reinzuwerfen.

Ich wickle also mein Handy in ein Handtuch und lege noch eines von Konrads verschwitzten Sportshirts darüber. Den Rest sortiere ich gleich schon mal nach Bunt- und Kochwäsche.

Doch dann stocke ich mitten in der Bewegung. Beim Kontrollieren der Hosentaschen bin ich auf einen einzelnen Schlüssel gestoßen. Mit einem Herzanhänger!

Vor Schreck fällt mir das Ding aus der Hand. Und für einen Moment habe ich das Gefühl, als würde *mein* Herz stehenbleiben. So ein Anhänger gehört doch einer Frau! Hat Konrad etwas zu verheimlichen?

Plötzlich fällt mir die Serviette wieder ein, die ich vor kurzem in einem seiner Jacketts gefunden habe. Darauf war mit knallrotem Lippenstift eine Telefonnummer notiert. Konrad hatte behauptet, er habe bei einem Geschäftsessen keinen Stift gehabt, worauf ihm die Kundin ihren Lippenstift angeboten habe. Damals habe ich ihm die Geschichte geglaubt. Denn ich dachte immer, es gäbe keinen Grund, an Konrads Treue zu zweifeln. Mon dieu! Wie naiv bin ich eigentlich?

Ich atme mehrmals tief durch und probiere dann den ominösen Schlüssel in allen Türen im Haus. Aber er passt nirgendwo.

Könnte er vielleicht ins Büro gehören? Nein, soweit ich weiß, hat Konrad sämtliche Büroschlüssel an einem Bund zusammengefasst. Wem gehört also dieser?

Trotz intensiven Grübelns komme ich zu keiner plausiblen Erklärung. Es muss aber eine geben! Ich beschließe, Konrad einfach anzurufen.

«Was gibt's?», meldet er sich forsch.

«Ich bin es, Evelyn», antworte ich ordentlich, obwohl er die Nummer unseres Anschlusses auf seinem Display gesehen haben muss. «Du hattest auf den Anrufbeantworter gesprochen», erinnere ich ihn.

Wegen des Baulärms im Hintergrund brüllt er: «Ach so, ja. Wo warst du denn? Und was ist mit deinem Handy los?» Seine Verärgerung ist trotz des Geräuschpegels deutlich zu hören.

«Entschuldige, ich war im Seniorenstift. Das habe ich dir doch erzählt», erkläre ich. Die Handy-Frage lasse ich unbeantwortet.

«Wie dem auch sei», übergeht er meine Erklärung. «Ich rufe wegen eines Schlüssels an. Er müsste in einer meiner Hosen –»

«Ja, den habe ich gerade in deiner Wäsche gefunden!», unterbreche ich ihn erleichtert. Würde er mich danach fragen, wenn er etwas zu verbergen hätte?

«Durchsuchst du etwa in meiner Abwesenheit meine Sachen?», fährt er mich frostig an.

«Entschuldige, Konrad. *Du* hast mir doch aufgetragen, die Taschen deiner Sachen zu kontrollieren, bevor ich sie in die Reinigung bringe. Erinnerst du dich nicht? Ich glaube, es ist etwa drei Jahre her ... Du hattest Geld in einem Jackett vergessen.»

Statt einer Entschuldigung seinerseits höre ich wieder nur ein genervtes: «Wie dem auch sei, der Schlüssel gehört Dr. Lenz –»

Verwundert unterbreche ich ihn: «Unserem Hausarzt?»

«Ja, ja. Ich habe diverse Umbauarbeiten in seiner neuen Wohnung betreut und vergessen, den Schlüssel in unserem Büro zu hinterlegen. Du musst ihn sofort hinbringen.»

«Wird erledigt», verspreche ich und lege beruhigt auf. Die Schlüssel-Geschichte hat sich als harmlos entpuppt. Wie konnte ich nur denken, Konrad könnte mich betrügen?

Eilig schlüpfe ich in bequemere Klamotten und hole mein Handy wieder aus der Wäschebox. Nachdem ich den Schlüssel in ein niedliches grünes Päckchen mit blassgrüner Seidenschleife verpackt habe, fahre ich wie versprochen ins Architekturbüro.

Die Meyersche Firma liegt am Prinzregentenplatz. Konrads Großvater erwarb das respektable vierstöckige Altbauanwesen vor langer Zeit. Wegen des gelben Anstrichs und der dunkel gebeizten Fensterrahmen nennen es Jens und Timo «Vaters Bienenstock». Anfangs erstreckten sich nur einige Büroräume über das Hochparterre, die oberen Stockwerke wurden privat genutzt oder waren an verdienstvolle Angestellte vermietet. Auch Konrad ist hier aufgewachsen.

Arwed sanierte und renovierte das denkmalgeschützte Haus, nachdem er es vor dreißig Jahren geerbt hatte. Ein paar Jahre danach wurde ich als seine Sekretärin eingestellt. Inzwischen sind alle Etagen in Büros umgewandelt. Der Hierarchie entsprechend lenken Konrad und Arwed von oben die Büroangestellten und Architekten, die in den unteren Etagen an ihren Visionen arbeiten.

Über den ganz in Marmor gehaltenen Eingang gelange ich auf der rot ausgelegten Treppe zum Empfang im Hochparterre. Hier habe ich angefangen. Seit der letzten Weihnachtsfeier war ich allerdings nicht mehr in diesen Räumen. Doch jedes Mal, wenn ich die Stufen hinaufgehe, muss ich daran denken, wie Konrad und ich uns im Treppenhaus zum ersten Mal begegnet sind. Gleich am ersten Arbeitstag sah er mich an, als sei ich ihm direkt vor die Füße gefallen.

Immer noch sitzen am Empfangstresen junge Frauen. Eine brünette Schönheit telefoniert gerade, als ich an ihren Schreibtisch trete. Beiläufig hebt sie die Hand, um mir zu verstehen zu geben, dass ich mich einen Moment gedulden möge. Ihrem Geflüster nach flirtet sie gerade – mit wem auch immer. Kurz darauf kichert sie in den Hörer und streicht sich lasziv eine Strähne ihrer dunklen Lockenpracht hinters Ohr.

«Aber gerne doch, Herr Meyer, wird erledigt.»

Ich kann nicht glauben, dass sie gerade mit meinem Konrad spricht und bin entsprechend irritiert, als sie auflegt und sich an mich wendet: «Zu wem möchten Sie?»

«Ich bin Evelyn Meyer», antworte ich knapp.

Erschrocken zuckt sie zusammen: «Oh, Entschuldigung. Gerade habe ich mit Ihrem Mann gesprochen.»

Denkt sie, ich sei taub? Ich lege das Päckchen auf den glänzenden weißen Lacktisch. «Dann hat er sicher erwähnt, dass ich vorbeikomme und etwas für einen Kunden vorbeibringe?»

«Ja, natürlich ... ähm, tut mir wirklich leid, dass ich Sie nicht gleich erkannt habe, Frau Meyer ... ähm, aber ich bin erst seit drei Monaten hier», versucht sie stotternd ihre Fassung wiederzugewinnen.

«Schon gut», gehe ich nachsichtig lächelnd darüber hinweg und frage mich amüsiert: Wie sie mich erkennen sollte, wenn sie mich doch noch nie gesehen hat? Großmütig schreibe ich diesen Unsinn ihrer momentanen Verlegenheit zu und wende mich ab.

Doch als ich im Treppenhaus mein unscheinbares Bild in den halb blind gewordenen Spiegelwänden betrachte, überlege ich, ob sie mich anders behandelt hätte, wenn ich so elegant wie Carla gekleidet wäre. Wenn ich eine andere Haarfarbe hätte und statt dieser langweiligen hellgrauen Hosen-Pulli-Kombination und der schlichten dunkelblauen Steppjacke etwas Schickes tragen würde? Wenn ich so perfekt gestylt wäre wie Carla – meine Nachbarin hat bestimmt noch nie warten müssen und wird ganz sicher auch nicht so von oben herab behandelt.

Aber sehe ich wirklich schon so alt und faltig aus?

Als ich zu Hause ankomme, sehe ich lange mein Spiegelbild im Badezimmer an und fixiere die Linien um die Augenwinkel. Meine grauen Haare sind seit einer Weile immer zahlreicher, und bald werden sie nicht mehr zu übersehen sein. Ob Konrad mich zu alt findet? Immerhin flirtet er mit dieser jungen Sekretärin! Ob er ein Verhältnis mit dieser kleinen Sexbombe vom Empfang hat? Sollte ich Konrad einfach direkt fragen, ob er mich betrügt? Andererseits: Welcher Mann würde einen Betrug zugeben? Konrad auf keinen Fall! Der würde einen Seitensprung selbst dann noch leugnen, wenn ich ihn in flagranti ertappen würde. Sie war ja sichtlich verlegen, als ihr bewusst wurde, dass die Frau des Chefs ihr kleines Geplänkel mitgehört hat ... Unsinn! Konrad mit seinen neunundfünfzig Jahren ist doch viel zu alt für so eine junge Frau – und er hat viel mehr graue Haare als ich. Aber Männer dürfen ja auch alt und grau werden. Wieso dürfen Frauen das eigentlich nicht?

Wie eine giftige Hornisse schwirrte diese Frage plötzlich in meinem Kopf herum. Und mir wird klar: Da hilft nur mein berühmter Schokoladenkuchen!

Konrad wird demnächst sechzig, murmle ich, während ich in der Küche alle Zutaten bereitstelle. Sind Männer in seinem Alter nicht besonders anfällig für jüngere Frauen? Für *sehr* viel jüngere Frauen. Ich wäre nicht die erste, die nach fünfundzwanzig Jahren verlassen wird, weil die Ehe langweilig geworden ist, schießt es mir durch den Sinn. Dass ich für meinen Mann den Beruf aufgegeben, die Kinder großgezogen und den Haushalt geführt habe, zählt heutzutage ja nicht mehr.

Frustriert schiebe ich nach einer halben Stunde den fertigen Teig in den Ofen und erkläre meine Grübeleien für beendet. Dann werde ich mich eben glücklich futtern! Und wenn ich dabei aufgehe wie ein Hefezopf und meine Kleidergröße von achtunddreißig auf achtundvierzig wächst, ist es mir auch egal. Konrad schaut mich ja sowieso nicht mehr an.

Das Klingeln des Handys stört meine trübsinnigen Gedanken. Auf dem Display sehe ich Ullas Namen.

«Hallo, Evelyn. Wie geht's dir?» Ihre Stimme klingt gewohnt fröhlich.

Für meine Gemütsverfassung hat sich schon lange niemand mehr interessiert. Unbeabsichtigt entfährt mir ein viel zu tiefer Seufzer: «Nicht so gut, heute ist einer von diesen Tagen, an denen ich am liebsten ... ach, nicht so wichtig ... Ich sitze gerade in einem ausgebeulten Hausdress auf dem Sofa, warte auf die glücklich machende Wirkung von Schokokuchen und hoffe auf bessere Zeiten.»

«Ach, das kenne ich», antwortet sie verständnisvoll. «Wenn es so grau und trüb ist wie heute, bin ich auch oft mies drauf. Du hast wahrscheinlich schlicht und einfach einen Moralischen. Dagegen hilft nur die Aussicht auf einen Blödsinn-Abend!»

«Blödsinn?», frage ich befremdet. «Dieses Wort ist seit der Kindheit der Zwillinge völlig aus meinem Vokabular verschwunden.»

Ulla amüsiert sich hörbar. «Na, dann wird's Zeit, dass du es wieder in deinen Sprachschatz aufnimmst! Hey, warum kommst du mit deinem Schokokuchen nicht hierher, und wir tauschen Rezepte aus», schlägt sie vor. «Ich würde dich nämlich gerne etwas fragen.»

## 10

An der Tür erwartet mich eine strahlende Ulla ohne Krücke. Erfreut stelle ich fest, dass sie auch keinen Verband mehr trägt.

«Schau!» Sie streckt mir ihren Fuß entgegen, zieht das Hosenbein ihrer rosa Jeans hoch und wackelt mit den Zehen. «Der dunkellila Fleck ist nur noch ein Schatten. Aber komm erst mal rein. Ich hab Nudelteig vorbereitet, dazu gibt's mein Lieblingspesto aus getrockneten eingelegten Tomaten, Mandeln und Chili. Von Kuchen alleine kann keiner glücklich werden.»

Kurz darauf stehen wir in der Küche, krempeln unsere Ärmel hoch und beginnen mit der Zubereitung. Im Hintergrund trällert Shakira ein Lied über die Liebe.

Ulla kippt die in Öl eingelegten Tomaten in eine Schüssel, wirft eine klein geschnittene rote Chilischote dazu, schüttet gemahlene Mandeln darüber und nimmt dann den Pürierstab zur Hand. Von Mixgeräuschen überdeckt fragt sie neugierig: «Du machst also nie einfach mal Blödsinn?»

«Wie meinst du das denn?»

Sie schaltet den Mixstab aus, holt den Teig sowie ein Stück Parmesan aus dem Kühlschrank und reicht mir den Käse. «Würdest du den reiben und zum Pesto geben?»

Während ich nach der bereitstehenden Reibe greife, angelt Ulla ein Nudelholz aus dem Schrank und klärt mich auf. «Na, etwas anstellen oder unternehmen, was du unter normalen Umständen nie tun würdest.» Spielerisch verteilt sie eine Hand voll Mehl auf der Arbeitsfläche und dem Nudelholz und bearbeitet dann den Teig gefühlvoll mit den Händen. «Also gut, ein Beispiel: Wenn ich ohne besonderen Grund schlechte Laune habe, dann genügt mir auch die Schokokuchentherapie. Für alle anderen Gemütskatastrophen habe ich eben diese Blödsinn-Tage eingeführt, an denen ich mir blödsinnige Wünsche erfülle oder blödsinnige Dinge anstelle.»

«Wann hattest du zuletzt so einen Tag? Und was hast du da gemacht?», frage ich gespannt.

Vorsichtig faltet sie den fertig ausgerollten Teig wie eine Ziehharmonika zusammen und legt ihn auf ein Brett, das sie zu mir schiebt. «Der Teig muss jetzt in zwei Zentimeter breite Streifen geschnitten werden. Ich roll hier in der Zwischenzeit weiter aus. Also, mein letzter Blödsinn: Das war, als mir der Typ von dieser Begleitagentur einen Kurs für Erotikmassagen empfohlen hat. In dem Moment hab ich erst geschnallt, was da tatsächlich abläuft. Du kannst dir gar nicht vorstellen, wie frustriert ich über meine eigene Dummheit war. Doch dann habe ich mich sorgfältig geschminkt, mir meine schicksten Klamotten geschnappt und mich mit dem letzten Verdienst der Agentur für ein Wochenende in eine Suite im ‹Bayrischen Hof› eingemietet.»

Das hört sich für mich nicht nur richtig blödsinnig an, auch den tieferen Sinn dahinter verstehe ich nicht. Begriffsstutzig wie bei dieser peinlichen Marktforschung möchte ich jedoch nicht wirken, deshalb konzentriere ich mich jetzt ganz aufs Nudelschneiden.

Doch Ulla durchschaut mich. «Du weißt nicht, was ich meine, oder, Evelyn?»

Vorsichtig breite ich die geschnittenen Nudeln auf einem sauberen Küchenhandtuch aus. «Na ja … nicht so genau.»

«Ich wollte dieses *schmutzige* Geld und die Erinnerung an meine eigene Naivität so schnell wie möglich loswerden. Und obwohl ich das Geld für meine Miete hätte gut gebrauchen können, habe ich Millionärin gespielt. Die Hotelrechnung klebt als Mahnung in meinem Tagebuch. Immer wenn ich mich daran erinnere, amüsiere ich mich köstlich.»

«Aber warum hast du dir nicht etwas für deine Wohnung angeschafft?», frage ich irritiert. «Für das Geld hättest du sicher ein schönes Möbelstück bekommen.»

Ulla schüttelt den Kopf. «Nee, nee. Um mich dann ständig an diesen … diesen Zuhälter zu erinnern? Nein danke. Aber nach dem Verwöhnwochenende im Hotel mit feinem Essen, Sauna, Massage und exquisitem Service habe ich mich gefühlt, als wäre ich zwei Tage lang eine andere gewesen. Wünschst du dir das nicht auch manchmal?» Sie reicht mir die nächste Lage des zusammengefalteten Teigs und sieht mich provozierend an.

«Eigentlich wünsche ich mir mehr, dass Konrad wieder so wie früher wäre», gestehe ich leise und erzähle ihr von meinem in letzter Zeit ständig schlechtgelaunten Mann und dem schrecklichen Gefühl, alt, langweilig und unsichtbar zu sein.

Ulla setzt Wasser für die Nudeln auf und hört mir weiter aufmerksam zu. Als ich zwischen Nudeln schneiden und auseinanderlegen von dem seltsamen Schlüsselfund berichte, sieht sie mich erschrocken an.

«Am Ende hat sich diese Schlüssel-Geschichte ja glücklicherweise aufgeklärt, Evelyn. Aber trotzdem ist bei dir ein Blödsinn-Tag überfällig. Es muss doch wahnsinnig anstrengend sein, sich immer nur um seinen Mann zu kümmern und sich selbst ganz zurückzunehmen! Ich hab mal gelesen: Hinter jedem erfolgreichen Mann steht eine *halbtote* Frau! Und damit dein Mann kapiert, dass du eben noch nicht halbtot bist, solltest du ihn mit etwas Unerwartetem überraschen.»

Spontan fällt mir Trixi ein. «Meine Friseurin versucht schon lange, mir eine neue Haarfarbe zu verpassen. Aber ich trau mich nicht. Was mache ich, wenn es Konrad nicht gefällt?»

«Wieso Konrad? Es ist doch dein Kopf, Evelyn!»

Unsicher stimme ich ihr zu und gestehe, noch nie etwas ohne seine Einwilligung getan zu haben.

«Ach, und was ist mit deinem Job?», erinnert sie mich. «Wie du das alleine gedreht hast, war doch oberprima! Du hast bewiesen, dass du wie eine emanzipierte Frau handeln kannst!»

«Ach, weißt du, die Emanzipation hat mir noch nie besonders viel bedeutet. Ich finde, der Preis dafür ist zu hoch. Schlussendlich bleiben die Kinder, der Haushalt und das ganze Drumherum ja doch an der Frau hängen. Obendrein hätte ich immer ein schlechtes Gewissen gehabt, dass irgendjemand zu kurz kommen könnte. In diesem Punkt waren mein Mann und ich uns von Anfang an einig.»

«Na, deine Jungs sind ja inzwischen raus aus den Pampers», stellt Ulla grinsend fest und bohrt unbeirrt weiter. «Klamotten kaufst du aber schon alleine?»

Als ich zugebe, mich auch dabei nach Konrads Wünschen zu richten, stemmt Ulla erbost die Hände in die Hüften. «Macho! Vielleicht sollten wir mal zusammen losgehen und irgendwas kaufen, das ihn garantiert zur Raserei bringt. Am besten von seinem Geld! Wie wäre das?» Schwungvoll wirft sie die Nudeln ins Wasser.

Während ich Besteck, Gläser und Servietten auf dem niedrigen, türkisfarbenen Tisch zwischen den Korbstühlen verteile, überschlage ich in Gedanken mein restliches Haushaltsgeld. Es müssten etwa einhundertfünfzig Euro sein.

«Wie teuer war denn der silberne Pulli, den du neulich anhattest?», rufe ich ihr zu. Ulla verschluckt sich vor Lachen, als ich wieder in die Küche komme und ihr erkläre: «So ein durchsichtiges Stück würde Konrad nicht gefallen, ich könnte es also niemals tragen. Das wäre also reinste Geldverschwendung, und das würde ihn auf die allerhöchste Palme bringen. Er findet es nämlich prätentiös, Dinge zu kaufen, die man nicht benötigt.»

Die Nudeln sind inzwischen fertig. Ulla gießt das Wasser ab, gibt einige Tropfen Öl in den Topf, setzt den Deckel wieder drauf und schwenkt kurz durch.

«Ja, Geldverschwendung ist auch für mich der Gipfel allen Blödsinns ... Und genau deshalb habe ich mir damals dieses Hotel-Wochenende gegönnt», erklärt sie, verteilt die dampfenden Nudeln auf zwei Teller und reicht mir die Schüssel mit dem Pesto.

Ich folge ihr damit ins Zimmer.

«Das Pesto schmeckt köstlich!», lobe ich noch während des ersten Bissens. «Es hat genau die richtige Schärfe. Du musst mir unbedingt das Rezept geben!»

«Danke, Evelyn, das sagt Henry auch immer.»

«Ach, er kocht auch gerne?»

«Nein.» Sichtlich amüsiert schüttelt Ulla den Kopf. «Er mag es einfach gerne scharf. Du verstehst ...?»

«Er isst gerne scharf?», frage ich irritiert.

Ulla hebt prustend ihr Wasserglas: «Auf die naivste Frau, die ich kenne ... Nein, ich *mache* ihn gerne scharf! Alles, was scharf schmeckt, macht nämlich auch scharf. Wusstest du das?»

«Oh ... ja ... äh, jetzt verstehe ich», stottere ich befangen. «Delikate Themen gehören nicht gerade zu meinem Repertoire.»

«Kapiert: Es ist dir peinlich», erkennt Ulla. «Dann erzähl

doch mal, warum du diese Nervensäge von Mann überhaupt geheiratet hast. Was ich bis jetzt über ihn gehört habe, wären für mich nur Scheidungsgründe.»

«Er war ja nicht immer so», verteidige ich Konrad. «Wenn ich dir erzähle, wie romantisch sein Heiratsantrag war, wirst du mich besser verstehen.»

Ulla rollt eine Portion Nudeln um die Gabel. «Lass hören.»

«Also: Seit der Weihnachtsfeier in der Firma waren wir offiziell ein Paar, im August hat er mich dann zu einem Picknick eingeladen und mir nach Hummersalat und Sekt den Antrag gemacht: *Liebste Evelyn*, hat er gesagt und mir eine kleine rote Schmuckschachtel hingehalten. *Willst du meine Frau werden?* Überglücklich hab ich JA gesagt und dachte natürlich, er wolle mir einen Ring überreichen. Doch in der Schachtel lag ein kleines zusammengefaltetes Stück Papier. Konrad nahm es heraus, faltete es auseinander und erklärte: *Schau, Schneckchen, hier ist der Plan des Hauses, in dem ich mit dir eine Familie gründen möchte.* Ich war so glücklich, dass mir die Tränen kamen. Es stellte sich heraus, dass die Wiese, auf der wir picknickten, Teil seines Grundstücks war. Stell dir vor, wir haben das erste Mal auf unserm eigenen Grund und Boden gesessen!»

«Schneckchen?», wiederholt Ulla amüsiert.

«Ja, weil ich so häuslich bin», erkläre ich verschämt.

Ulla schenkt Wasser nach und überlegt halblaut. «Nur Sekt und kein Ring», grummelt sie vor sich hin und wendet sich dann zu mir: «Im ersten Moment hört sich das ja wirklich hochromantisch an ... ein Picknick im Grünen, Kosenamen, Heiratsantrag ... aber mir fällt dazu nur ein arabisches Sprichwort ein: Wenn Männer Häuser für die Familie bauen, wird es für die Frau schnell zum Gefängnis! Es gibt einen Haken an diesem seltsamen Antrag. Ich weiß zwar noch nicht, wo der sitzt, aber vielleicht pikst er dich schon seit Jahren.»

«In arabischen Ländern kann ein Haus vielleicht zum Gefängnis werden, aber doch nicht hierzulande», entgegne ich, und dann fällt mir noch etwas sehr Romantisches ein, um ihre Einwände zu entkräften: «Konrad hat bei der Geburt der Zwillinge geweint und mir dafür gedankt, dass ich ihm gleich zwei Söhne geboren habe.»

Verwundert fragt Ulla: «Im Kreißsaal?»

«Nicht direkt, er war ja bei der Geburt nicht dabei», erkläre ich. «Aber kurz danach, als er unsere Söhne zum ersten Mal im Arm gehalten hat. Beide sollten Architekt werden, um die Tradition fortzuführen und die Firma zu übernehmen.»

«Fandest du das etwa auch romantisch?» Sie klingt beinahe entrüstet.

«Ja ... schon», antworte ich zögernd. «Es klang nach Beständigkeit und Sicherheit. Meine Mutter musste mich alleine großziehen. Es war schwer für sie, wir hatten mehr Existenzängste als Staubmäuse ...»

«Ach, das kenne ich», unterbricht mich Ulla abwehrend. «Meine Mutter war auch alleinerziehend. Ich habe meinen Vater nie gesehen, es gibt weder ein Foto von ihm, noch hat er jemals Unterhalt für mich bezahlt. Deshalb habe ich auch einen Vaterkomplex, so viel weiß ich. Aber was hat das mit Romantik oder Liebe zu tun?»

«Das Leben meiner Mutter war voller Sorgen und Nöte, an denen sie viel zu früh gestorben ist. So wollte ich auf keinen Fall leben. Schon als kleines Mädchen habe ich mir geschworen, mich nie in einen armen Mann zu verlieben: von großen Gefühlen kann man nämlich nicht satt werden. Doch in einer alteingesessenen Familie mit Traditionen und gesicherter Existenz kommt die Liebe von ganz allein.»

Nachdenklich stellt Ulla unsere leeren Teller zusammen und trägt sie in die Küche. Ich folge ihr.

«Schon klar», sagt sie, als wir gemeinsam den Abwasch

erledigen. «Ich finde Geld ja auch ziemlich geil ... Du warst also nicht in deinen Mann verliebt, als ihr geheiratet habt?»

Energisch protestiere ich: «Wie kommst du denn auf die Idee? Ich war so schrecklich verliebt in Konrad, dass ich mir ein Leben ohne ihn überhaupt nicht mehr vorstellen konnte. Aber ich habe eben auch von schöner Bettwäsche, feinem Geschirr und hübsch gekleideten Kindern geträumt. Ich war sicher, dass mit Konrad alle meine Träume Wirklichkeit werden würden.»

Ulla reicht mir einen tropfenden Teller, seufzt sehnsüchtig und blickt versonnen aus dem Küchenfenster. «Bist du heute immer noch glücklich?»

«Hm», murmle ich einsilbig. Auf so eine direkte Frage war ich nun wirklich nicht gefasst. Aber ich kann Ulla natürlich nicht gestehen, dass ich schon lange aufgehört habe, darüber nachzudenken und mich gefühlsmäßig in ein Schneckenhaus zurückgezogen habe.

Kurz darauf sitzen wir in den Korbstühlen am Fenster und genießen bei heißem Espresso den Ausblick über das Olympiagelände.

Ulla rührt Zucker in ihre Tasse. «Wie hast du ihn denn eigentlich dazu gebracht?»

«Wozu?»

«Na, dir einen Antrag zu machen. In meinem Freundeskreis sind alle unverheiratet, da kann ich niemanden fragen, wie so was abläuft.»

Erstaunt stelle ich meine Tasse zur Seite. «Bist du schwanger?»

«Nein!» Sie starrt mich mit weit aufgerissenen Augen an, als sei das eine völlig neue und abwegige Möglichkeit, einen Mann zu einem Heiratsantrag zu motivieren. Dann fragt sie: «Warst *du* denn damals schwanger?»

«Nicht doch», wehre ich ab. «Ich glaube, Konrad wollte einfach heiraten, weil es in seiner Familie üblich ist, früh zu heiraten, um die Firmennachfolge zu sichern. Es hat aber noch fünf Jahre gedauert, bis die Zwillinge kamen. Meine Ärztin meinte damals, dass es vielleicht an ihm gelegen hat. Untersuchen lassen wollte er sich jedoch nicht ... Aber hast du nicht gesagt, dass Henry bereits vom Kinderkriegen spricht?»

Verlegen streicht sich Ulla eine Strähne hinters Ohr. «Ja, das schon, aber nicht, ob er auch von *mir* Kinder will. Irgendwie werde ich das Gefühl nicht los, dass er sich nicht festlegen will. Wenn ich ihn zum Beispiel nach seiner verstorbenen Frau frage, wehrt er immer ab: Es wäre alles noch zu frisch, und er könne einfach noch nicht darüber sprechen.» Ulla sieht mich neugierig an, als gäbe es ein Geheimnis, das nur Ehefrauen kennen. «Also, wie hast du es angestellt?»

Nachdenklich lasse ich meinen Blick über das futuristische Dach der Olympiahalle wandern, das in der Abendsonne schimmert. Von hier oben sieht es wie ein soeben gelandetes Raumschiff aus. Ob es auf anderen Planeten Wesen gibt, die eine Lösung für zwischenmenschliche Probleme haben?

«Ich glaube nicht, dass ich irgendetwas Besonderes getan oder gesagt habe, Ulla. Aber an unser erstes Rendezvous, ein Mittagessen, erinnere ich mich genau ... Na ja, wenn ich ehrlich bin, war es keine direkte Verabredung, sondern eher ein Zufall. Ich war ja Sekretärin in der Firma und wurde mit einem wichtigen Plan zu Konrad auf eine Baustelle geschickt. Wir waren damals übrigens noch per Sie. Und als kleines Dankeschön für meinen Botendienst hat Konrad mich zum Essen eingeladen ...»

«Und?», drängelt sie.

«Danach sind wir immer öfter ausgegangen, zum Konzert, zur Sommerparty seines Golfclubs und so. Zu seinem Geburtstag, im Dezember, lud er mich dann zu seiner Familie ein. Aber da ich seinen Vater ja schon kannte, war das für mich keine bedeutungsschwere Einladung. Im Nachhinein betrachtet, war sie es aber schon.»

«Aber irgendwas musst du doch getan haben! Hast du ihn vielleicht eifersüchtig gemacht, damit er merkt, dass er nicht der Einzige ist und dass sich noch andere Männer für dich interessieren?», drängt sie weiter. «Im Kino funktioniert das doch immer so, und in Ratgebern wird das sogar explizit empfohlen.»

«Ratgeber habe ich nie gelesen, und Konrad geht nur sehr ungern ins Kino. Er hasst es, wenn neben ihm laut schmatzend gegessen und getrunken wird», erzähle ich, nicht ohne Bedauern. «Aber Scherz beiseite: Es gab tatsächlich einen jungen Architekten in der Firma, der mich einige Zeit umschwärmt hat. Doch ich hatte nur Augen für Konrad. Wenn es ein Erfolgsrezept geben würde, ich würde es dir sofort verraten, Ulla. Ehrlich.»

«Puh», schnauft Ulla. «Jetzt sind wir aber bei einem schwierigen Thema gelandet. Dabei wollte ich dir eigentlich eine aufregende Geschichte erzählen. Du bist doch sozusagen Fachfrau in Sachen Kochbuch!»

«Na ja, meine Sammlung ist schon beachtlich», erwidere ich nicht ohne Stolz.

Ulla erhebt sich, um eine Schale ihrer frisch zubereiteten Schokopralinen aus dem Kühlschrank zu holen. «Hier, sie sind diesmal mit Amaretto aromatisiert. Also, ich wollte dir von meinem Onkel Bertram erzählen, das ist der Bruder meiner Mutter. Er heißt auch Bronner wie ich», fügt sie noch schnell an, als ich sie fragend ansehe. «Onkel Bertram hat einen kleinen Kochbuch-Verlag, der nur so lala läuft.»

«Tatsächlich?», wundere ich mich und genehmige mir eine der köstlichen Pralinen. «Ich dachte, das Geschäft mit Kochbüchern läuft gut. Ich lese jedenfalls viel lieber Rezepte als Romane und kaufe mir mindestes ein Kochbuch pro Monat.

Konrad spottet immer, dass wir meine monströse Sammlung in einer Notlage verkaufen und uns damit über Wasser halten könnten.»

«Seltsamer Humor», findet Ulla und fährt fort. «Nun, Onkel Bertram war gerade auf der Buchmesse, es lief wohl nicht so super. Und deshalb braucht er unbedingt einen Bestseller, sonst geht er demnächst pleite. Jedenfalls kam er auf die geniale Idee, ein erotisches Kochbuch herauszugeben. Sex sells, weiß man ja.»

Auch auf die Gefahr hin, wie eine komplett doofe Hausfrau zu erscheinen, platze ich dennoch damit heraus: «Sex in der Küche?»

«Na ja, inzwischen wird doch überall gekocht, nur in der Tagesschau noch nicht», erwidert Ulla amüsiert und zupft den V-Ausschnitt ihres rosa Pullis zurecht. «Warum also nicht kochen und übereinander herfallen? Vorher, nachher oder ... Jedenfalls dachte ich, du könntest vielleicht wertvolle Tipps haben.»

«Ich? Äh ... nein», stottere ich. «Da kann ich wohl kaum behilflich sein, wenn überhaupt, kennst du dich in dieser Branche doch besser aus. Schließlich warst du ja *beinahe* mal ein Callgirl.»

Lächelnd greift Ulla nach einer Schokokugel. «Stimmt, aber in diesem Fall geht's nicht direkt um Sex. Um genau zu sein, geht es um Rezepte mit aphrodisisch wirkenden Zutaten. Rezepte für Verliebte, Verlobte, Verheiratete und alle, die einen romantischen Abend auf besondere Art zelebrieren möchten. Für dieses Projekt sucht Onkel Bertram nun ein Callgirl, also eine Frau vom Fach. Aber eine, die exzellente Kochkenntnisse besitzt. Und weil er von meiner Erfahrung in der Begleitagentur weiß, hat er mich gefragt, ob ich nicht Lust hätte, die Kochrezepte zu schreiben und ... na ja, in der Öffentlichkeit das Callgirl zu spielen und –»

Konsterniert unterbreche ich ihren Redefluss: «Will er dich etwa in Strapsen und Kochschürze oder gar nackt an den Kochtopf stellen?»

Kichernd stippt Ulla mit den Fingern einige Schokobrösel vom Tisch. «Schräge Vorstellung. Aber nein, davon war nicht die Rede, es geht nur um die Vermarktung des Buches. Onkel Bertram meint: Eine schöne Frau aus der Erotikbranche, die noch dazu gut kochen kann, würde allergrößtes Medieninteresse wecken. So würden heutzutage nun mal Bestseller gemacht, hat er mir erklärt. Neben den unzähligen Neuerscheinungen, deren Autoren ja fast alle berühmte Sterne- oder Fernsehköche sind, braucht er einen Knüller, um sich aus der Masse hervorzuheben. Nur so kommt richtig Geld ins Haus.»

«Und wenn es doch kein Bestseller wird?»

Leichthin zuckt sie die Schultern. «Luftschlösser kosten ja nix. Aber die Idee ist doch oberprima, oder? Könnte glatt von mir sein», stellt sie heiter fest.

«Stimmt! Hört sich nach einer deiner Blödsinn-Ideen an», sage ich lachend. «Aber was kann eine schlichte Hausfrau wie ich dir dazu noch raten?» Gespannt sehe ich sie an.

Ulla blickt aus dem Fenster. Ihr Ausdruck wirkt besorgt. «Es ist wegen Henry ... der hat doch keine Ahnung, dass ich mal in einer Begleitagentur gearbeitet habe. Na ja, und ich befürchte, dass er mir nicht glaubt, wie harmlos die ganze Sache letztlich war. Und am Ende kommt er noch auf die absurde Idee, ich wäre tatsächlich mit Tausenden von Männern ins Bett gehüpft. Dann platzt mein Traum von einer gemeinsamen Zukunft aber garantiert.»

Unbeabsichtigt entfährt mir ein leises: «Merde.»

«Ja, genau, Merde», wiederholt Ulla stöhnend. «Ich finde diese Callgirl-Idee nämlich wirklich obergenial und würde meinen Onkel gerne unterstützen. Doch egal, wie lange ich auch darüber grüble, es gibt keine Lösung für mein Henry-

Problem. Ich werde absagen müssen, es sei denn, du hast eine Idee.»

«Nun, ich kenne mich zwar mit allen möglichen Kochrezepten aus, auch könnte ich Rezepte mit aphrodisischen Zutaten kreieren, aber ich habe weder von der Callgirl- noch von der Verlagsbranche Ahnung, Ulla.»

«Ja, schon, aber du hast mir doch erzählt, dass dieser Dr. Sowieso auf deiner Dinnerparty meinte, du solltest unbedingt mal ein Kochbuch schreiben», antwortet sie lauernd. «Deshalb dachte ich ... Na ja, wir könnten die Rezepte doch zusammen schreiben, und du gibst dich dann als ein Callgirl aus, das ich aus der Begleitagentur kenne und –»

«Wie bitte?», fahre ich sie erschrocken an. «Das ist ja wohl ein ganz übler Scherz, oder?»

«Warum denn nicht?» Ulla nimmt meine Entrüstung nicht ernst. Anscheinend hat sie die Idee auch schon komplett durchdacht. «Wegen deines Aussehens musst du dir keine Gedanken machen. Wir verpassen dir einen ganz anderen Look. Du bekommst eine neue Frisur, ein perfektes Make-up und ein messerscharfes Styling. Wir machen aus dir eine atemberaubende Schönheit, die locker als Callgirl durchgeht. Auch wenn du es vielleicht nicht glaubst: Du hast das gewisse Etwas. Und ich hab dir ja schon gesagt, dass in dir eine ganz andere Frau steckt, als man auf den ersten Blick vermutet!»

Mir fehlen die Worte. Ich brauche einige Sekunden, bis ich darauf antworten kann. «Tut mir leid, Ulla, aber ich bin eine verheiratete Frau, und Konrad würde garantiert die Scheidung einreichen, wenn er ... Mon dieu, das mag ich mir gar nicht vorstellen!»

Ulla winkt ab. «Ach was, dein goldiger Konrad ist doch sicher kein Talkshow-Fan und für Kochbücher interessiert er sich auch nicht. Wie soll er da überhaupt etwas mitbekommen? Ein neues Styling würde dich so radikal verändern, dass sogar deine engsten Freunde an dir vorbeilaufen würden. Und zu Hause musst du ja nicht als Callgirl rumlaufen, da kannst du wie eh und je die graue Maus bleiben.»

Kopfschüttelnd lehne ich ab. «Entschuldige bitte, Ulla, aber ich glaube nicht, dass mich eine äußerliche Veränderung gleich zu einem glaubwürdigen Callgirl machen würde. Außerdem habe ich ja bereits einen Job. Und was passiert, wenn der Betrug auffliegt? Damit wäre deinem Onkel Bertram sicher nicht gedient.»

Sie lächelt verschlagen. «Ach was, über ungelegte Eier mach dir mal keine Gedanken, Evelyn. Ich könnte mir sogar vorstellen, dass ein netter kleiner Skandal den Verkauf erst so richtig ankurbelt. Auf so was springen die Medien doch nur zu gerne an.»

«Na, dein Onkel und du, ihr seid ja ein nettes Team», stelle ich empört fest. «Haben Blödsinn-Ideen bei euch auch Familientradition?»

## 11

Auf der Heimfahrt muss ich trotz des wenig amüsanten Endes unserer Unterhaltung über Ullas verrückte Ideen grinsen. Wie ich diese jungen Frauen von heute beneide! Setzen sich einfach über alle Konventionen hinweg. Für ihre Generation scheint absolut nichts unmöglich zu sein. Sie sind rund um die Uhr erreichbar, in ihrer Welt gibt es keine Grenzen, kaum Regeln und wahrscheinlich überhaupt keine Traditionen. Nicht mal Ladenöffnungszeiten. Alles, was sie brauchen, bestellen sie sich einfach online. Und was es im Netz nicht gibt, wird eben kreiert oder geklont. Ullas Onkel ist anscheinend nicht weniger übermütig – obwohl er doch eher in meinem Alter sein muss ...

Letztlich beneide ich Ulla aber um ihre Aufgeschlossenheit und ihren Einfallsreichtum. Vielleicht sollte ich doch auch mal irgendeinen Blödsinn veranstalten, schwirrt es mir durch den Kopf.

Ob meine Schneckensammlung schon zu der Kategorie gehört? Es ist ja tatsächlich echte Geldverschwendung, etwas zu sammeln, das ich nicht aufstellen kann, weil Konrad sie dämlich findet. In den ersten Jahren unserer Ehe hat er mich immer «Schneckchen» genannt, und irgendwann habe ich beschlossen, die Tierchen zu sammeln. Aber um einen Zwist zu vermeiden, habe ich sie nie aufgestellt und verwahre sie in einem Koffer.

Doch Klamotten, die anschließend ungenutzt im Schrank hängen würden, habe ich noch nie erstanden. Jedenfalls nicht, seit ich verheiratet bin.

Übermütig beschließe ich, einen Abstecher in die Innenstadt zu machen und einen Versuch zu wagen.

Beim Bummel durch die Fußgängerzone, vor einem Lederbekleidungsgeschäft, erinnere ich mich an eine schwarze Lederhose, die Carla mal bei einer Dinner-Einladung trug und die Konrad als *ordinär* aburteilte. Als Carla ihn lachend darauf aufmerksam machte, die Hose sei immerhin schwarz, wurde er noch deutlicher: Lederkleidung sei in jeder Farbe ordinär. Nur Gesocks wie Rocker und Musiker würden so rumlaufen.

Wie Konrad wohl reagieren würde, wenn ich ihn heute Abend in Leder erwarte?

Mutig betrete ich den Laden.

«Kann ich helfen?», erkundigt sich eine sehr schlanke, rothaarige Frau, als ich mich umsehe.

«Äh ... ja ... ich hab da diese Lederhose in Ihrer Auslage gesehen und ...»

Höflich wartet die Verkäuferin einen Moment ab, ob ich

meinen angefangenen Satz beende. «Möchten Sie vielleicht etwas probieren?», erkundigt sie sich, als ich nicht weiterspreche. «Welche Größe tragen Sie denn?»

War ich bis jetzt noch unschlüssig, beginnt es nun in meinem Magen zu kribbeln, als wäre ich im Begriff, ein großes Abenteuer zu beginnen. «Achtunddreißig passt eigentlich immer.»

«Hier entlang, bitte.» Sie weist mit der Hand in den hinteren Teil des Verkaufsraums, wo sich die Umkleidekabinen befinden.

Ihren modelartigen Gang bewundernd, folge ich ihr. Wie verführerisch ihre Hüften in dem kurvenbetonenden Mini schwingen! Muss wohl an den hohen Bleistiftabsätzen ihrer Stiefel liegen. Nur das auffällige Grün des Lederrocks, zu dem sie ein gleichfarbiges Shirt trägt, finde ich gewöhnungsbedürftig.

«Dachten Sie an eine bestimmte Farbe?»

«Ach, so ... äh ... Nein, eigentlich nicht», antworte ich unschlüssig.

Sie mustert mich kurz, wohl um aus meiner beigen Hose-Pulli-Jacke-Kombination meinen Geschmack zu ergründen. Dann greift sie zielsicher in das wandhohe Regal voller Hosen. «Ich hätte hier ein sehr schönes, klassisches Modell in mittelbraun.»

In Gedanken durchsuche ich meine Garderobe, ob sich dazu ein passendes Oberteil findet.

Die Rothaarige weiß mein Schweigen anscheinend richtig zu deuten. «Diesen Ton können Sie praktisch zu allen Farben kombinieren. Damit sind Sie immer gut angezogen.»

Ich nicke ihr zu und lasse mir die Kabinen zeigen.

Genau in dem Moment, in dem ich den Reißverschluss der Hose schließe, höre ich sie fragen: «Passt sie denn?»

Sie weiß wohl ganz genau, wie viel Minuten eine Kundin benötigt, um sich aus- und wieder anzuziehen.

Ich öffne den Vorhang der Kabine und trete vor den Spiegel. «Ja, ich glaube, die sitzt ganz gut.»

«Wie angegossen», bekräftigt sie und fügt noch an: «Ihr Gemahl wird begeistert sein.»

Na, darauf würde ich nicht wetten!, denke ich übermütig und beschließe, mir die Hose zu kaufen. Ich kann es kaum erwarten, Konrads Gesichtsausdruck zu sehen, wenn ich ihm das Stück vorführe. Und eines weiß ich ganz sicher: Sollte er verlangen, dass ich sie sofort ausziehe und zurückbringe, werde ich mich weigern!

Als er am Samstagnachmittag zurückkommt, erwarte ich ihn in der neuen Hose, einem karamellfarbenen Kaschmirpulli und meiner zweireihigen Perlenkette am Küchentresen.

«Wie war die Fahrt?», erkundige ich mich sanft lächelnd, als er eintritt, und frage, ob er hungrig ist. «Ich habe feinsten Schinken hier und heute Morgen ein frisches Baguette beim Bäcker besorgt. Vielleicht ein Sandwich au Jambon?»

«Ja gerne, und einen starken Kaffee, bitte.»

Seine Reaktion war zwar unerwartet freundlich, aber zu meiner Lederhose sagt er nichts. «Fällt dir nichts auf?», erkundige ich mich, während ich ihm den Imbiss zubereite.

Verwundert sieht Konrad sich eine Weile im Zimmer um. Doch unser durchgestyltes weiß-graues Zuhause ist makellos wie immer – der Versuchung, die Schnecken aus ihrem Koffer-Verlies zu befreien, habe ich widerstanden. Dann mustert er mich kurz, ohne mich wirklich anzusehen.

«Ja, du stehst irgendwie komisch da. Hast du was am Bein?»

Freundlich lächelnd antworte ich: «Nein, meine Beine sind vollkommen in Ordnung.»

Schnuppernd hebt er die Nase. «Ah, jetzt weiß ich, was du meinst, es riecht ... wie in einem neuen Auto mit Ledersitzen! Ein Raumspray?»

Mir fehlen die Worte. Offensichtlich bin ich völlig unsichtbar geworden! «Mal etwas Anderes», erklärt er und verzieht sich mit dem Snack in seinen Hobbykeller.

Was Anderes?! In diesem Haus wurde noch nie Raumspray verwendet. Plötzlich fühle ich mich fiebrig. Ich bekomme schreckliche Kopfschmerzen und würde am liebsten zu den Schnecken in den Koffer kriechen – oder meinen Koffer packen und die Zwillinge besuchen. Konrad würde es bestimmt nicht auffallen.

Aber das wäre ein sehr kurzer Besuch. Immerhin habe ich jetzt einen Job und muss Montag wieder im Seniorenstift antreten. Und das ist im Moment mein einziger Lichtblick in meinem vollkommen ergrauten Alltag.

Die erste Begegnung mit Herrn Keller am Montagmorgen ist allerdings höchst unerfreulich.

«Guten Morgen, Frau Meyer. Gut, dass ich Sie erwische», grüßt er und fragt zum wiederholten Male nach der leidigen Lohnsteuerkarte.

Merde alors!, die habe ich ja völlig vergessen – oder verdrängt?

«Äh, ja, Ihnen auch einen guten Morgen», wünsche ich verlegen und entschuldige mich für das Versäumnis. Ich verspreche ihm, die Unterlagen so schnell wie möglich zu besorgen, und eile in die Küche.

Als ich den Raum betrete, stellt Gerlinde besorgt fest: «Nanu, du bist aber heute blass um die Nase, Evelyn. Werd mir bloß nicht krank!»

«Nein, nein, keine Sorge», beruhige ich sie.

Ihrem prüfenden Blick nach glaubt sie mir aber nicht. «Na, wer weiß, ob du dir nicht was eingefangen hast. Um diese Jahreszeit geht das ruck, zuck. Dagegen werden wir gleich mal prophylaktisch was tun. Heute Mittag gibt's Hühnersuppe!», ordnet sie an und schickt Roswitha in den Kühlraum, um fünf Hühner zu holen. «Wir sind hier übrigens alle gegen Grippe geimpft. Das würde ich dir auch empfehlen, Evelyn. Wir wollen unsere Bewohner doch nicht anstecken!»

«Selbstverständlich nicht», stimme ich zu, verspreche, das gleich am Nachmittag zu erledigen. Dann mache ich mich an die Zubereitung der Grießnockerln für die Suppe.

Gerlindes Warnung noch im Ohr, verlasse ich nach Beendigung meiner Arbeit das Haus und fahre direkt in die Praxis unseres Hausarztes. Vielleicht kann ich ja auch ohne Termin drankommen. Schließlich lassen wir seit vielen Jahren alle unsere großen und kleinen Wehwehchen dort behandeln. Soweit ich weiß, werden Grippeimpfungen ja auch von den Sprechstundenhilfen verabreicht.

«Evelyn, wie schön, dich zu sehen», begrüßt mich Gideon, nachdem er mich schnell dazwischengeschoben hat.

Gideon Lenz ist ein smarter Mittfünfziger, den ich seit meiner Schulzeit kenne. Man könnte sagen, dass ich unseren Hausarzt mit in die Ehe gebracht habe. Vor seiner Scheidung waren er und seine Frau oft bei unseren Dinnereinladungen zu Gast, doch als Single wollte Konrad ihn nicht mehr einladen.

«Alles in Ordnung?», erkundigt er sich und fragt auch nach Konrad und dem Studium der Zwillinge.

Während er mir die Grippeimpfung verabreicht, erkundige ich mich nach seiner jüngsten Anschaffung.

«Ich wollte dir übrigens noch zu deiner neuen Wohnung gratulieren. Konrad hat mir davon erzählt. Die Schlüsselübergabe hat hoffentlich geklappt? Wann wirst du denn umziehen?», frage ich neugierig.

Verdutzt sieht er mich an: «Äh ... umziehen? Wie kommst du auf die Idee, Evelyn?»

Gespannt hört sich Gideon die Schlüssel-Geschichte an.

«Also, ich versichere dir, Evelyn, ich habe keine Wohnung gekauft. Und im Urlaub war ich schon seit über einem Jahr nicht mehr. Bestimmt handelt es sich um ein Missverständnis», meint er dann beschwichtigend und bringt mich noch zur Tür.

«Sicher», stimme ich müde lächelnd zu und verabschiede mich. Ich weiß, dass mein alter Freund versucht, die Sache zu verharmlosen. Aber ich spüre instinktiv, dass es sich nicht um ein banales Missverständnis handelt, sondern um das Schlimmste überhaupt: Betrug!!!

Plötzlich passt alles zusammen: Konrads viele Überstunden, seine wechselhaften Launen und letztlich der fremde Schlüssel. Einen Herzanhänger kann man nicht missverstehen: Es muss der Schlüssel zur Wohnung seiner Geliebten sein! Warum sollte mir Konrad sonst so eine Lügengeschichte auftischen? Wahrscheinlich ist es dieses blonde Gift vom Empfang. Das alberne Flirten am Telefon, und wie sie den Schlüssel ganz selbstverständlich in Empfang genommen hat ... Ihr Verhalten war mir sofort verdächtig.

Konrad hat eine Affäre! Als ich wieder im Auto sitze, wird mir das Ausmaß der Katastrophe schlagartig bewusst. Ich fühle mich, als wäre meine Welt wie bei einem Erdbeben eingestürzt und ich läge unter den Trümmern. Unsere Ehe war ja eigentlich noch recht glücklich. Ein paar Schwierigkeiten sind nach über zwanzig Jahren Ehe schließlich keine Seltenheit, oder? Was habe ich bloß falsch gemacht? Habe ich Konrad nicht genügend beachtet? Bin ich eine nachlässige Ehefrau?

Ein Gefühl aus Hitze, Panik und Übelkeit steigt in mir hoch. Verzweifelt wühle ich im Handschuhfach nach dem Sprühfläschchen 4711 und neble mich zitternd damit ein. Ich muss versuchen, ruhig zu werden. Doch es gelingt mir nicht.

Konrad betrügt mich!! Mit jedem Atemzug wird dieser

schreckliche Gedanke größer. Konrad betrügt mich!!! Die Vorstellung nimmt mir die Luft. Mit einer jüngeren Frau? Hätte ich Carla doch zu ihrem Schönheitschirurgen an den Bodensee begleiten sollen?

Ich starre in den Rückspiegel. Eine verhärmte Frau blickt mir entgegen: fahles, dünnes Haar, hängende Mundwinkel und gerötete Augen. Nicht eine einzige Bewohnerin im Seniorenstift sieht so alt aus.

Mein linkes Lid beginnt zu zucken. An meinen Schläfen fühle ich ein heftiges Pochen. Meine Handflächen schwitzen. Erschöpft befeuchte ich ein Taschentuch mit dem Eau de Cologne und presse es an meine Stirn. Nur kurz lindert es den scharfen, stechenden Schmerz. Verzweifelt überlege ich, einfach gegen den nächsten Baum zu fahren, als mein Handy klingelt. Mit letzter Kraft hole ich es aus meiner Handtasche.

«Evelyn!», höre ich Ullas fröhliche Stimme, als ich rangehe. «Ich hab ein ganz schlechtes Gewissen seit unserem letzten Treffen und wollte mich für das unmoralische Angebot entschuldigen.»

Erschöpft antworte ich: «Schon gut, Ulla ... Ich ... ich bin dir nicht böse.»

«Du klingst ja grauenvoll! Was ist los? Wo bist du?», fragt sie besorgt.

Stockend und mit zittriger Stimme beginne ich zu erzählen, was ich von Gideon erfahren habe, und je länger ich rede, umso schneller fließen meine Tränen. «Mein Mann betrügt mich», wiederhole ich immer wieder.

«Jetzt beruhige dich erst mal, hol tief Luft und putz dir die Nase», redet Ulla ruhig auf mich ein. «Am besten kommst du hierher, und wir überlegen gemeinsam, was zu tun ist.»

Zusammengesunken sitze ich wenig später in einem von Ullas Korbstühlen und drücke mir ein Kissen vor den Bauch. Vielleicht kann ich damit die Wirkung ihres *Trösterchens*, das ich auf Ex getrunken habe, beschleunigen.

Ulla gießt auch für sich Wodka ein und kippt ihn mit einem Schluck weg. «Wir sollten überlegen, ob es möglicherweise nicht doch eine andere Erklärung gibt.»

Hoffnungsvoll sehe ich sie an.

«Na ja», überlegt sie. «Vielleicht hast du dich verhört. Während eures Telefonats war doch ziemlicher Baulärm im Hintergrund, oder nicht?»

«Verhört?», schluchze ich und schüttele verneinend den Kopf. «Konrad hat auf mein Nachfragen noch bestätigt, dass der Schlüssel unserem Hausarzt gehört.»

Sie reicht mir eine Schachtel Kosmetiktücher. «Dann fallen mir nur zwei Möglichkeiten ein: entweder du stellst ihn zur Rede, oder du nimmst dir einen Detektiv.»

Ich reagiere bestürzt. «Konrad beschatten lassen?»

Ulla nickt. Sie findet an dieser Vorstellung überhaupt nichts schockierend, sondern zieht sie ernsthaft in Betracht. «Würde ich dir empfehlen.»

«Auf keinen Fall!», wehre ich entrüstet ab.

Ulla bleibt hartnäckig. «Aber das ist der sicherste Weg, um die Wahrheit zu erfahren, Evelyn. Du wirst doch wohl nicht mit dieser Ungewissheit leben wollen. Dann darfst du Konrad allerdings vorher nicht zur Rede stellen, dadurch wäre er gewarnt.»

Allein die Vorstellung, dass mir ein Detektiv den abscheulichen Betrug per Farbfoto auf den Tisch knallt, lässt mich erneut in verzweifeltes Schluchzen ausbrechen. Ich bin nicht sicher, ob ich die Wahrheit ertragen könnte.

# 12

Müde und nervlich am Ende mache ich mich, trotz Ullas Einwände wegen des Wodkas, irgendwann auf den Heimweg. Das bisschen Alkohol habe ich mir längst aus den Augen geheult, jedenfalls fühle ich mich vollkommen nüchtern, und selbst wenn mir etwas passieren würde, wäre das auch egal.

Eine halbe Ewigkeit fahre ich ziellos mit dem Auto durch die Stadt. Ich schaffe es einfach nicht nach Hause. Konrad jetzt in die Augen zu sehen, wäre unerträglich. Damit er mich auch nicht anrufen kann, schalte ich mein Handy aus. Ich fahre so lange durch die Gegend, bis irgendwann der Sprit fast alle ist und die «Zapfsäule» am Armaturenbrett blinkt.

An der Kasse der Tankstelle fällt mein Blick auf das Zigarettenregal. Die französische Marke Gitanes erinnert mich unweigerlich an einen wichtigen Kunden von Konrad. Als der bei uns zu Gast war, strapazierte seine Qualmerei Konrads Geduld bis an die Schmerzgrenze.

Kurzentschlossen erstehe ich eine ganze Stange. Die werde ich natürlich nicht selber rauchen, sondern eine nach der anderen verglimmen lassen, um dem Stararchitekten die Bude zu verräuchern. Weil mein Haushaltsgeld für die Lederhose draufgegangen ist, benutze ich Konrads Kreditkarte. Ein leerer Tank ist schließlich ein echter Notfall.

Kurz vor Mitternacht komme ich zu Hause an. Alles ist dunkel. Unfassbar, sollte dieser gemeine Betrüger etwa bereits seelenruhig schlafen? Erst als ich sehe, dass sein Wagen nicht in der Garage steht, erinnere ich mich, dass er ja die ganze Woche unterwegs ist.

Mein Nachtlager schlage ich dennoch im Kinderzimmer auf. Nie wieder werde ich mich neben diesen miesen Ehebrecher ins Bett legen!

Schlafen kann ich aber nicht. Wahrscheinlich ist er gar nicht auf der Baustelle, überlege ich und wälze mich unruhig in den Kissen. Wer weiß, ob Architekten in Zeiten von Computer und Internet überhaupt noch ihre Baustellen betreten. Mittlerweile glaube ich gar nichts mehr. Außerdem bin ich ja seit einer Ewigkeit raus aus der Branche und habe keine Ahnung, wie sich die Abläufe verändert haben. Vielleicht kann Konrad ja schon längst vom Schreibtisch aus *bauen*, überlege ich, und dabei fällt mir ein, dass seine Schuhe immer wie frisch geputzt aussehen. Ob das große Projekt in Düsseldorf überhaupt existiert? Vielleicht erfindet Konrad regelmäßig auswärtige Baustellen. Auf diese Weise könnte er tagelang unterwegs sein, ohne meinen Verdacht zu erregen. Und in Wahrheit liegt er im Bett einer anderen Frau!

Gequält von unzähligen Fragen und Vermutungen verbringe ich eine schlaflose Nacht. Gegen drei Uhr morgens fällt mir zu meinem Kummer auch noch die leidige Lohnsteuerkarte für das Seniorenstift ein. Wenn ich die heute nicht bei Herrn Keller abliefere, wird er mich nicht länger beschäftigen können. Das hat er bereits verärgert angedeutet.

Mein Leben zerbröselt wie eine Scheibe Knäckebrot!

Gegen fünf Uhr morgens halte ich es nicht länger im Bett aus. Zerschlagen schleppe ich mich ins Bad und verbringe eine halbe Stunde unter der Dusche. Normalerweise dauert mein morgendliches Pflegeprogramm höchstens fünfzehn Minuten. Heute benötige ich eine volle Stunde.

Kein Wunder, dass ich deshalb auch zu spät zur Arbeit komme. Sogar später als Roswitha. Das habe bisher noch niemand geschafft, behauptet jedenfalls die kecke Küchenhilfe und wirkt beeindruckt.

«Heiliger Magerquark!», schnauft Gerlinde, als sie mich erblickt. «Du siehst ja wie ausgespuckt aus. Hat es dich also doch erwischt!»

Schniefend entschuldige ich mich zuerst für die Verspätung und mache dann die Grippeimpfung für mein Aussehen verantwortlich. «Mein Arzt meinte, dass der Körper eventuell mit erhöhter Temperatur reagieren kann.»

«Wenn's dir wirklich so schlecht geht, kannst du natürlich heimgehen, Evelyn», bietet Gerlinde fürsorglich an. «Das solltest du sogar, damit du hier niemanden ansteckst.»

Ich zwinge mich zu einem Lächeln, lehne aber dankend ab. «Es sieht schlimmer aus, als es ist», versichere ich. «Sobald ich mich warm gearbeitet habe, wird es bestimmt besser. Was gibt's denn heute zu tun?»

Gerlinde nimmt den Tagesplan zur Hand, liest die Gerichte für das Mittagessen vor und fügt hinzu: «Außerdem haben wir einen neunzigsten Geburtstag zu feiern. Die Jubilarin bekommt Besuch von ihrer Verwandtschaft und wünscht sich eine Sachertorte.»

«Oh, darf ich die backen?», frage ich und verspreche, mir die allergrößte Mühe zu geben. «Die ist nämlich auch eine meiner Lieblingstorten.»

Aber schon während des Abwiegens der Zutaten komme ich wieder ins Grübeln. Ich kann mich einfach nicht konzentrieren. Immer wieder gehen mir die Ereignisse der letzten Tage durch den Kopf. Es gab so viele Zeichen, die ich offensichtlich alle nicht bemerkt habe.

Konrad hätte mich doch direkt in die Praxis schicken können, wenn dieser Schlüssel tatsächlich zu Gideons neuer Wohnung gehört hätte. Wir sind schließlich gute Freunde. Warum also der Umweg über das Meyersche Büro?

Egal, wie ich es drehe und wende, es gibt nur eine plausible Erklärung: Mein Mann hat eine Geliebte! Wie lange betrügt und belügt er mich schon? Wochen? Monate? Jahre? Warum hält er überhaupt noch an unserer Ehe fest? Missbraucht er mich als billige Haushälterin und Köchin für seine Gäste? Warum habe ich keinen Verdacht geschöpft? Wollte ich es nicht wahrhaben? Warum habe ich immer und immer wieder Erklärungen für seine Launen gefunden?

Am Ende dieser Gedankenqual habe ich keine Antworten gefunden – aber den Geburtstagskuchen verbrennen lassen. Merde! So etwas ist mir noch nie passiert.

Gerlinde ist alles andere als erfreut. Schnell biete ich an, vom teuersten Konditor der Stadt eine Ersatztorte zu besorgen. Doch meine guten Absichten werden von Herrn Keller zunichte gemacht. Seine Geduld ist wegen der immer noch fehlenden Papiere am Ende. Er kann und will keine illegalen Kräfte beschäftigen. Ich darf erst wiederkommen, wenn ich eine gültige Lohnsteuerkarte bringe. Sonst verliere ich meinen Job!

Eilig fahre ich nach Hause, um Konrads Arbeitszimmer zu durchwühlen. Vielleicht finde ich dort diese dumme Lohnsteuerkarte.

Leider bleiben meine Hoffnungen unerfüllt. Dafür sieht das Zimmer nach meiner Suchaktion aus, als hätten Kleinkinder ohne Aufsicht darin gespielt.

Erschöpft lasse ich mich aufs Sofa fallen, starre in den Garten und sehe dunkle Wolken am Horizont aufziehen.

Was wird jetzt aus mir?

Wie gelähmt bleibe ich an dieser einen Frage hängen, während dicke Regentropfen an die Fensterscheiben klatschen. Jeder Tropfen ein quälender Gedanke. Doch allmählich verdichten sie sich zu einem einzigen. Einem Gedanken, der immer deutlicher wird: So kann es nicht weitergehen. Ich werde Konrad verlassen!

Im gleichen Moment aber wird mir die bittere Wahrheit bewusst. Ich bin abhängig von ihm. Denn wovon sollte ich dann leben? Meinen Job habe ich ja quasi schon wieder verloren. Ich müsste außerdem aus dem Haus ausziehen, und wegen der vereinbarten Gütertrennung bekäme ich im Falle einer Scheidung keinen Cent. Nicht mal Unterhalt, da ich ja keine Kinder mehr zu versorgen habe. Nach fünfundzwanzig Jahren Ehe würde ich auf der Straße stehen. Eine alte Frau, die ausgedient hat und die durch eine neue, jüngere ausgetauscht wird wie ein kaputtes Küchengerät. Merde! Seit ich verheiratet bin, habe ich nicht mehr über Geld nachdenken müssen.

Diese Vorstellung macht mich so aggressiv, dass ich mich irgendwie abreagieren muss.

Draußen wirbelt mittlerweile ein heftiger Herbststurm die Blätter über Oscars Grab – o nein! Die letzte Ruhestätte meines Hundes müsste ich auch zurücklassen! Ob man das Grab noch ausheben kann? Sollte ich vielleicht gleich …?

Als ich wenig später vor Konrads alberner Spatensammlung stehe, kommt mir ein noch viel besserer Gedanke. Ich werde die Exponate entsorgen – und zwar im Eisbach! Der fließt doch direkt an unserem Haus vorbei, und tief genug ist er auch.

Entschlossen werfe ich mir meine dunkelgrüne Wetterjacke über und schlüpfe in ein Paar Gummistiefel. Ich bin gespannt auf die Reaktion des Sammlers, wenn er den Verlust realisiert. Ich werde einfach behaupten, die Garage versehentlich offen gelassen zu haben. Die Dinger waren bereits weg, als ich nach Hause kam. Gestohlen! Das Gegenteil zu beweisen dürfte ihm schwer fallen.

Wegen des trüben Wetters sind kaum Spaziergänger unterwegs. Ich kann meine kleine Racheaktion also ungestört ausführen. Nur einmal läuft ein älterer Herr mit seinem Hund am anderen Bachufer vorbei, bleibt stehen und sieht mir neugierig zu.

«Was wird denn das?», ruft er verwundert, als eine Ladung Schaufeln platschend im Wasser versinkt.

«Kunst!», antworte ich spontan und bin erstaunt über meinen plötzlichen Einfall. «Die müssen Rost ansetzen ... nächstes Jahr präsentiere ich sie dann in einer Ausstellung für Alltagskunst.»

Kopfschüttelnd zieht der Spaziergänger weiter.

Ich benötige eine weitere halbe Stunde, dann ist die Tat vollbracht: Die Garagenwände sind leer! Zurück bleibt ein abstraktes Muster aus dunklen Staubrändern. Sieht auch wie ein Kunstwerk aus, feixe ich und atme befreit auf. Durch diese Aktionskunst habe ich meine ganze Wut im Eisbach entsorgt. Denn eines wird mir jetzt klar: Es ist an der Zeit, mich zu verändern!

Und nirgendwo kann eine Frau das schneller als beim Friseur.

Nachdem ich die nasse Jacke aufgehängt habe, rufe ich Trixi an.

«Es ist furchtbar dringend», erkläre ich. «Haben Sie heute noch einen Termin für mich?»

«Ich bin zwar ziemlich ausgebucht», erwidert sie. «Aber für eine neue Haarfarbe schiebe ich Sie liebend gern dazwischen, bevor Sie Ihre Meinung wieder ändern.»

Kaum habe ich das Gespräch beendet, klingelt mein Handy.

Es ist Ulla.

«Du hast deinen Job verloren!?», platzt sie heraus. «Ich bin gerade bei meiner Großmutter zum Vorlesen und habe hier davon erfahren. Tut mir sehr leid, Evelyn, wie geht's dir denn jetzt?»

«Ach, gar nicht so übel», berichte ich. «Gerade habe ich nämlich beschlossen, mir eine neue Haarfarbe machen zu lassen.»

«Evelyn, das ist ja oberprima!», höre ich sie begeistert quietschen. «Ich begleite dich natürlich zu deiner Verwandlung. Wann gehst du denn zum Friseur, und wo treffen wir uns?»

«Äh ... heute Nachmittag», erkläre ich überrascht. «Du

kannst natürlich gerne mitkommen. Mal sehen, ob es ein noch größerer Blödsinn-Tag wird ...»

«Ja, und wer weiß, vielleicht nimmst du den Callgirl-Job dann doch noch an ...!»

## 13

Um 16 Uhr treffe ich Ulla vor «New Style». Wieder mal staune ich über ihr modisches Gespür. Niemals käme ich auf die Idee, dunkelblaue Jeans und ein grau-rosa Jäckchen im Chanel-Stil zu kombinieren. Darunter trägt Ulla eine rosefarbene Chiffonbluse mit dekorativer Schleife am Hals. Schwarze hochhackige Stiefel und eine schwarze Chanel-Handtasche ergänzen den lässigen Schick. Sie ist ganz natürlich geschminkt, hat ihr Haar beinahe unordentlich mit einer schwarzen Samtschleife zu einem Pferdeschwanz gebunden und sieht dennoch nicht schlampig, sondern jung und sexy aus.

Ich dagegen fühle mich in meiner sandfarbenen Bundfaltenhose, dem gleichfarbigen Pulli und dem beigen Trenchcoat ganz schön spießig.

«Heute machen wir eine komplett neue Evelyn aus dir!», prophezeit sie und küsst mich zur Begrüßung auf die Wangen.

So überzeugt von der Leichtigkeit unseres Vorhabens wie Ulla bin ich noch lange nicht. «Na, da hast du dir ja einiges vorgenommen. Auch wenn ich dein sicheres Gespür für modische Trends sehr bewundere, wird das keine leichte Aufgabe werden.»

Unbekümmert wie immer bringen meine Zweifel sie nur zum Lachen: «Ach was, es wird ein Vergnügen. Außerdem hab ich gerade nichts zu tun, und Henry treffe ich erst am Abend.»

Im Salon empfängt uns die typische Duftmischung aus verschiedenen Haarpflegeprodukten und warmer Föhnluft. Trixis dunkle Augen glänzen begeistert, als ich vor ihr im Stuhl sitze.

«Heute verpassen wir Ihnen also endlich eine neue Farbe und einen neuen Schnitt!» Liebevoll, beinahe andächtig, fährt sie ein letztes Mal durch mein aschblondes Haar. «Und Sie bleiben auch wirklich bei Ihrem Entschluss?»

«Ganz sicher!», antwortet Ulla für mich und fügt augenzwinkernd hinzu: «Frau Meyer hat lange genug wie Frau Meyer ausgesehen.»

Bei dieser treffenden Feststellung wird mir plötzlich bewusst, dass ich nicht nur sehr lange so ausgesehen habe, ich habe mich auch lange genug so benommen! Lange genug habe ich mich nur um die Familie gekümmert und vor allem um die Bedürfnisse von *Herrn* Meyer. Schon viel zu lange existiert meine Ehe nur noch auf dem Papier. Viel zu lange habe ich die Zwillinge mit meinen Ängsten und meiner gluckigen Art drangsaliert, sie vielleicht damit sogar aus dem Haus getrieben. Wer weiß, ob sie nicht auch in München hätten studieren können. Ja, es ist allerhöchste Zeit, ein paar Veränderungen vorzunehmen, denke ich und lächle Ulla zustimmend an.

Trixi hält mir verschiedenfarbige Haarbüschel in die Stirn, um den genauen Farbton auszusuchen. Doch die Entscheidung ist schnell getroffen – ich habe ja Ulla als Typberaterin dabei.

Dann wird es ernst: Trixi holt ein Farbtöpfchen, stellt es auf ihren fahrbaren Assistenten und beginnt am Hinterkopf mein Haar abzuteilen. Als sie nach dem Farbpinsel greift, wird mir etwas mulmig, aber Ullas aufmunternder Blick stärkt meinen wankenden Mut.

Nach vierzig bangen Minuten geht's ans Auswaschen. Als ich mich dann im Spiegel sehe, kriege ich erst mal einen gewaltigen Schreck. «Mon dieu! Das ist ja ...»

«Ein Traum!», stellt Trixi verzückt fest und greift nach Kamm und Schere. «Jetzt noch einen modischen Schnitt, und Sie erkennen sich nicht wieder.»

«Bitte nicht zu kurz», versuche ich einen zaghaften Einwand. Aber Trixi ist nicht mehr aufzuhalten. Ihre Augen strahlen, als bekäme sie endlich die «Goldene Schere» verliehen, auf die sie seit Jahren hinarbeitet. Und während sie ihr chromglänzendes Werkzeug ansetzt, versucht sie mich fröhlich plaudernd abzulenken. «Wissen Sie eigentlich, was ein Haarschnitt und Liebeskummer gemeinsam haben, Frau Meyer?»

Seltsamer Vergleich, denke ich. Ob mir mein Kummer so deutlich anzusehen ist? Schulterzuckend versuche ich, möglichst vergnügt zu lächeln.

«Beides wächst mit der Zeit heraus!»

Ulla findet den Vergleich höchst amüsant, aber ich bin mir da nicht sicher. Eines steht nämlich fest: Wenn mir der neue Schnitt nicht gefällt, muss ich damit rumlaufen. Und so langsam, wie mein Haar wächst, dauert das endlose Wochen, in denen ich mich hässlich finden und noch unglücklicher sein werde.

«Nun guck doch nicht so, als würde dir der Kopf kahl rasiert», scherzt Ulla, die mich aufmerksam beobachtet. Und zu Trixi, mit der sie sich natürlich längst duzt, gewandt, meint sie: «Kannst du ihr anschließend auch noch ein schickes Make-up machen? Wir wollen nämlich gleich shoppen gehen.»

Überrascht sehe ich Ulla im Spiegel an. «Wollen wir?»

«Logisch! Hast du Konrads Kreditkarte dabei?»

Ich nicke, weil ich ganz sicher weiß, dass sie in meinem Portemonnaie steckt.

«Gut, dann werden wir dich heute auch noch komplett neu einkleiden, damit du aus diesen ... diesen Sachen rauskommst.» Ihr wenig begeisterter Blick wandert über meine weite Hose, runter zu den flachen Schuhen.

Zustimmend klappert Trixi mit der Schere. «Eine neue Frisur braucht UNBEDINGT auch ein neues Outfit. Mindestens eines! Mit einer neuen Frisur und neuen Klamotten kann man sich neu erfinden», orakelt sie bedeutungsvoll, bevor sie sich wieder meiner Frisur zuwendet.

Während Trixi weiterschneidet, blättert Ulla in Modezeitschriften und informiert mich über die neuesten Trends.

Drei Hochglanzmagazine später ist mein neuer Haarschnitt fertig. Trixi legt Kamm und Schere zur Seite, greift zum Föhn und zieht mein Haar nicht wie gewohnt über eine Bürste, sondern stylt es nur mit den Fingern. Schon nach wenigen Minuten ist das Werk vollbracht.

«Und? Wie gefällt es Ihnen?», fragt sie gespannt.

Ulla findet das Ergebnis oberprima. Verblüfft starre ich in den Spiegel. Was für eine Veränderung! Mein feines Haar, das sich vorher nur mühsam mit Stylingprodukten zu einer trügerischen Fülle aufpeppen ließ, wirkt jetzt erstaunlich voluminös. Seit ich denken kann, habe ich immer geglaubt, ein kinnlanger Schnitt wäre die einzige Möglichkeit für meine aschblonden Fusseln. Jetzt ist alles kurz und stufig geschnitten, und unterschiedlich lange, honigblonde Fransen umrahmen mein Gesicht. Unter normalen Umständen hätte ich mich sicher nie zu so einem frechen Kurzhaarschnitt entschließen können.

«Wie Sharon Stone», bemerkt Trixi mit einer Portion Eigenlob. Zufrieden knetet sie noch einen Klecks Gel in ihr Meisterwerk. Dann nimmt sie mir den Umhang ab, greift nach einem dicken Pinsel und entfernt die letzten Härchen von meinem Hals.

«Genau», stimmt Ulla zu. «Du siehst aus wie Sharon Stone, als sie vierzig war. Damals hatte sie auch so einen coolen Kurzhaarschnitt.»

Nachdem Trixi mir anschließend noch ein kunstvolles Make-up verpasst, bin ich endgültig sprachlos. Aus dem Spiegel blickt mich eine völlig andere Frau an. Meine Haut schimmert frisch und rosig, die geschminkten Augen strahlen in einem intensiven Blau, und zartrosa Gloss betont die Lippen. Ich kann kaum glauben, dass ich das bin.

In diesem Moment weiß ich, warum viele Frauen Friseurbesuche so sehr lieben: Es ist dieses Gefühl, sich verändert zu haben, schöner geworden zu sein. Ich finde mich tatsächlich schön! Sogar noch schöner als auf unserem Hochzeitsfoto – und das war bis heute der einzige Tag, an dem ich mir uneingeschränkt gefallen habe.

Mein großzügiges Trinkgeld, das ich für das gelungene Kunstwerk bereithalte, lehnt Trixi entschieden ab.

«Nicht doch, Frau Meyer. Es hat mir unglaublich viel Spaß gemacht. Davon abgesehen, muss *ich* mich bei *Ihnen* bedanken. Sie haben mir nämlich zu einem Heiratsantrag verholfen!» Glücklich strahlend hält sie uns ihren Verlobungsring entgegen. «Ich hab das Kuchenrezept ausprobiert, das Sie mir gegeben haben. Und es hat tatsächlich funktioniert!»

«Was für ein Rezept?», fragt Ulla auf der Fahrt in die Innenstadt ungeduldig.

Ich erinnere sie an den Schokoladenkuchen, den ich vor einigen Tagen mitgebracht hatte. «Schokolade ist ja bekanntlich das beste Aphrodisiakum ...»

«Stimmt. Warum bin ich da nicht schon längst selbst draufgekommen? Das werde ich gleich heute Abend ausprobieren, vielleicht kann ich Henry damit auch zu einem Antrag verführen», kichert sie und fragt dann unvermittelt: «Wäre das nicht schon ein passendes Rezept für ein erotisches Kochbuch?»

«Immer langsam, Ulla», versuche ich ihre Euphorie zu

bremsen. «Erst mal müsste ich deinem Onkel glaubwürdig ein Callgirl vorspielen. Oder willst du ihm erzählen, dass ich eine ganz normale Hausfrau bin, die unbedingt ein Abenteuer erleben will?»

Ulla wehrt kopfschüttelnd ab. «Natürlich nicht! Aber ich habe da nicht die geringsten Bedenken. So super, wie du jetzt aussiehst, Evelyn, würde er dir alles glauben.»

In der ersten Boutique werden wir zuvorkommend und wie zwei gern gesehene Stammkundinnen behandelt – was Ulla zu verdanken ist, die sich benimmt, als wolle sie gleich den Laden leer kaufen.

«Meine Freundin trägt diese klassischen Sachen nun schon seit Jahren und möchte ihren Stil komplett verändern», verkündet sie verheißungsvoll lächelnd und stöckelt unter den erwartungsvollen Blicken der Verkäuferinnen durch den Laden.

Neugierig schlendere ich neben Ulla her. Und genauso neugierig begebe ich mich dann in die Umkleidekabine und zwänge mich in die erste der drei Lederhosen, die Ulla für mich ausgesucht hat. Eine ist etwas zu weit, in die zweite passt immerhin ein Bein, und in die dritte kann ich mich gerade mal so hineinquetschen. Sie ist aus einem dunklen Bordeaux, das mir sehr gut gefällt.

«Wie angegossen», stellt Ulla nach einem kurzen Blick fest, als ich mit angehaltenem Atem aus der Kabine trete.

«Aber ich kriege keine Luft!», widerspreche ich leise, weil ich fürchte, dass die Nähte oder der Reißverschluss platzen, sobald ich ausatme. «Die ist ja auch eine Nummer zu klein. Normalerweise trage ich achtunddreißig.»

«Quatsch, du hast eindeutig sechsunddreißig! Deine Schlabberhosen sind alle eine Nummer zu groß, man kann gar nicht sehen, was für eine perfekte Figur du hast», erwidert sie ungerührt. «Dreh dich mal um.»

Vorsichtig drehe ich ihr den Rücken zu. Ulla stößt einen anerkennenden Zischlaut aus. «Messerscharfes Teil. Oberprima! Betont deine Kurven. Mein Onkel wäre begeistert!»

Unnachgiebig sehe ich Ulla an. Doch mein Einwand, dass ich mich in dem *messerscharfen* Teil weder bewegen noch hinsetzen kann, holt die bis dahin in höflicher Distanz wartende Verkäuferin aus ihrer Lethargie. Mit fachkundigem Handgriff zerrt sie am Hosenbund herum und entkräftet meine Behauptung.

«Ihre Freundin hat recht, diese Hose passt perfekt.» Sie hat natürlich längst gemerkt, dass Ulla die Modeexpertin von uns beiden ist.

«Evelyn, du bist nur nicht daran gewöhnt, Klamotten zu tragen, die wie eine zweite Haut sitzen. Dein Schlabberzeug hat dich total verweichlicht», behauptet Ulla, als ginge es um gesundheitliche Abhärtung durch eiskalte Duschen.

Diese neue zweite Lederhaut, sowie ein schmal geschnittener Ledermantel im selben Farbton und ein enger schwarzer Rock mit Seitenschlitzen werden also die Basisteile meiner neuen Ausstattung. Widerspruch zwecklos.

Als ich wieder in meiner Schlabberhose stecke, überreiche ich an der Kasse der Verkäuferin Konrads Kreditkarte.

«Diese Hose wird Ihrem Gemahl bestimmt gefallen», versichert sie mir, als wisse sie genau, was Männer mögen.

Wenn die wüsste!, denke ich beim Verlassen des Ladens. Ich überrede Ulla zu einer Kaffeepause. Die brauche ich nach dieser Anstrengung unbedingt.

Sie lotst mich ins nahegelegene «San Francisco», am Odeonsplatz. Es ist einer dieser neumodischen Coffee-Shops, in dem sich vorwiegend junge Berufstätige mit pappigen Sandwiches in Plastikfolie und Coffee-to-go versorgen. Zu meiner Sekretärinnenzeit wäre Pappbecherkaffee einfach nur unappetitlich gewesen, heute ist er anscheinend sehr angesagt. Aber in meinem Alter ist «angesagt sein» so weit weg wie der letzte Schultag.

Drinnen ist es laut und voll, und ich fühle mich etwas deplatziert in dieser Handy-Laptop-Welt. Einige der Gäste scheinen nämlich auch in ihrer Kaffeepause nicht ohne ihre Geräte sein zu können. Aber zu meiner Überraschung gibt es den Kaffee auch in Tassen.

«Warum setzen wir uns nicht in ein gemütliches Café und lassen uns von einer netten Bedienung Kaffee und ein leckeres Stück Kuchen servieren?», protestiere ich leise, als wir bei der Getränkeausgabe hinter zwei Männern in überweiten Jeans und Shirts anstehen.

So geduldig wie ich früher mit Jens und Timo gesprochen habe, antwortet Ulla jetzt: «Dafür fehlt uns die Zeit. Und an deiner Stelle würde ich Kuchen und alle anderen Dickmacher im Moment lieber weglassen. Denk an die Lederhose! Außerdem brauchst du unbedingt noch diverse Oberteile, Schuhe und natürlich Dessous.»

«Dessous?», entfährt es mir bestürzt.

Einer der beiden Männer dreht sich um und zwinkert mir frech zu. «Hey, ihr zwei Sahneschnitten, habt ihr Lust mit uns zur Handyweitwurf-Meisterschaft nach Finnland zu fahren?»

«Träum weiter, Kleiner», fertigt ihn Ulla mit einer lässigen Handbewegung ab.

Sichtlich enttäuscht drehen sich die beiden weg, nehmen ihre Pappbecher in Empfang und ziehen tuschelnd ab.

Peinlich berührt dämpfe ich meine Stimme: «Ulla, du hast wohl vergessen, dass mein Mann eine Geliebte hat! Also brauche ich auch diesen Verführungskram nicht. Es würde ja eh keiner sehen.»

Als wir wenig später mit unseren Cappuccino-Tassen durchs Lokal wandern, bietet uns ein schwarzgekleideter Mann mit Hornbrille zwei Plätze an seinem Tisch an.

Ulla lehnt mit kühlem Blick ab. «Wir haben auch keine Zeit für Flirts», erklärt sie mir, als ich verwundert frage, warum wir uns an einen der Fensterstehplätze begeben, statt lieber bequem zu sitzen.

«Ach, ich weiß gar nicht mehr, wie flirten geht», wehre ich verunsichert ab. So viel Aufmerksamkeit vom anderen Geschlecht bin ich nicht gewohnt.

Ulla wirft mir einen skeptischen Blick zu. «Das ist doch Quatsch, flirten ist wie Radfahren, das verlernt man nicht.»

Ich nicke verlegen und behalte lieber für mich, dass ich als kleines Mädchen sehr viel länger als andere Altersgenossinnen gebraucht habe, um ohne Hilfe fahren zu können. Stattdessen rühre ich versonnen in meiner Tasse, während Ulla mir in gewohnt atemlosem Tempo die erste Lektion in Sachen Selbstbewusstsein erteilt.

«Also, du brauchst nicht nur einen neuen Look, sondern auch eine komplett andere Einstellung zu Männern – und vor allem zu Geld, Evelyn. Fangen wir bei dem leidigen Zaster an. In Zukunft ist er dir piepegal, klar? Sobald du etwas siehst, was dir gefällt, überlegst du nicht, ob du dir das leisten kannst, du kaufst es, weil es dir gefällt und weil du gerade in Kauflaune bist. Um dieses Gefühl zu verinnerlichen, brauchst du auf jeden Fall teure Dessous. In feiner Wäsche fühlt man sich völlig anders. Auch Männer spüren das.»

«Kauflaune?», wiederhole ich staunend. «Allein dieses Wort hört sich für mich wie eine Todsünde an. Und wer soll diese Laune bezahlen?»

«Konrad Meyer! Du hast doch auch vorhin seine Kreditkarte benutzt», antwortet sie gelassen, als handle es sich um einen Lottogewinn und nicht um meinen knauserigen Ehemann. «Stell dir einfach vor, er würde dich zum Dank für deine jahrelange, aufopfernde Fürsorge zu einem unlimitierten Einkaufsbummel einladen.»

Bei dieser absolut utopischen Vorstellung verschlucke ich mich an meinem Kaffee. Wenn ich mir ausmale, wie Konrad auf die unerwarteten Ausgaben für Klamotten reagiert (die ihm noch dazu gar nicht gefallen werden), wird mir für einen Moment ganz schwummerig.

«Bekommst du etwa Skrupel?», fragt Ulla verwundert und klopft mir auf den Rücken.

«Na ja ... Das wäre dann so, als ob mich Konrad für etwas belohnt, das er sich vertraglich gesichert hat.»

«Ach, vergessen wir mal diesen Ehevertrag und nehmen einfach mal an, dein geiziger Göttergatte wäre bereit, dein läppisches Taschengeld nachträglich um einhundert Euro zu verdoppeln ... dann wäre er dir für fünfundzwanzig Jahre Ehe ...» Sie murmelt kurz vor sich hin und strahlt mich dann triumphierend an. «... dreißigtausend Euro schuldig! Die Zeiten des Sparens sind endgültig vorbei, Evelyn. Ab sofort bist du gnadenlos verschwenderisch! Wir müssen ja nicht gleich an einem Tag die ganzen Dreißigtausend auf den Kopf hauen.» Genüsslich löffelt sie die Schaumreste aus ihrer Tasse.

«Dreißigtausend Euro ...», wiederhole ich andächtig. «Dann werden wir jetzt also Herrn Meyers Geld verprassen.»

«Na bitte, das klingt doch gleich ganz anders», stellt Ulla begeistert fest. «Ich würde vorschlagen, wir machen uns als Erstes auf die Suche nach ein paar echt heißen Stilettos, die zur Lederhose passen. Und wenn wir Glück haben, finden wir auch noch ein Paar schicke Stiefel zum Rock.»

Wir setzten unseren Einkaufsbummel im «Shoe-Heaven» fort. Der Schuh-Himmel ist das teuerste Schuhgeschäft der Stadt und Ullas Lieblingsladen – seit Henry ihr dort das erste Paar Schuhe geschenkt hat, wie ich jetzt erfahre.

Schon ein Blick in das minimalistisch dekorierte Schaufenster verspricht ein ungewöhnliches Shoppingerlebnis. Trotz ausreichender Größe des Fensters wird dem Passanten auf schwarzem Lackuntergrund nur ein einziges Paar Riemchensandaletten mit Bleistiftabsätzen aus Pythonschlangenleder sowie ein dazu passendes Täschchen präsentiert. Bisher fand ich Accessoires aus Schlangenleder immer befremdlich, aber diese hier sind von einer zurückhaltenden Eleganz, die man tatsächlich nur als *himmlisch* bezeichnen kann.

Drinnen sind vereinzelte Schuhmodelle auf kleinen Acrylborden an der Wand wie exklusive Exponate ausgestellt.

«Übrigens spricht man hier nicht über Preise», instruiert mich Ulla bei Betreten des Ladens, «das wäre kleinkariert. Wenn dir ein Paar gefällt, frag also auf keinen Fall, wie viel sie kosten. Schnäppchen gibt's sowieso keine, hier wird nicht mal zu Saisonende reduziert. Designermodelle gelten als zeitlose Klassiker und werden nur ein-, zweimal pro Größe geordert.»

Ein attraktiver Enddreißiger heißt uns überschwänglich willkommen, umarmt Ulla wie eine gute Freundin und küsst sie schmatzend auf die Wangen. Sie stellt mir Jerome, den Besitzer, vor. Mit seinen kantigen Gesichtszügen und den dunklen welligen Haaren, die bis auf die Schulter reichen, sieht der Inhaber eher nach Rockstar als nach Schuhverkäufer aus.

Jerome bietet uns Platz auf brombeerfarbenen Samthockern an und kredenzt Champagner und Wasabinüsse.

«Was kann ich für euch hinreißende Ladys tun?», fragt er und lauscht dann konzentriert meinen Wünschen. Er schlägt vor, die Lederhose einfach mal anzuziehen. «Dann kann ich dich professionell beraten.»

Wie gut sich Jerome trotz des reduzierten Ambientes auf seine Kundinnen einstellt, merke ich an der geräumigen Umkleidekabine: Links und rechts kann man sich in hohen, schlank machenden Spiegeln bewundern. Eine Sitzgelegenheit bietet auch hier ein Samthocker wie im Verkaufsraum. Die

Beleuchtung ist warm und schmeichelnd, und kein kaltes Neonlicht lässt die Beine noch hässlicher als zu Hause aussehen. Hier ist das Umziehen ein Vergnügen und keine Qual, denke ich und schlüpfe begeistert in die zweite Lederhaut.

Beim folgenden Probiermarathon gewöhne ich mich zu meiner eigenen Verwunderung nicht nur an die schwindelerregend hohen Absätze. Auch das einengende Gefühl in meiner Lederhose ist bald verschwunden. Je öfter ich, wahlweise in Hose oder Rock, auf dem dunklen Parkett umherstöckle und außer den Schuhen auch mein neues Gesicht im Spiegel bewundere, umso besser gefalle ich mir. Überhaupt merke ich, wie viel Vergnügen es bereitet, wenn mir Jerome immer neue Modelle zuträgt. Nie hätte ich geglaubt, dass Verschwendung so viel Spaß machen kann. Selbst mein anfangs noch etwas wackeliger Gang wird nach und nach selbstsicherer. Der um diese Tageszeit ungewohnte Champagner, die scharfen Wasabinüsse sowie Jeromes Komplimente und besonders Ullas kleine Entzückensschreie lassen das Ganze zu einer vergnüglichen kleinen Party ausarten.

Als wir den Schuh-Himmel verlassen, ist das Schaufenster leer. Das Set aus Pythonschlangenleder steckt in einer brombeerfarbenen Lackpapiertüte. In einer zweiten stecken graue Stiefel mit hohen Absätzen aus unglaublich weichem Wildleder (zum Rock), sowie eine dazu passende Tasche. In der dritten Tüte hat Jerome schicke Mary-Jane-Stilettos im dunklen Lila der Strickmütze aus der JETI-Kollektion meiner Söhne sowie eine Clutch verpackt. Wie von Ulla instruiert, habe ich darauf verzichtet, nach den Preisen zu fragen und den Abrechnungsbon achtlos unterschrieben. Denn nur hemmungslos betriebene Verschwendungssucht macht richtig Spaß – Ullas oberste Regel.

Im Dessous-Laden geht meine Ausbildung zur shoppingsüchtigen Frau von Welt dann weiter. Ulla greift nur nach

Wäsche, die ich normalerweise nicht mal ansehen würde. Aber als ich auf ihr Drängen eines dieser frivolen Wäsche-Sets aus schwarzer Spitze und dazu ein Paar halterlose Strümpfe mit zartem Spitzenrand anprobiere, fühle ich mich tatsächlich nicht mehr wie eine brave Hausfrau, sondern ein klein bisschen verrucht. Mein Busen, den ich immer für klein gehalten habe, wirkt in dem Mieder mit einem Mal provokant groß. Ein Kribbeln läuft über meine Haut. Und für einen kurzen, frivolen Moment stelle ich mir vor, wie es sein müsste, ein begehrtes Callgirl zu sein.

Wieder ignoriere ich die Preise. So langsam beginne ich mich an diese Art des Einkaufens zu gewöhnen. Ja, es macht sogar höllischen Spaß, Konrads Geld auszugeben.

Leider hat das Vergnügen im Dessous-Laden länger gedauert als geplant, und wir müssen die Verschwendungs-Tour beenden. Ulla ist ja mit ihrem Henry verabredet und will ihn nicht warten lassen.

«Sag mal, was verdient so ein Callgirl eigentlich?», frage ich auf der Fahrt in die Schleißheimerstraße.

Versonnen blickt Ulla aus dem Fenster, als müsse sie erst nachrechnen. «Ein gefragtes Callgirl kann schon mal tausend Euro pro Nacht kosten. Das jedenfalls hat mir dieser Agenturchef versichert, als er mir den Job schmackhaft machen wollte.»

«Waaas?» Mir entfährt ein lautes Stöhnen.

«Tja, wenn es um eine schöne Frau mit erotischer Ausstrahlung geht, denken Männer überhaupt nicht mehr nach, Evelyn. Jedenfalls nicht mit dem Hirn.»

Die Ampel schaltet auf Rot. Ich halte an und kann mich kurz zu ihr drehen. «Was willst du mir damit sagen?»

«Na ja, so wie du jetzt aussiehst, in deinem neuen Look würde dir doch die gesamte Männerwelt zu Füßen liegen, glaube mir. Ich hab's doch selbst erlebt. Als die Männer dachten, ich sei ein Callgirl, haben sie mich umschwärmt, und das, obwohl ich ihnen weder schöne Augen noch sonst irgendwelche Avancen gemacht habe. In meiner Naivität dachte ich ja, ich wäre nur die Fremdenführerin.»

Die Ampel schaltet auf Grün. Nachdenklich fahre ich weiter.

«Du glaubst also wirklich, um deinen Onkel zu täuschen, würde es genügen, wenn ich behaupte, ein ehemaliges Callgirl zu sein?», frage ich Ulla, als wir vor ihrem Haus ankommen.

«Ich glaube es nicht, ich weiß es!» Ulla klingt siegessicher. «Mein Onkel würde es auf jeden Fall schlucken. Aber gewöhn dich erst mal an dein neues Ich, und dann überlegen wir uns eine Strategie für die Kochbuch-Geschichte. Außerdem ist Onkel Bertram ein richtig netter Mann, nicht so ein blöder Macho. Ich kann ihn ja mal anrufen und ihm erzählen, dass ich dich aus der Begleitagentur kenne und du die perfekte Kandidatin bist.»

## 14

Am Samstagmorgen eile ich nach der Dusche nicht wie sonst in die Küche, sondern betreibe erst mal ausgiebige Schönheitspflege und Müßiggang.

Trixi hat nicht zu viel versprochen: Wenn ich mir genügend Zeit lasse, komme ich erstaunlich gut mit dem neuen Haarschnitt zurecht. Und was ich im Spiegel sehe, lässt mich wieder staunen. Gestern noch habe ich das Frau-Meyer-Klischee perfekt bedient: grau und spießig. Heute bin ich eine andere Frau! Ich kann es kaum fassen, wie sehr ich mich verändert habe – und erst recht nicht, was ich alles eingekauft habe. Welch eine Verschwendung ...!

Stopp!, ermahne ich mich. Bloß nicht in die alte Denkweise

zurückfallen. Sonst werde ich auf ewig Konrads 100-Euro-Putze bleiben.

Vorsorglich versprühe ich noch eine doppelte Ladung meines Lieblingsparfüms *Diorissimo*, das ich nur zu ganz besonderen Anlässen verwende. Frisch gestylt, einen Bademantel über den sexy Dessous begebe ich mich danach gutgelaunt zum Kleiderschrank. Darin findet sich nicht wirklich ein passendes Oberteil zu der Lederhose und den Lackschuhen, aber ein blassrosa Kaschmirpulli tut es zur Not auch.

Das provokante Geräusch der Absätze auf unserem Marmorboden stimmt mich auf dem Weg in die Küche vergnügt. Dabei sollte ich mir über Wichtigeres Gedanken machen: zum Beispiel darüber, ob ich den Betrüger zur Rede stellen oder weiterhin die Unwissende spielen soll?

Seitdem ich weiß, dass er mich wegen des Schlüssels belogen hat, haben wir uns ja nicht mehr gesehen. Ich überlege, ob ich ihn einfach als «die neue Evelyn» empfangen soll?

Als ich die Unordnung im ganzen Haus sehe, wird mir bewusst, dass sich nicht nur mein Äußeres gewandelt hat. Seit der Spaten-Beseitigung habe ich nicht mehr aufgeräumt, geschweige denn den Staubsauger benutzt oder den Kühlschrank aufgefüllt. Noch vor ein paar Tagen wäre so ein Verhalten undenkbar gewesen. Ich hätte es nicht ertragen, den Mülleimer überquellen, das Frühstücksgeschirr herumstehen oder den wöchentlichen Blumenstrauß verwelken zu lassen.

Skeptisch betrachte ich das Chaos. Für meinen pedantischen Mann muss es hier aussehen wie in einer Studenten-WG. Streitlustig beschließe ich, alles so zu belassen. Spätestens, wenn ich Konrad eröffne, dass der Kühlschrank leer ist und ich auch nichts kochen werde, wird er fragen, was in mich gefahren sei.

Ich habe mich gerade dazu entschlossen, Konrad bei seiner heutigen Rückkehr mit seinen Lügen zu konfrontieren, als ich ihn durchs Küchenfenster vorfahren sehe. Meine Nerven fangen an zu flattern. Normalerweise dauert es keine Minute, bis er seinen Wagen in der Garage geparkt hat und über die Verbindungstür das Haus betritt. Aber heute vergehen mehrere Minuten, in denen meine Hände feucht werden, mein Herz schneller zu schlagen beginnt und mein Mund trocken wird. Aufgeregt setze ich mich mit einem Glas Wasser an den Tisch.

Als sich die Tür öffnet und seine Schritte auf dem Marmorboden hallen, gebe ich vor, Zeitung zu lesen.

«Wo sind meine Schaufeln?», höre ich Konrad gleich darauf mit scharfer Stimme fragen.

Ah! Deshalb hat es so lange gedauert. Ich atme tief durch, drehe mich langsam zu ihm um und sage freundlich: «Dir auch einen schönen Tag. Wie war die Fahrt?»

«Wo meine Schaufeln sind, will ich wissen», bellt er jetzt wie ein wild gewordener Bullterrier. Er lässt seinen Handkoffer fallen und kommt auf mich zu.

Einen Moment später steht er bedrohlich dicht neben mir. Sein Gesicht ist rot angelaufen, was sein graues Haar noch fahler wirken lässt. Er starrt mich erbost an, verliert aber kein Wort über mein Aussehen. Am liebsten würde ich aufspringen und mit meinen Absätzen aufstampfen. Stattdessen straffe ich meine Schultern und blicke ihn herausfordernd an.

«Gestohlen!», erkläre ich und versuche, ihm mit vielen Entschuldigungen die Geschichte vom versehentlich offen gelassenen Garagentor zu verkaufen.

Die Zusammenhänge scheinen erst nach wenigen Sekunden in seinem Bewusstsein anzukommen. Wutschnaubend wirft er seinen Mantel auf einen Stuhl. «Die Polizei ... Hast du die Polizei verständigt?», faucht er.

«Äh ...» Merde!, daran habe ich dummerweise nicht gedacht. Ich schüttle den Kopf und nippe verlegen an meinem Wasserglas.

«Du bist aber auch zu gar nichts mehr zu gebrauchen!», flucht er und verlangt weitere Einzelheiten zu erfahren: «Wann war das genau? Wie lange warst du weg? Wann bist du zurückgekommen?» Zu jeder Frage trommelt er ungeduldig mit dem Zeigefinger auf den Tisch.

Mühsam unterdrücke ich meinen Lachimpuls. So in Rage habe ich ihn noch nie erlebt. Um noch mehr Öl auf sein loderndes Wutfeuer zu schütten, erhebe ich mich langsam von meinem Stuhl. Und zum ersten Mal seit wir uns kennen überrage ich ihn!

«Es ist erst gestern Nachmittag passiert», antworte ich von oben herab. «Ich hatte es eilig und habe offensichtlich vergessen das Tor zu schließen. Es war also Selbstverschulden. Ich denke nicht, dass die Polizei in einem so kleinen Fall nachforscht. Die müssen wichtigere Verbrechen aufklären.»

«Das werden wir ja sehen», schimpft er und stürzt ans Telefon, das wie gewöhnlich auf einem der Beistelltische neben der Couch steht.

Während Konrad in aufgebrachtem Ton telefoniert und der Polizei die Meinung sagt, setze ich mich wieder, strecke die Beine aus und raschle absichtlich mit der Zeitung.

«Schicken sie jemanden vorbei?», frage ich vorsichtig, nachdem er aufgelegt hat.

«Selbstverständlich!», triumphiert er und kommt an den Tisch zurück, um nach seinem Mantel zu greifen. Noch in der Bewegung hält er inne.

Na, endlich: Er hat mein verändertes Aussehen wahrgenommen. Verstört wandert sein Blick über meine Frisur an der Lederhose entlang und bleibt schließlich an meinen Stilettos hängen. In seinem Gesicht erkenne ich seine unwillig zusammengezogenen Brauen und die dadurch entstehende tiefe Zornfalte. Kraftlos sinkt er auf einen Stuhl.

«Was ist hier eigentlich los?» Konrads Augen flackern unruhig wie ein gefangenes Tier. Seine Stimme klingt leise, aber hörbar verunsichert.

Plötzlich erkenne ich den Grund dafür: Konrad hat panische Angst vor Veränderungen! Er will nach Hause kommen und alles in gewohnter Ordnung vorfinden, wie das immer der Fall war. Genau deshalb hat er mich auch nicht mehr wahrgenommen. Man könnte sagen, ich gehöre praktisch zum Inventar wie in einem dieser Demonstrationsmodelle von Architekten, in denen Bäume und Menschen dazugestellt werden. Wieso ist mir das nicht schon früher aufgefallen?! Der berühmte Stararchitekt, dessen Beruf es ist, ganze Landstriche zu verändern, gerät in Panik, wenn die Ehefrau ihren Kleidungsstil ändert!

Zu gerne würde ich laut loslachen. Für den Moment belasse ich es aber bei einem Achselzucken sowie einer provozierenden Gegenfrage: «Was meinst du?»

Offensichtlich ist das zu viel für seinen lädierten Gemütszustand. Konrad springt abrupt auf. Seine Faust landet knallend auf dem Esstisch. Das Wasserglas fällt um, der Inhalt ergießt sich über den Tisch und wird langsam von der Zeitung aufgesogen.

«Diese Schlamperei! Den widerlichen Zigarettengestank! Und wie du überhaupt aussiehst, meine ich!» Sein Missfallen ist weder zu überhören noch zu übersehen.

Ich erhebe mich, ziehe meinen Pulli glatt, greife nach dem Glas und schreite, begleitet vom klackenden Geräusch meiner 10-Zentimeter-Absätze, betont langsam in die Küche. Am Tresen bleibe ich stehen, stelle das Glas ab und drehe mich zu ihm um. «Eigentlich ein Wunder, dass du überhaupt etwas bemerkst, so selten wie du hier bist.»

Verblüfft über meinen ungewohnten Widerspruch starrt mich Konrad an.

Ruhig spreche ich weiter. «Seit Monaten kommst du nur noch am Wochenende nach Hause. Es gibt Tage, an denen ich mich frage, ob du überhaupt noch hier wohnst. Und wenn du tatsächlich mal anwesend bist, verbreitest du miese Laune, sprichst kaum mit mir oder behandelst mich, als wäre ich Luft. Ich bin doch kein Möbelstück! Außerdem –»

«Was soll denn dieser anklagende Ton?», unterbricht er mich. «Spielst du jetzt die vernachlässigte Ehefrau? Du kennst das Baugewerbe doch gut genug und weißt, dass ich mich um die wichtigsten Projekte persönlich kümmern muss.»

Herausfordernd blicke ich ihn an. «Ah, du meinst wahrscheinlich das Wohnungsprojekt von unserem Hausarzt, oder?»

Konrad ringt nach Luft, als würde ich ihn für alle Bausünden seiner Branche verantwortlich machen. «Wie ... Wie kommst du jetzt ausgerechnet darauf?»

Ich spüre seine Verunsicherung. Er möchte Zeit gewinnen. Sucht nach Ausreden.

«Nun, vor einigen Tagen war ich bei Gideon zur Grippeimpfung –»

«Ja und?», unterbricht er mich erneut mit dem letzten Rest seiner Überheblichkeit.

Eigentlich würde ich ihn gerne anschreien, ihn beschimpfen und meiner Wut freien Lauf lassen, aber ich beherrsche mich. Auf keinen Fall will ich zu einer geifernden Frau werden.

«Gideon hat sich definitiv keine neue Wohnung gekauft», beginne ich ganz sachlich. «Du hast mich belogen. Und da dieser Schlüssel definitiv nicht ihm gehört, muss es deiner sein. Ich nehme an, er passt zur Wohnung deiner Geliebten. Tja, so ein Herzanhänger spricht eben eine deutliche Sprache.»

«Eine Geliebte?! Was für ein absurder Gedanke ist das denn. Wann hätte ich denn dafür Zeit? Wo ich doch Tag und Nacht schufte», schnauft er. «Ich habe nie von Gideon gesprochen.

Da musst du dich verhört haben. Es handelt sich um Dr. Lent. Ein wichtiger Kunde von mir.»

«So ein Quatsch! Das glaubst du doch selber nicht. Ich glaube dir jedenfalls kein Wort. Ab sofort trete ich in einen Streik, bis du mit der Wahrheit rausrückst», erkläre ich kühl und klappere kurz mit den Absätzen.

Konrads griesgrämige Mine verzerrt sich zu einer hässlichen Grimasse. Siegessicher fährt er sich mit der Hand durchs Haar. «Streik?» wiederholt er abfällig. «Wir haben eine Abmachung, vergiss das nicht!»

An diesem Punkt werde ich zu meinem eigenen Erstaunen aggressiv. Plötzlich habe ich keine Angst mehr, etwas falsch zu machen, meinen tyrannischen Ehemann zu enttäuschen, ja nicht einmal, mich zu zanken. Es ist, als würde mir das enge Mieder den Rücken stärken.

«Hörst du dir eigentlich manchmal selbst zu? Wir leben doch nicht in den Fünfzigerjahren des letzten Jahrtausends, wo sich der Herr des Hauses alles erlauben durfte und die Frau sein Machtgehabe widerspruchslos ertragen musste, weil die Emanzipation noch in Stoffwindeln steckte! Damals hättest du mich mit einer Waschmaschine ruhigstellen können. Aber fürs Protokoll: *Ich* halte mich seit fünfundzwanzig Jahren an unsere Abmachung, was man von dir nicht behaupten kann. Du hast mir nämlich Treue geschworen. Doch wie mir mittlerweile klar geworden ist, existiert unsere Ehe nur noch auf dem Papier. Für dich bin ich nur eine Putzfrau – und ab und zu die billige Köchin für deine wichtigen Kunden. Dein ganz persönliches Aschenputtel, für läppische einhundert Euro im Monat ...» Plötzlich fällt mir Ullas Rechenbeispiel ein. «Eigentlich müsste ich Lohnausgleich verlangen! Sagen wir mal, eine Verdoppelung meines Taschengeldes. Und zwar rückwirkend ... äh, das wären für fünfundzwanzig Jahre lange Haushaltsdienste ganze ... dreißigtausend Euro.»

«Pah! Zu den fünfundzwanzig Jahren fehlen aber noch viereinhalb Monate», stellt er pingelig fest. «Davon abgesehen: Was soll dieses Emanzengefasel? Oder kommst du jetzt etwa in die Wechseljahre?»

«Wechseljahre?», wiederhole ich spöttisch. «Das trifft wohl eher auf dich zu! Denn wie es aussieht, willst du mich gegen eine andere Frau auswechseln.»

Konrad zuckt mit den Schultern und schlägt plötzlich einen versöhnlicheren Ton an.

«Vielleicht war ich wirklich zu wenig zu Hause und du zu viel allein, seit Jens und Timo ausgezogen sind.»

Sein Lächeln ist so aufgesetzt und übertrieben freundlich, dass mich fröstelt. Dennoch bin ich von seiner plötzlichen Charme-Attacke ganz sprachlos.

«Wollen wir nicht zusammen was essen und uns wieder vertragen, Schneckchen? Du hast doch bestimmt was vorbereitet.»

Hab ich richtig gehört: Schneckchen? Er muss wirklich verzweifelt sein. Aber das selbstgefällige Blitzen in seinen Augen ist nicht zu übersehen. Sein Büßergetue ist also nichts anderes als eine leicht durchschaubare Ablenkung von seinem Betrug.

«Italienisch!», erkläre ich und greife zum Telefon, um einen Pizzaservice anzurufen. Wenn er gedacht hat, ich zaubere ihm jetzt eine selbstgemachte Pasta, hat er sich geschnitten.

«Was? Du weißt doch, dass ich kein Junkfood esse», beginnt er sofort wieder zu motzen.

«Möchtest du nun etwas zu essen oder lieber gleich die Scheidung?», frage ich zornig. Ich fasse es nicht! Wie kann er nur so zur Tagesordnung zurückgehen?

Konrad stutzt einen Moment, als habe er sich verhört. «Was redest du denn da? In unserer Familie gab es noch nie eine Scheidung.»

Das ist mir nur zu gut bekannt! Eine weitere Meyersche

Familientradition, auf die mich Alma schon auf unserer Verlobungsfeier hingewiesen hat. Aber wahrscheinlich hat auch meine Schwiegermutter genau wie ich eine Vereinbarung zur Gütertrennung unterschrieben. Heute weiß ich, wie clever die Meyers das handhaben. Denn um Unterhalt vor Gericht erstreiten zu können, braucht man Geld. Und als Hausfrauen verdient man in der Regel keines.

Mit einem Callgirl-Job könnte sich das allerdings ändern, fällt mir in dem Moment ein.

Ob Fremdgehen wohl auch zur Meyerschen Familientradition gehört? Um das zu erfahren, werde ich deutlich: «Ich will jetzt sofort wissen, wem dieser Schlüssel gehört! Aber komm mir nicht wieder mit faulen Ausreden», füge ich drohend hinzu.

Wortlos erhebt sich Konrad, läuft in sein Büro und erscheint nach wenigen Minuten mit seinem Telefonregister in der Hand.

«Hier, bitte schön.»

In gewohnter Selbstgefälligkeit hält er mir eine aufgeschlagene Seite hin. Zu meinem Erstaunen ist als letzter Name auf der Seite tatsächlich ein gewisser Dr. Lent notiert.

«Der Mann heißt Lent, mit einem t», erklärt er. «Nicht Lenz. Er ist Rechtsanwalt. Ruf ihn an und frag nach den Umbauten in seiner Wohnung, die ich betreut habe.»

Ich glaube ihm kein einziges Wort. «Aber wieso hast du bestätigt, dass es sich um unseren Hausarzt handelt, als ich dich danach gefragt habe?», will ich wissen.

«Hab ich nicht», blaffte er mich an. « Wahrscheinlich hast du wieder drei Dinge auf einmal erledigt, warst unkonzentriert und hast wie so oft nicht richtig zugehört.»

Typisch Konrad. Natürlich ist es meine Schuld. Dennoch greife ich zum Telefon und wähle die Nummer von Dr. Lent. Zu meiner Überraschung meldet sich ein Anrufbeantworter, der die Bürozeiten der Kanzlei Lent bekannt gibt. Wortlos lege ich auf.

«Leider habe ich keine Privatnummer», erklärt Konrad achselzuckend. Sein schiefes Grinsen wirkt unehrlich. Die ganze Sache stinkt! Wäre dieser Anwalt tatsächlich einer seiner Kunden, hätte mein Mann nicht nur dessen Privatnummer, sondern auch dessen Handynummer.

«Kein Problem», antworte ich leichthin, notiere die Nummer auf einem Zettel und verkünde: «Ich versuche es Montag nochmal.»

«Du glaubst mir also immer noch nicht?» Er klingt verunsichert.

Gekonnt langsam drehe ich mich ihm zu. «Hängt ganz davon ab, ob dieser ominöse Dr. Lent deine seltsame Geschichte bestätigt.»

«Du bezichtigst mich der Lüge?» Konrad kneift die Augen zusammen und wird, passend zu unserer Einrichtung, grauweiß im Gesicht. Was dann folgt ist ein Wutanfall, der sich nur als cholerisch bezeichnen lässt.

«Hast du etwa getrunken?», brüllt er mich an. «Das würde vielleicht erklären, warum du so wirres Zeug redest und es hier wie auf der Müllhalde aussieht. Aber es erklärt noch lange nicht, wieso du so seltsam aussiehst. Also, was soll die Maskerade?»

Achselzuckend antworte ich: «Tut mir leid, wenn es dir nicht gefällt ... Nein, eigentlich tut es mir überhaupt nicht leid. Denn ich wollte deine Aufmerksamkeit! Und das ist mir ja bestens gelungen, oder?»

«Genug!», schreit er plötzlich. «Ich habe genug von dieser lächerlichen Farce. Ich werde jetzt ins Büro fahren. Zum Abendessen bin ich zurück. Bis dahin erwarte ich, dass du zur Besinnung gekommen bist und aus dieser Müllhalde wieder ein vorzeigbares Heim gemacht hast!» Mit großen Schritten durchschreitet er den Raum.

«Nimm doch gleich den Abfall mit», rufe ich erbost hinterher.

Aber da ist er schon an der Tür, wo er beinahe mit dem Pizzalieferanten zusammenknallt.

Kurz darauf höre ich ihn mit quietschenden Reifen davonfahren. Man könnte meinen, es brennt.

Noch ganz benommen von dieser Auseinandersetzung bereite ich mir erst mal einen doppelten Espresso zu. Niemals hätte ich geglaubt, dass eine neue Frisur Konrads Grau-Weiß-Welt so erschüttern könnte. Er hat nicht ein einziges Mal: «Wie dem auch sei» gesagt. Das kann nur heißen, dass ich die richtigen Knöpfe gedrückt habe. Ich habe ihn an seiner empfindlichsten Stelle erwischt. Ein Jahrhundert-Ereignis!

Nachdenklich schlürfe ich meinen Kaffee und lasse dazu eine Zigarette im Aschenbecher verglimmen. Mein Blick streift über die langweilige Grau-Weiß-Welt, in der ich lebe. Wie soll es jetzt bloß weitergehen?

Das Klingeln des Telefons holt mich aus meiner Starre.

«Hey, Evelyn», begrüßt mich Ulla. «Ich wollte hören, ob deinem Mann die neuen Sachen gefallen haben?»

«Äh, nein ... nicht wirklich», antworte ich zögernd.

«Wie bitte? Dann muss der Typ ja blind sein.»

«Könnte man durchaus sagen», erkläre ich seufzend und berichte anschließend von dem Zerwürfnis mit Konrad, von den gegenseitigen Vorwürfen, von Tränen und Wut. Und ich berichte von meiner Streitlust und der Verteidigung meiner Würde.

«Oberprima! Du hast dich wirklich verändert», lobt mich Ulla. «Du bist nicht mehr die alte Evelyn, die alles hinnimmt. Du bist jetzt Eve, eine Femme fatale. Das wäre übrigens ein super Callgirl-Name.»

Ich muss lachen. Gespräche mit Ulla machen einfach gute Laune. «Ich wollte dich auch anrufen und fragen, wann du Zeit für eine neue Shopping-Tour hast. Ich weiß einfach nicht, wohin mit mir und –»

«Jederzeit», unterbricht sie mich. «Aber nur, wenn du dir die Callgirl-Sache durch den Kopf gehen lässt – wo du doch gerade so in der Stimmung für Veränderung bist. Mein Onkel hat nämlich schon nach dir gefragt ...»

«Du hast ihm von mir erzählt?», fahre ich sie erschrocken an.

«Aber nein, nicht direkt von dir», beruhigt mich Ulla. «Ich habe nur angedeutet, zufällig eine Bekannte aus der Callgirl-Agentur getroffen zu haben, die sich beruflich neu orientieren möchte. Abgesehen von der Branche, trifft die Beschreibung doch genau auf dich zu, oder?», kichert sie ausgelassen. «Genau genommen hast du ja seit einem viertel Jahrhundert denselben Job. Reizt es dich nicht, mal eine andere zu sein? Eine Femme fatale eben.»

«Ja ... vielleicht», antworte ich zögernd. «Aber ein paar neue Klamotten und die Änderung meines Vornamens machen noch lange kein Callgirl aus einer ganz normalen Hausfrau.»

«Kein Problem», entgegnet Ulla vergnügt. «Dann ändern wir eben auch noch deinen Nachnamen. Wir findest du ... Lacombe? So hieß meine Französischlehrerin. Eve Lacombe! Wie hört sich das an?»

«Mm ...», murmle ich.

Ulla lässt nicht locker. «Ich muss jetzt leider los. Aber versprich mir, dass du wirklich und ernsthaft darüber nachdenkst, Eve Lacombe!»

## 15

Der Sonntag beginnt mit einem tief verhangenen, dunkelgrauen Himmel. Ich habe eine unruhige Nacht im Kinderzimmer verbracht, weil Konrad – wie nicht anders zu erwarten war –

nicht mehr aufgetaucht ist. Vermutlich hat er im Büro geschlafen. Oder in der Wohnung von «Dr. Lent».

Es sieht nach einem ungemütlichen Tag aus, den ich mit JETI-Mütze auf dem Kopf und einem heißen Kaffee im Bett verbringen werde. Ganz leise meldet sich anfangs noch «Evelyn Meyers» schlechtes Gewissen. Aber dann stelle ich mir vor, wie es wäre, ein Callgirl zu sein – wie ich es Ulla versprochen habe. Und diese Eve Lacombe würde ohne Skrupel schon mal einen ganzen Tag im Bett vertrödeln. Sie würde sich eine zweite Kanne Kaffee genehmigen und ihr glamouröses und natürlich sorgenfreies Leben genießen.

Das fordernde Brummen der Überwachungsanlage unterbricht meine Tagträumerei. Als Eve Lacombe ignoriere ich den unangemeldeten Besucher.

Kurz darauf summt es erneut. Wenn das Konrad ist und er seinen Schlüssel vergessen hat, wäre das ein guter Witz. Doch vor der Tür steht meine Schwiegermutter, ganz in Schwarz gekleidet – mit einem Strauß weißer Lilien.

Beerdigungsblumen!?

«Alma!», begrüße ich sie verwundert.

Sorgenvoll blickt sie mich an. «Du liegst noch im Bett, Evelyn.»

Mon dieu!, was hat sie nur? Sie nennt mich heute nicht «mein Kind»? Das gibt mir zu denken. Und dieser Überraschungsbesuch? Dazu noch Blumen – irgendwie beunruhigend.

«Äh …, Konrad ist nicht zu Hause», stottere ich. «Aber komm doch herein.» Während sie bereits forsch an mir vorbeistürmt, frage ich: «Möchtest du ablegen?»

Huldvoll nickend überreicht sie mir den Strauß und lässt sich aus dem dunklen Trenchcoat helfen. Darunter kommt ein schwarzer Hosenanzug zum Vorschein – ganz im Stil der Architektenfamilie.

Suchend blickt sie sich um. «Wo ist denn Oscar?»

Dass sie mich unbedingt an meinen armen Hund erinnern muss ... «Er wurde vor ein paar Wochen überfahren. Hat Konrad es nicht erwähnt?», frage ich gereizt.

«Oh, das tut mir leid ... Konrad hat es wohl vergessen.» Nach dieser lapidaren Erklärung betrachtet sie mich prüfend. «Du siehst irgendwie anders aus ... na ja, kein Wunder mit dieser albernen Mütze. Fehlt dir was?»

Ja! Mir fehlen die Worte. Meine sonst so mürrische Schwiegermutter ist ungewöhnlich freundlich und erkundigt sich nach meinem Gesundheitszustand.

Irritiert hänge ich ihren Mantel in den Garderobenschrank, nehme meine Mütze ab und versuche mein Haar notdürftig mit den Fingern zurechtzuzupfen.

Alma schreitet derweil Richtung Esstisch. «Darf ich mich setzen?»

Derart übertrieben höfliches Benehmen kenne ich ja gar nicht von ihr. Was ist nur in sie gefahren?

«Selbstverständlich, bitte, nimm Platz», entgegne ich nicht weniger höflich und versorge die Lilien.

Alma lässt sich auf einem der Stühle am Esstisch nieder, deponiert ihre schwarze Handtasche neben sich und betrachtet meinen neuen Haarschnitt.

«Steht dir ausgezeichnet ... wirklich sehr hübsch, Evelyn», stellt sie freundlich fest und deutet dann auf die Pizzakartons, die noch von gestern auf dem Küchentresen stehen: «Dein Mittagessen? Reicht das auch für uns beide?»

Das wird ja immer besser! Alma, die pingeligste Esserin, die ich kenne (außer Konrad), hätte offensichtlich gerne ein Stück Pizza!

«Oh ... die ist von gestern.»

Schmunzelnd winkt sie ab. «Hast du eine Mikrowelle?»

Erstaunt nicke ich.

Almas dunkelblaue Augen blitzen auf. «Na also, wärm sie auf! Muss ja keiner erfahren.»

Um nicht in verzweifeltes Gelächter auszubrechen, werde ich geschäftig. Ich stelle die Pizza in die Mikrowelle, nehme Besteck aus der Schublade und suche nach Stoffservietten. Als ich die Pizza serviere und ihr das Besteck nebst einer Serviette dazulege, überrascht mich Alma erneut.

«Junkfood muss man doch mit der Hand essen, Evelyn. Ein scharfes Messer und Papierservietten genügen völlig», unterrichtet sie mich.

Alma, die sonst immer ganz genau auf Manieren achtet, will sich die Finger fettig machen!

Sprachlos hole ich das gewünschte Messer und setze mich dann zu ihr. Resolut wie eine italienische Mama schneidet Alma die Pizza geübt in vier Teile und beißt mit sichtlichem Appetit in das erste Stück, als hätte sie ewig nichts gegessen. Nach einigen Sekunden genüsslichen Kauens erfahre ich endlich, warum sie hier ist.

«Konrad kam gestern Abend völlig aufgelöst zu uns in die Villa. Er behauptete, du hättest einen Nervenzusammenbruch erlitten, würdest wirres Zeug reden und das Haus verkommen lassen.»

«Ich lasse das Haus nicht verkommen!», verteidige ich mich schroff, gebe aber zu, dass wir uns gestritten haben.

«Ach, mach uns doch ein Fläschchen Wein auf.»

Was ist denn das für ein Wochenende? Sind jetzt alle verrückt geworden? Erst der heftige Zusammenprall mit Konrad, dann Pizza und Wein mit der Schwiegermutter. Mich kann nichts mehr überraschen, denke ich. Doch kaum hat Alma das erste Glas geleert, eröffnet sie mir, dass sie ihrem Sohn kein Wort glaube.

«Ich bin auf deiner Seite, Evelyn. Und ich bin hier, um mir deine Version anzuhören.»

Unglaublich! So sachlich wie möglich erzähle ich von Konrads anhaltender Übellaunigkeit, vom eigentlichen Grund unseres Krachs, dem Verdacht auf Untreue und dieser seltsamen Namensverwirrung.

«Ich bin hundertprozentig sicher, dass ich mich nicht verhört habe. Schließlich hat er auf meine Nachfrage bestätigt, dass der Schlüssel unserm Hausarzt gehört. Er lügt, denkst du nicht auch?»

Nachdenklich greift Alma zur Weinflasche und füllt ihr Glas auf, bevor sie antwortet. «Sein Verhalten ist in der Tat äußerst suspekt. Kein Wunder, dass du rebellierst. Er hat übrigens heute Nacht bei uns geschlafen ... Also, auch wenn du es nicht glauben wirst, ich kann dich verstehen, Evelyn. Vor vielen Jahren war ich in einer ähnlichen Situation, genau wie viele Jahre vorher meine Schwiegermutter. Vielleicht ist Fremdgehen ja erblich», scherzt sie zynisch.

«Arwed hat dich betrogen?»

«Drei Jahre lang! Wenn ich an dieses ... dieses Flittchen denke, wird mir heute noch übel. Ich war drauf und dran, mich scheiden zu lassen. Aber wegen dieser unglückseligen Gütertrennung habe ich mich dann eines Besseren besonnen. Trotz dreiundzwanzigjähriger Ehe hätte ich keinen Pfennig bekommen – egal, wie viel schmutzige Wäsche ich in der Öffentlichkeit gewaschen hätte. Die Situation war deiner nicht unähnlich. Mein Kind war erwachsen, ich hatte meinen Beruf aufgegeben ... Wovon hätte ich also leben sollen? Damals hat mir meine Schwiegermutter dringend abgeraten, die Familie zu verlassen. Kurzum: Das möchte ich hiermit auch tun, denn –»

«Wie bitte?», unterbreche ich sie verblüfft.

«Schau nicht so überrascht, Evelyn», antwortet sie milde. «Du bist nicht die erste Ehefrau, deren Mann vorübergehend an einer jüngeren Frau kleben bleibt. Aber so etwas ist nie von

Dauer, glaube mir. Da sind die Männer alle gleich. Sie brauchen anscheinend ab und zu etwas Abwechslung. Aber im Grunde geht es doch nur um … Na ja, du weißt schon, was ich meine. Nächstes Jahr um diese Zeit hast du diese unsägliche Geschichte längst wieder vergessen. Mach dir keine Sorgen. Die Männer der Familie Meyer stehen zu ihren Ehefrauen. Deshalb hat es in unserer Familie ja auch noch nie eine Scheidung gegeben.»

«Auf diese Familientradition ist dein Sohn auch sehr stolz.» Ich kann einfach nicht anders, ich muss schnippisch werden.

Alma nimmt einen tiefen Schluck aus ihrem Glas und gibt vor, meinen kleinen Angriff nicht gehört zu haben. «Ich meine es wirklich gut mit dir, Evelyn. Sieh mal, du hast doch ein schönes Leben, ein traumhaftes Haus, keine Sorgen. Warum willst du das alles aufgeben? Trotz der veränderten Gesetzgebung würdest du deinen Unterhalt nämlich gerichtlich erkämpfen müssen. Das kostet Geld, unter Umständen sehr viel Geld, das du vermutlich nicht hast. Ich rate dir daher dringend, über Konrads kleinen Ausrutscher hinwegzusehen. Wir müssen doch alle unsere Enttäuschungen verkraften. Wo kämen wir denn da hin, wenn wir immer gleich davonliefen? Wir haben schließlich Aufgaben und Pflichten und können nicht erwarten, dass immer alles nach unseren Wünschen läuft. Kurzum: Warum machst du nicht eine kleine Kur, lässt dich auf einer Schönheitsfarm verwöhnen oder besuchst die Zwillinge? Ich werde Konrad zureden, dass er eine Weile ohne dich zurechtkommen muss. Außerdem kann er Eulalia für die Zeit deiner Abwesenheit ganztags einstellen. Und dann, wenn etwas Gras über diese prekäre Angelegenheit gewachsen ist und du dich beruhigt hast, engagierst du dich in einer sozialen Einrichtung, wie ich es tue. Du glaubst gar nicht, wie gut so eine sinnvolle Aufgabe ablenkt.»

Sprachlos lausche ich ihrem skurrilen Vortrag. Noch nie

hat mich jemand so überrascht wie meine Schwiegermutter. Erwartungsvoll sieht sie mich an.

«Hat Konrad dich geschickt oder war es deine Idee?»

Ein belustigter Blick trifft mich. «Werde bitte nicht kindisch, Evelyn, das ist doch völlig unerheblich. Ich bin hier, weil mir etwas an dir liegt. Schließlich bist du die Mutter meiner Enkelsöhne und –»

«Tja, das ist nun mal eine Tatsache, die sich nicht ändern lässt. Aber du warst mir nicht immer so zugetan», unterbreche ich sie erneut. «Die *alberne* Mütze, wie du sie genannt hast, ist übrigens ein Stück aus der ersten Kollektion deiner Enkel, für die sie an der Modeschule ausgezeichnet wurden.»

«Oh?!» Almas hochgezogenen Brauen nach zu schließen, schwankt sie einen Moment lang zwischen Bewunderung und Überraschung. «Wie schön. Das teure Studium scheint Früchte zu tragen.»

«Ja, aber das nur nebenbei. Und zum Thema Scheidung: Ich habe sie nicht verlangt, sondern Konrad gefragt, ob *er* sie will. Worauf er geantwortet hat, dass es in der Familie Meyer noch nie Scheidungen gegeben hat. Aber morgen werde ich bei diesem Dr. Lent anrufen, um die Wahrheit herauszufinden.»

Meine Absicht bringt Alma offensichtlich aus der Fassung. Stirnrunzelnd erhebt sie sich. «Du wirst schon sehen, wie weit du damit kommst. Spioniere Konrad bloß nicht hinterher! Männer mögen das nicht.»

«Und *ich* mag es nicht, wenn man mich hintergeht und einfach nur benutzt. Ich stehe doch nicht ständig zur Verfügung – egal ob in der Küche oder im Bett. Ich bin doch kein Callgirl!»

Jedenfalls noch nicht, denke ich und blicke Alma erbost an.

## 16

War der Sonntag grau, beginnt der Montag rot. Alarmrot. Nachdem Konrad auch heute Nacht nicht nach Hause gekommen ist, setze ich mich über Almas Warnung hinweg und beginne meine «Spionagetätigkeit» mit einem Anruf in der Kanzlei.

«Hier ist das Architekturbüro Meyer», melde ich mich forsch. «Verbinden Sie mich bitte mit Dr. Lent.»

«Tut mir leid, Dr. Lent urlaubt bis Ende des Monats», erfahre ich von einer weiblichen Stimme. Freundlich bietet sie an, etwas auszurichten.

Zögernd erkläre ich, den Herrn Anwalt persönlich sprechen zu müssen, da es sich um seine Privatwohnung respektive den Schlüssel dazu handle und sie darüber sicher nicht Bescheid wisse. Zu meiner Überraschung erfahre ich, dass sie sehr wohl von «dieser Wohnungssache» gehört habe. Einzelheiten unterlägen aber der Schweigepflicht.

Merde! Stimmt es also, was Konrad erzählt hat? Ich war mir so sicher, dass er sich diesen Dr. Lent in seiner Not nur ausgedacht und irgendeine Nummer in sein Register eingetragen hat. Diese überraschende Wendung verunsichert mich. Hat er möglicherweise doch nicht gelogen? Verdächtige ich ihn zu Unrecht?

Nein, mein Bauchgefühl sagt mir: Konrads Verhalten war eindeutig nicht das eines Unschuldigen. Aber die volle Wahrheit werde ich wohl erst am Monatsende herausfinden, wenn der Rechtspfleger aus dem Urlaub zurückkommt. Bis dahin bleibe ich misstrauisch – egal, wie tolerant Almas Einstellung zu «dieser Sache» ist.

Gerade als ich mich in die Küche begebe, um das letzte Stück Toastbrot zu verzehren, klingelt mein Handy.

«'allo? Bonjour, Eve, bist du bereit für deine neue Karriere?», begrüßt Ulla mich fröhlich lachend.

«Vorher muss ich noch frühstücken», erkläre ich ironisch.

«Na gut, trödele aber nicht rum. Heute treffen wir Onkel Bertram! Eigentlich wollte er uns zum Mittagessen einladen. Ich habe stattdessen ein Café vorgeschlagen. Das ist ungezwungener, und wenn's nicht so glatt läuft, kann man sich schneller verabschieden.»

Für einen Moment überlege ich, nein zu sagen. Ich habe gerade wirklich andere Sorgen. Doch dann reizt es mich plötzlich, Ullas Onkel wenigstens mal kennenzulernen und mir anzuhören, was er genau plant. Ich muss ihm ja keine Zusage geben. Und vielleicht ist das genau die Ablenkung, die ich gerade brauche.

«Aber ich habe nichts anzuziehen!», wende ich ein «Und ihn nur in Dessous und Schuhen zu treffen, –»

«Deshalb rufe ich ja an, Eve», unterbricht Ulla mein Lamentieren. «Übrigens werde ich dich in Zukunft nur noch Eve nennen, damit du dich an den Namen gewöhnst.»

Ullas Tempo ist wie immer atemberaubend. Doch bei der Aussicht, ihren Onkel noch heute zu treffen, fühle ich ein nervöses Kribbeln im Magen. Wir verabreden uns zu einem weiteren Einkaufsbummel.

Ich beende mein mageres Toast-Frühstück und begebe mich vor den Spiegel. Als ich mir die Augenringe überdeckt und mich dezent geschminkt habe, fehlt nur noch ein sexy Outfit, um eine selbstbewusste, verführerische Eve aus mir zu machen.

Aus dem Kleiderschrank wähle ich den schwarzen Rock, die grauen Wildlederstiefel und einen hellgrauen Pulli mit V-Ausschnitt, der durch das Push-up-Mieder auch gar nicht mehr so langweilig aussieht. Schnell noch die honigblonden Fransen stylen – und Evelyn Meyer existiert nicht mehr.

Eine Stunde später warte ich auf Ulla vor ihrem Haus in der Schleißheimerstraße in zweiter Reihe (das würde Evelyn Meyer auch nie wagen) und rufe sie übers Handy an. Bald darauf erscheint sie mit wehenden Haaren und einer weitschwingenden roten Jacke über einem schmalen rostroten Kleid, das über den Knien endet. Auf hohen schwarzen Lackpumps schreitet sie wie ein Laufstegmodel auf mich zu. Die große dunkle Sonnenbrille auf ihrer Nase unterstreicht diesen Eindruck.

Stöhnend verdrehe ich die Augen, als Ulla einsteigt. «Ich werde es einfach nie schaffen, mich so zu bewegen wie du, fürchte ich.»

Lachend schiebt Ulla ihre Brille ins Haar. «Ach, was», wehrt sie ab. «In Jeromes Laden hast du dich doch schon ganz gut angestellt. Und heute werden wir dich weiter ausstaffieren. Bald wirst du genau wie die meisten Frauen nicht mehr ohne Stilettos sein wollen. In meinem Fall erfüllen sie allerdings noch eine andere Aufgabe: Ohne die Dinger würde ich kleiner Stöpsel von allen übersehen.»

«Wer das glaubt, der glaubt auch, dass Zitronenfalter Zitronen falten», erwidere ich kopfschüttelnd und fahre los.

Wir starten unseren Einkaufsbummel in den feudalen Passagen der «Fünf Höfe», wo sich die Designer-Läden wie Sardinen in der Dose drängeln. Beim Anblick der verschwenderischen Auswahl an teuren Klamotten fällt mir kurz Almas beängstigende Prophezeiung ein, dass ich im Scheidungsfall zum Sozialfall werden könnte.

«Hat die Begleitagentur eigentlich Sozialbeiträge für dich bezahlt?», frage ich Ulla nachdenklich. «Ich meine: Kriegen Callgirls Rente?»

Ulla legt den Kopf schief, sieht mich verblüfft an. «Was ist denn mit dir los? Machst du dir etwa Sorgen?»

Im Schnelldurchgang erzähle ich Ulla von dem seltsamen Besuch meiner Schwiegermutter. «Ja, Ulla, ich mache mir Sorgen. Wenn Konrad mich nun wie eine heiße Kartoffel fallen lässt? Wovon soll ich leben?»

Beruhigend spricht sie auf mich ein: «Hey, Eve, keine Panik. Wenn du zu Onkel Bertrams Angebot ja sagst, könntest du schon bald Bestsellerautorin eines erotischen Kochbuchs sein!»

«Wieso sollte er mir das Callgirl abnehmen? Mein Hausfrauen-Dasein sieht man mir doch sofort an. Und noch dazu mein Alter ...»

«Na, wenn das alles ist, worüber du dir Gedanken machst. Ich hab mir da schon was überlegt. Aufgepasst, Eve Lacombe, hier kommt deine Callgirl-Biographie: Du bist dreiundvierzig ...»

«Neunundvierzig», berichtige ich.

«Kleine Korrektur zu deinen Gunsten, weil du mit der neuen Frisur wesentlich jünger aussiehst», erklärt sie und fabuliert weiter: «Du warst ein erfolgreiches Callgirl, bist aber raus aus der Branche, denn *dafür* fühlst du dich inzwischen zu alt. Weil du keine private Altersvorsorge hast und auch keine Rente kriegst, willst du – genauer gesagt –, *musst* du nochmal Karriere machen, um eben nicht zum Sozialfall zu werden. Deshalb kommt Bertrams Angebot ja auch genau zur richtigen Zeit. Ein Glücksfall für eine leidenschaftliche und hervorragende Köchin wie dich! Das versteht doch der Dümmste, oder? Mein Onkel ist natürlich kein Idiot, aber es wird ihm das Gefühl geben, dass du wirklich interessiert bist und nicht nur aus einer momentanen Laune heraus mitmachen willst.»

So sicher wie Ulla bin ich mir aber nicht. «Meinst du wirklich, dass er uns diese ziemlich konstruierte Geschichte abkaufen wird?»

«Nun such doch keine Probleme, wo keine sind und sieh das Ganze mal von der spaßigen Seite. Mein Onkel freut sich sehr, dich kennenzulernen. Er war total begeistert, als ich ihm erzählt habe, dass du –»

Erschrocken unterbreche ich sie: «Mon dieu! Was hast du

ihm erzählt? Erwartet er jetzt eine Sexbombe à la Pamela Anderson?»

«Quatsch. So ein aufgespritztes, zurechtgeschnippeltes Chirurgenprodukt würde ihm gar nicht gefallen. Du kannst ganz cool bleiben, ich habe ihm nur das erzählt, was ich gerade angedeutet habe. Mehr nicht. Und er wird ja auch nicht Evelyn Meyer kennenlernen, sondern Eve Lacombe, das Callgirl.» Ulla sieht mich triumphierend an. «Kapiert?»

«Erstaunlich, wirklich erstaunlich», murmle ich. «Warst du in deinem Leben eigentlich schon mal an einem Punkt, an dem dir nichts mehr eingefallen ist, du nicht weiter wusstest?»

Ulla betrachtet sich in einem Schaufenster, grinst ihr Spiegelbild an und streicht sich eine Haarsträhne aus der Stirn. «Logo, immer wenn der Nagellack nicht trocknen will und ich deshalb zu spät zu einer Verabredung komme. Aber im Ernst: Phantasie macht das Leben leichter! Das wirst du auch bald sehen.»

«Bitte, sprich jetzt nicht in Rätseln», flehe ich sie an. «Die Aussicht, deinem Onkel gleich das Callgirl vorspielen zu müssen, überfordert mich schon genug.»

«Schau mal!» Ulla fixiert mit glänzenden Augen ein bodenlanges Kleid mit tiefem Ausschnitt aus flaschengrünem Seidensamt im Schaufenster. «Das ultimative Weihnachtsoutfit! Ich sehe mich damit schon unterm Tannenbaum stehen. Das muss ich unbedingt Henry zeigen», schwärmt Ulla verzückt, bevor sie sich wieder mir zuwendet.

Darin würde sie sicher hinreißend aussehen, denke ich. Aber Ulla zieht schon weiter.

«Du machst dir echt immer viel zu viele Gedanken, Evelyn Meyer, über alles Mögliche und Unmögliche. Lass die Dinge einfach auf dich zukommen und reagiere, wenn es nötig ist. Du wirst erstaunt sein, wie leicht das geht und wie viel Spaß es macht. Deine Schaufel-Aktion war doch ein Riesenspaß, oder? Spontan, impulsiv und emotional. In dieser Richtung musst du einfach weitermachen. Mit der Phantasie ist es wie mit der Kochkunst: Übung macht den Meister ... So, und jetzt verpassen wir Eve Lacombe den letzten Schliff.»

Fünf exklusive Läden später ist Eve Lacombe fertig geschliffen. Ich bin richtig stolz auf mich. Und auch Ulla lobt mich für mein schnell wachsendes Verschwendungstalent, denn ich habe Konrads Kreditkarte bis zum Limit ausgereizt.

«Das bedarf nämlich der Übung», meint sie frech, als wir Richtung «Café Palmengarten» zum Treffpunkt mit Bertram schlendern.

Vor Nervosität fühle ich meinen Pulsschlag in den Ohren, und meine Hände feucht werden. «Alleine würde ich das nicht durchstehen», seufze ich vor dem Eingang.

«Durchatmen, Eve.» Ulla streichelt mir beruhigend den Rücken. «Ich bin ja bei dir.»

Der «Palmengarten» erinnert mich an die Cafés in Paris, in denen Konrad und ich vor vielen Jahren Sandwich au Jambon aßen und Rotwein tranken. Mon dieu, nur jetzt nicht an meinen Ehemann denken!, ermahne ich mich. Das könnte fatal werden.

Als Ulla einem Mann zuzwinkert, der uns bereits erwartet, bin ich kurz davor, wegzulaufen.

An einem Tisch in der Fensternische sitzt ein attraktiver Mittvierziger mit kantigen Gesichtszügen, vollem Mund und modischen Bartstoppeln. Sein locker zurückgekämmtes, rotblondes Haar reicht bis an den Kragen seines graublauen Jacketts. Darunter trägt er ein weißes Hemd zu hellen Jeans.

Als wir auf ihn zugehen, erhebt er sich lächelnd. Seine charmante Ausstrahlung lässt meine Knie weich werden, als wäre das hier ein privates Rendezvous. Mut machen mir allein die bewundernden Blicke der anwesenden Männer, die uns beim Durchschreiten des Lokals folgen. Noch vor einer Woche hätte ich es nicht gewagt, derart auffällig gekleidet ein Lokal zu betreten. Und ich hätte nie geglaubt, dass es Spaß machen würde, beachtet zu werden.

Bertram begrüßt Ulla mit einer Umarmung. «Wie ich sehe, ist dein Fuß wieder vollkommen in Ordnung, Lieblingsnichte.»

«Scherzkeks», antworte sie lachend. «Du hast doch nur eine Nichte ... Also, Eve, das ist mein Onkel, Bertram Bronner. Onkelchen, das ist Eve Lacombe», stellt sie uns einander vor. «Wie du siehst, habe ich nicht übertrieben.»

Bertram reicht mir die Hand. Er ist einen halben Kopf größer als ich, trotz meiner hohen Absätze. Für die Dauer unseres Händedrucks und des gegenseitigen «Freut mich sehr» sehen wir uns in die Augen – seine sind dunkelgrün, mit gelben Sprenkeln. Aus dieser Nähe bemerke ich auch die leicht geknickte Nase, die dafür sorgt, dass sein Gesicht interessant aussieht. Unsicher blicke ich mich nach einem Platz für meine zahlreichen Einkaufstaschen um. Zuvorkommend nimmt mir Bertram die sperrigen Tüten ab, verstaut sie umsichtig neben dem Tisch und bittet uns, Platz zu nehmen.

«Wollen wir uns nicht duzen?», schlägt er vor. «Dann redet es sich leichter.»

Scheint nicht nur eine extrem gutaussehende, sondern auch sehr unkomplizierte Familie zu sein, denke ich erleichtert. Oder glaubt er, bei einem Callgirl wären lästige Höflichkeiten überflüssig? Aber ich besinne mich auf Ullas Ermahnung, mir nicht immer so viele Gedanken zu machen, und stimme seinem Vorschlag erfreut zu. Es plaudert sich ja wirklich entspannter, wenn man auf Förmlichkeiten verzichtet.

Noch während wir die ersten Small-Talk-Höflichkeiten austauschen, ertönt Ullas Handy. Wie immer, wenn diese Melodie erklingt, gluckst sie verzückt: «Henry!» Sie entschuldigt sich für einen Moment und verschwindet nach draußen.

Bertram überbrückt die entstehende Verlegenheit, indem er mir die Getränkekarte reicht.

Mir wird ganz schlecht. Sie kann mich doch hier nicht alleine sitzen lassen! Tiefer und tiefer versinke ich in meinem Stuhl und hoffe inständig, Ulla möge so schnell wie möglich wiederkommen.

Als sie nach einigen Minuten an unseren Tisch zurückkehrt, spüre ich, dass gleich eine Bombe platzen wird. Jedenfalls verheißt der bedrückte Ausdruck auf ihrem Gesicht nichts Gutes.

«Es tut mir wirklich sehr leid, aber ich muss dringend weg», sprudelt sie los. «Henry will ... Ach ich bin ja so aufgeregt. Ich glaube, er wird mir heute DIE Frage stellen!»

Mir bleibt die Luft weg. «Aber ... äh ...», stottere ich. Mehr bringe ich nicht heraus. Will sie mich hier wirklich mit einem wildfremden Mann allein lassen? Das gibt eine Katastrophe! Ich weiß doch gar nicht, wie ich mich benehmen und worüber ich mich mit ihrem Onkel unterhalten soll.

Bertram bleibt gelassen. «Na, dann nix wie los, Kleines! Wir werden uns auch ohne dich amüsieren.»

Ulla wirft mir ein flüchtiges Handküsschen entgegen und saust mit wehenden Haaren los. Unruhig rutsche ich auf meinem Stuhl hin und her, schlage unsicher die Beine übereinander, ziehe am Rock (im Sitzen ist er doch sehr kurz), nestle an der Schleife der neu erstandenen burgunderroten Chiffonbluse herum (trotz des stilisierten Blumenmusters erscheint sie mir plötzlich viel zu durchsichtig) und hoffe, dass Bertram nicht auf dumme Gedanken kommt. Was hat er überhaupt mit *amüsieren* gemeint?

Mon dieu!, wie jung er aussieht. Ob es an der gutsitzenden Jeans liegt? Ich mag ja Männer in Jeans. Konrad besitzt keine einzige. Und auch ich habe mir erst heute eine zugelegt. Aber das behalte ich lieber für mich.

«Geht es dir gut?», erkundigt sich Bertram, als er meine Nervosität bemerkt.

So souverän wie möglich antworte ich lächelnd: «Eigentlich schon ... Obwohl ich derzeit das Gefühl habe, auf einem sinkenden Schiff zu leben.»

Bertram überlegt kurz, dann lacht er, und ich kann sehen, dass er perfekte Zähne hat. Die kleinen Fältchen, die dabei um seine Augen entstehen, sind ein beruhigendes Zeichen, dass ich hier nicht mit einem Mann sitze, der mein Sohn sein könnte. «Ach, du meinst deine Profession.»

Wieso Profession?, denke ich und kapiere erst viel zu spät, was er meint. Ich nicke verlegen und lächele.

«Ich mag Frauen mit skurrilem Humor», bekennt er.

Die Bedienung unterbricht unser Verlegenheitsgeplänkel und rettet mich vor einer dümmlichen Antwort. Wir bestellen Cappuccino. Ich nehme ein Mineralwasser dazu, Bertram ein Stück Sachertorte – seine Lieblingstorte, wie er mir verrät. Beim Thema Torte fühle ich mich schon ein wenig sicherer. Beinahe hätte ich mich mit der peinlichen Geschichte von der verbrannten Geburtstagstorte verraten, als nun auch mein Handy klingelt.

Ich murmle «Entschuldige» und nehme das Gespräch an.

Mon dieu! Es ist Konrad.

«Wo bist du?», höre ich ihn fragen.

Das ist doch die Höhe! Er verschwindet zwei volle Tage und meldet sich dann zurück, indem er so tut, als sei alles bestens. Als hätte wir nie gestritten.

«Kann es sein, dass du gerade in einem Café sitzt?», fragt er beiläufig, als ich nicht sofort antworte.

Eine Welle von Nervosität überrollt mich. Ich spüre, wie ich rot anlaufe. Ein Glück, dass Bertram sich höflicherweise der Getränkekarte widmet.

«Äh ... wie kommst du zu der Annahme?»

«Wegen der Geräuschkulisse.»

Einen panischen Moment lang sehe ich mich im Café um, weil ich befürchte, Konrad könnte gleich neben mir auftauchen und *mich* der Untreue bezichtigen. Vielleicht war es doch keine gute Idee, in der Öffentlichkeit einen fremden Mann zu treffen, jedenfalls wenn Ulla nicht dabei ist.

«Ich verstehe dich nicht richtig», antworte ich ausweichend. «Die Verbindung ist nicht sehr gut.»

«Ich wollte mich bei dir entschuldigen und dir Bescheid geben, dass ich heute Abend gegen sieben zu Hause sein werde.» In ungewohntem Plauderton spricht Konrad weiter. «Und falls du keine Lust hast zu kochen, können wir zur Abwechslung mal wieder in einem Restaurant essen.»

Wie bitte? Das wird ja immer verrückter! Konrad will mich ausführen!? Ich kann mich gar nicht erinnern, wann wir das letzte Mal zusammen aus waren. Muss Jahre her sein. Er scheint ja ein unglaublich schlechtes Gewissen zu haben. Oder Alma hat ihm zugeredet. Aber vermutlich will er nur herausfinden, ob ich tatsächlich diesen Dr. Lent angerufen habe!

«Äh ... ja, mal sehen», erkläre ich kühl und beende das Telefonat.

«Alles in Ordnung?», erkundigt sich Bertram.

«Äh, ja, ja, alles bestens. Das war ein geschäftliches Gespräch», antworte ich schnell und wundere mich über meine dreiste Lüge. Aber was hat Ulla gesagt? Ach ja: Phantasie braucht Übung!

«Einer meiner treuesten Kunden will einfach nicht glauben, dass ich nicht mehr arbeite», fabuliere ich kühn weiter und muss mich beherrschen, dabei nicht loszukichern. Konrad, mein treuester Kunde ... Ha! Der Lacher des Jahres!

«Das kann ich nur zu gut verstehen», erwidert Bertram und sieht mir tief in die Augen. «Ich hoffe, du hältst das nicht für eine plumpe Anmache, aber wie kommt eine so attraktive

Frau wie du mit einer ... ja, ich möchte sagen, aristokratischen Ausstrahlung, zu so einem ...» Er bricht ab. Anscheinend glaubt er, sich auf unangebrachtem Terrain zu bewegen. «Entschuldige, das war indiskret.»

Glücklicherweise serviert die Bedienung jetzt unsere Bestellung. Ich kann also in meinem Cappuccino rühren, nachdenken und eine plausible Antwort finden.

«Ach was, es muss dir nicht unangenehm sein, Bertram. Deine Neugier ist völlig normal. Aber ich habe mich nie als käufliche Frau gefühlt, sondern als eine, die man für eine bestimmte Zeit mieten kann.» Ich traue meinen Ohren nicht. Was erzähle ich denn da? Gleich wird er loslachen und erklären, dass er meine Verkleidung durchschaut.

Unsicher lächelnd, lasse ich Zucker in die Tasse rieseln und wundere mich über meine plötzliche Schlagfertigkeit. Es fällt mir tatsächlich leicht, so zu tun, als wäre ich eine Femme fatale.

«Nein, Eve», unterbricht er meine Gedanken. «Eigentlich wollte ich nur sagen: Ich bin hingerissen! Ulla hat mir ja bereits vorgeschwärmt, wie sympathisch und attraktiv du bist ...» Leicht verlegen zerteilt er seine Sachertorte.

Er wird tatsächlich etwas rot! Dass ich noch mal einen Mann aus der Fassung bringe, hätte ich in meinen kühnsten Träumen nicht zu hoffen gewagt. Die Art, wie er meinen Namen mit beinahe leidenschaftlicher Betonung ausspricht, könnte *mich* aus der Fassung bringen! Aber darüber nachzudenken ist Unsinn. Ein so attraktiver Mann wie Bertram muss doch freie Auswahl bei meinen Geschlechtsgenossinnen haben. Oder hätte er gerne noch ein Callgirl in seiner Trophäensammlung? Ich muss unbedingt das Thema wechseln. Außerdem würde ich mich wesentlich wohler fühlen, wenn wir über Dinge sprächen, von denen ich tatsächlich etwas verstehe.

«Warum erzählst du mir nicht ein bisschen was über das

Kochbuch-Projekt?», schlage ich vor. «Ich bin gespannt, wie es zu dieser ungewöhnlichen Idee kam.»

Sichtlich erleichtert berichtet Bertram von seinem Verlag, den er vor fünf Jahren gegründet hat. «Als Kind wollte ich immer Koch werden, weil ich leidenschaftlich gern am Herd stehe und natürlich auch leidenschaftlich gerne esse», gesteht er. «Doch ich habe Germanistik studiert, anschließend in einem kleinen Sachbuchverlag als Lektor angefangen und mich zum Programmleiter hochgearbeitet. Leider wurde der Verlag vor einigen Jahren von einem großen amerikanischen Konzern aufgekauft. Von da an ging es nur noch um Gewinnmaximierung, Inhalte waren zweitrangig. Tja, da habe ich lieber das Abfindungsangebot angenommen und mit meinem Knowhow einen eigenen Verlag gegründet. Anfangs gab es nur ein sehr kleines Programm. Inzwischen habe ich mich aber auf themenbezogene Kochbücher spezialisiert. Promiköche füllen die Regale der Buchhandlungen ja in der Überzahl ...»

«Das ist wohl wahr. Ich habe selbst eine Unmenge davon zu Hause», werfe ich ein. Er soll nicht denken, sein kleiner Vortrag würde mich langweilen.

«Wie die meisten Kochbuchliebhaber», stimmt er mir lächelnd zu. «Aber auch themenbezogene Bücher verkaufen sich sehr gut. Weshalb ich immer auf der Suche nach neuen, außergewöhnlichen Ideen bin. So kam ich auf Rezepte für Verliebte, und schließlich erotische Rezepte. Davon gibt es zwar auch schon zwei oder drei Bücher auf dem Markt, aber noch nie wurde eines davon besonders originell vermarktet. Was mich nun zu meinem Marketingkonzept bringt – und damit zu dir.»

«Äh ... und nun möchtest du etwas über mich wissen?» Ich muss schlucken.

Bertram nickt und sieht mich neugierig an.

Ich räuspere mich und versuche, Ullas ausgedachte Biografie abzuspulen – ohne dass die Sätze allzu einstudiert wirken.

Während Bertram sich seinen Kuchen schmecken lässt, plaudere ich also nicht über Eves Sexgeheimnisse, sondern vielmehr über meine nicht existente Rente – und meine Zukunftspläne.

«Du bist also nicht nur eine sehr attraktive, sondern auch eine kluge Frau», bemerkt er galant. «Es würde mich sehr freuen, wenn wir uns einig würden.»

«Wie gesagt: Ich bin zu mieten», antworte ich kühn und sehe ihn direkt an. Mon dieu, was für wunderschöne Augen! Mir ist, als würde mich ein kleiner Stromschlag treffen.

Bertram erwidert meinen Blick, dann greift er nach der Collegetasche, die auf dem Stuhl neben ihm liegt. «Das habe ich gehofft», bekennt er, holt ein Kuvert heraus und reicht es mir. «Deshalb habe ich auch gleich schon die Verträge mitgebracht. Der für Ulla ist auch drin. Die Schriftstücke solltet ihr aber erst in aller Ruhe studieren. Möglicherweise möchtest du dich auch juristisch beraten lassen. Wofür ich natürlich vollstes Verständnis habe. Hast du mit Ulla schon über einzelne Rezepte gesprochen? Es wäre schön, wenn ihr mir ein kurzes Exposé schreiben könntet ...» Er macht eine Pause (die allerdings nicht lange genug ist, damit ich fragen kann, wie so ein Exposé aussieht) und holt ein weiteres Kuvert aus seiner Tasche. «Hier ist auch das Marketingkonzept. Du wirst es sicher lesen wollen.»

«Mmm ... ja, natürlich», antworte ich zögernd, denn ich spüre: Jetzt wird es ernst. Ich werde vermarktet!

Trotz meiner konfusen Gedanken gelingt es mir, entspannt zu lächeln und das Konzept einigermaßen konzentriert zu lesen. Das Buch ist als Spitzentitel des nächsten Herbstprogramms eingeplant. Sobald der genaue Erscheinungstermin feststeht, beginnt die Presseabteilung Interviews für mich in den Printmedien zu vereinbaren und mich an die wichtigsten Talkshows der einzelnen TV-Sender als Meisterköchin und ehemaliges Callgirl zu empfehlen. Ich soll das Buch in möglichst vielen Shows der Öffentlichkeit vorstellen.

Jetzt, als ich schwarz auf weiß lese, was bisher nur eine verrückte Idee war, werde ich blass. Denn plötzlich begreife ich, wozu ich ja sagen soll: Ich, eine ganz normale Hausfrau, soll mich vor einem Millionenpublikum als Callgirl präsentieren! Bestimmt werde ich dann gefragt, wie man Männer verführt, ob Berühmtheiten unter meinen Kunden waren, oder noch schlimmer, welche Sexpraktiken ich bevorzuge. Die Medien sind doch nur auf Skandale und Schweinkram scharf.

Mon dieu!

Unbeabsichtigt entfährt mir ein leises Stöhnen.

«Irgendwas unklar?» Bertrams Stimme klingt irritiert. «Du siehst so besorgt aus.»

«Nein, nein, überhaupt nicht», beruhige ich ihn, sehe ihm in die Augen und erkläre mutig: «Ich würde gerne dein kochendes Callgirl sein!» Soeben wird mir nämlich bewusst, was mich an Bertrams bizarrem Vorhaben reizt: Ein Mitglied der ehrenwerten Familie Meyer wechselt ins Rotlichtmilieu. Sollte die Mischpoke doch davon Wind kriegen, wird daraus ein Skandal, auf den ich mich jetzt schon freue.

## 17

Der nächste Tag ist in meinem Kalender rot gekennzeichnet. Ulla und ich sind zu unserem ersten Geschäftsgespräch verabredet. Das Treffen findet bei mir zu Hause statt, wo wir über Rezepte sprechen und auch schon einige für das Erotik-Kochbuch aussuchen wollen.

Wie mich Ulla aber gerade per SMS wissen lässt, verspätet sie sich etwas. Das Vorlesen bei ihrer Oma dauert länger als geplant.

Während ich auf sie warte, widme ich mich wieder meinem Geschenk, das Konrad mir gestern Abend mitgebracht hat. Ich kann es immer noch nicht fassen: ein nagelneues schneeweißes Laptop!

«Würdest du das als Entschuldigung annehmen?», hat er gemurmelt.

Vordergründig habe ich es angenommen, obwohl mir eines in Rosa lieber gewesen wäre. Anschließend durfte Konrad das Huhn in Chili-Schokosauce kosten, das ich als Probeessen gezaubert habe. Er ist nun mal ein wählerischer und kritischer Testesser. Seinem zufriedenen Grinsen nach zu schließen, dachte er wohl, die alte Ordnung sei wieder hergestellt. So muss es auf ihn gewirkt haben: In den gewohnten hellgrauen Klamotten sowie der vertrauten Schürze, ungeschminkt und ohne gestyltes Haar stand ich für *ihn* am Herd. Leutselig hing er am Küchentresen rum, mixte seinen Martini und plauderte über wegweisende Bauten.

Aber für mein Vorhaben ist es unerheblich, was Konrad glaubt, plant oder redet. Daher habe ich auch nur mit halbem Ohr zugehört. Erst als er Eulalia erwähnte, wurde ich aufmerksam. Zu meiner Überraschung schlug er vor, sie für mindestens drei Tage die Woche wieder einzustellen. Mir war sofort klar, dass Alma ihm massiv ins Gewissen geredet haben musste.

Von Versöhnung meinerseits kann aber keine Rede sein. Selbst wenn diese ominöse Schlüsselgeschichte endgültig aufgeklärt ist, werde ich nicht wieder ins Schlafzimmer zurückkehren. Angeblich findet er meine Unnachgiebigkeit bedauerlich. Möglicherweise ist dieser plötzliche Anfall von «Romantik» ja schon die aphrodisierende Wirkung der scharfen Hühnerbrüstchen. Ausprobieren möchte ich das aber auf keinen Fall. Das überlasse ich gerne seiner Geliebten. Für mich ist unsere Ehe am Ende. Ganz egal, wie viele Geschenke er mir macht oder wie lange er noch den Reumütigen spielt. Von mir bekommt er zur Scheidung ein Kochbuch von *Eve Lacombe.*

Der Türsummer holt mich aus meinen ketzerischen Überlegungen.

«Hallo Eve», begrüßt mich Ulla freudestrahlend, als ich die Tür öffne. Sie ist trotz der Kälte mit dem Fahrrad gekommen und überfällt mich gleich mit neugierigen Fragen. «Tut mir leid, dass es so spät geworden ist. Ich hoffe, wir haben überhaupt noch genug Zeit für unsere Rezepte», erklärt sie atemlos. «Wie lief es denn gestern? Hat sich Onkelchen anständig benommen? Oder hat er dich die ganze Zeit mit Blicken ausgezogen und –»

«Komm erst mal rein, es ist kalt», unterbreche ich sie und ziehe die dick in Handschuhe, Mütze und Schal verpackte Ulla aus dem feuchtkalten Novemberwetter ins warme Haus.

Schnaufend lässt sie ihre silberne Tasche auf den Boden plumpsen, nimmt die Mütze ab und schüttelt ihr Haar. Anschließend schält sie sich aus zwei dicken naturweißen Strickpullis in Zopfmuster-Look, von denen der untere bis zum Knie und der andere bis zur Taille reicht. Darunter kommt ein langärmeliges rotes Shirt zum Vorschein, das in engen Jeans steckt und farblich zu den flachen Sportschuhen passt.

«Nanu, keine hohen Absätze heute?», necke ich sie.

«Auf dem Fahrrad sind Highheels nicht so praktisch, wie du ja seit unserem kleinen Unfall weißt», erklärt sie ihr sportliches Aussehen.

«Außerdem ist hier garantiert männerfreie Zone», füge ich noch hinzu und verstaue ihre Garderobe im Schrank. «Möchtest du etwas trinken?»

«Nee, erst mal alles anschauen, aber dann gerne einen heißen Tee. Auch wenn es keine große Strecke zu dir ist, bin ich etwas durchgefroren.»

Sie bleibt kurz am Küchentresen stehen und reibt sich die

Hände warm. «Fühl dich wie zu Hause», lade ich sie ein. «Ich bereite uns in der Zwischenzeit einen frischen Tee zu.»

Staunend schlendert Ulla dann durch den Wohnraum, tritt kurz auf die Terrasse und kommt nach ein paar Minuten zurück in die Küche.

«Ein echtes Traumhaus!», urteilt sie anerkennend. «Nicht ein störender Farbklecks ...»

«Konrad hasst Farben und jegliche Art von Schnickschnack. Die alte Evelyn würde es nie wagen, etwas zu verändern. Aber Eve Lacombe! Wer weiß, vielleicht kaufe ich demnächst eine komplett neue Einrichtung in bunten, fröhlichen Farben und überrasche Konrad damit.»

Staunend hört mir Ulla zu. «Ich kann mich nur wiederholen: In dir steckt eine ganz andere Frau als man auf den ersten Blick vermutet. Wann kommt denn der Farbneurotiker nach Hause?»

«Gegen acht, hat er versprochen. Wir haben also reichlich Zeit für unser Projekt.»

«Oh, schade, dann werde ich ihn heute gar nicht kennenlernen», bedauert Ulla. «Henry und ich sind nämlich um sechs verabredet, wir wollen Möbel für seine neue Dachterrassenwohnung aussuchen», erklärt sie.

«Erzähl schon! Hat er dir einen Antrag gemacht?», frage ich neugierig.

«Äh ... nicht direkt», bekennt sie zögernd, schiebt ihren linken Ärmel zurück und hält mir den Arm entgegen.

Verwundert betrachte ich die goldene Uhr daran. «Das ist ja eine Rolex!»

Es gab mal eine Zeit, da hätte ich auch gerne so eine bekommen, aber derartige Preziosen fallen bei Konrad unter die Rubrik: Angeberei.

Ullas Stimme wird weich. «Hat Henry mir gestern geschenkt, eigentlich habe ich ja auf einen Ring oder den Wohnungsschlüssel gehofft, aber die Uhr finde ich auch cool. Und stell dir vor: Er hat mich gefragt, ob ich zu ihm ziehen würde, sobald er fertig eingerichtet ist. Bisher gab es in der Wohnung ja noch nicht mal eine Toilette. Bad und Küche werden gerade erst eingebaut. Logo, dass ich ja gesagt habe, zusammenziehen ist doch so gut wie verlobt, oder? Ach, am liebsten würde ich jetzt schon eine Zusammenzieh-Party organisieren», seufzt sie und betrachtet verzückt ihr goldenes Liebespfand. «Aber leider wird Henry in den nächsten zwei, drei Monaten nicht viel Zeit für mich haben, wegen eines großen Projekts, das er in Dubai betreuen muss.»

Während der Tee zieht, präsentiere ich Ulla *mein* Geschenk. «Nicht so nobel wie goldenes Geschmeide, aber doch ganz beachtlich für meinen knauserigen Ehemann.»

Ulla ist begeistert. «Hey, das ist klasse! Wenn ich wählen dürfte, hätte ich auch lieber ein Laptop bekommen, meines ist nämlich uralt und stürzt oft ab. Aber jetzt können wir die Rezepte ja da reinschreiben. Ich hatte schon befürchtet, dass wir vielleicht ganz altmodisch mit der Hand schreiben müssen.»

Als wir schließlich bei Tee und Keksen am Esstisch sitzen, legt sie auf dem noch jungfräulichen Computer eine Datei für unser Projekt an. «Also, wie sollen wir unser Werk nennen?»

«Hm, darüber hab ich mir noch keine Gedanken gemacht. Vielleicht ganz einfach: *Erotisches Kochbuch*», antworte ich.

Ulla zieht nachdenklich die Stirn kraus. «Hört sich das nicht etwas sehr simpel an? Lass uns lieber irgendwas mit Schokolade nehmen, ist schließlich das Aphrodisiakum schlechthin ...»

«Chili wäre auch passend», sage ich überlegend. «Du hast doch gesagt: Alles, was scharf ist, *macht* auch scharf! Und Chili wird ja in zahlreichen Rezepten verwendet.»

Ulla murmelt eine Weile vor sich hin. «Chili ... Schokolade ... Chili ...»

Plötzlich sehen wir uns an und rufen gleichzeitig: «Chili und Schokolade!»

Mit geröteten Wangen tippt Ulla den Titel ein. «Dieses Buch muss doch einfach jede Frau haben. Wirst sehen, das wird ein Bestseller.» Dabei strahlen ihre veilchenblauen Augen so siegessicher, dass ich gar nicht anders kann, als auch daran zu glauben. Mein erstes Kochbuch, denke ich, geschrieben auf meinem ersten Laptop! Dr. Preysings Vorschlag war doch irgendwie hellseherisch.

«Ich werde gleich Onkel Bertram anrufen.» Sie greift nach ihrem Handy, das neben ihrer Teetasse liegt.

«Moment noch», stoppe ich ihren Eifer. «Hast du ihm eigentlich erzählt, wo ich wohne?»

Verwundert schüttelt sie den Kopf. «Nöö, wozu? Muss er doch nicht wissen.»

«Na ja, die Gegend hier ist ja nicht gerade billig. Er könnte sich fragen, wie ich mir das leisten kann, wo ich doch angeblich nichts mehr verdiene. Und meine dünne Renten-Story steht dann auch auf wackeligen Füßen. Er könnte anfangen, unbequeme Fragen zu stellen», befürchte ich.

«Ah, da kommt ja schon wieder diese Evelyn Meyer zum Vorschein, die sich ständig Sorgen über ungelegte Eier macht», stellt Ulla belustigt fest. «Jetzt mach dich mal nicht verrückt. Dann wohnst du eben bei einer reichen Freundin, die gerade geschieden wurde und nicht alleine sein will. Er wird bestimmt nicht hier auftauchen und das nachprüfen wollen.»

Ullas Phantasie ist tatsächlich unerschöpflich, denke ich erleichtert. «Hm, verplappere dich aber nicht», mahne ich, während sie sich ihr Handy ans Ohr hält.

Als Bertram sich meldet, erzählt Ulla mit der ihr eigenen Begeisterungsfähigkeit von dem eben kreierten Titel, dass wir bereits am Exposé sitzen würden und sehr fleißig wären.

«Schönen Gruß von Bertram, Eve», richtet sie mir kurz danach aus und blinzelt vielsagend. «Er ist ja total begeistert von dir. Jetzt erzähl schon. Was lief da gestern?», drängt sie. «Vorhin hast du nicht auf meine Fragen geantwortet. Oder hat er sich etwa danebenbenommen?»

Nein, im Gegenteil, denke ich in Erinnerung an sein untadeliges Verhalten. Doch wenn ich Ulla jetzt erzählen würde, wie intensiv mich Bertram mit seinen grünen Augen angesehen hat, würde ich rot anlaufen und verräterische Flecken am Hals bekommen.

«Nein. Es lief oberprima, wie du immer sagst. Der Nachmittag war sehr nett», antworte ich möglichst ruhig.

«Nett?» Ulla sieht mich konsterniert an. «Eisverkäufer sind nett, oder italienische Kellner. Aber das Treffen mit meinem Onkel war mehr als nett, hab ich recht?» In ihren Augen glitzert die Neugier.

«Er ist ein sehr charmanter, gutaussehender Mann. Aber wir haben wirklich nur übers Projekt gesprochen, ehrlich», erkläre ich und frage schnell, was er zu unserem Titelvorschlag meint, bevor ich doch noch zu stottern anfange.

«Oh, den findet er genial, total genial. Er will auch gleich ein Cover in Auftrag geben. Aber jetzt sollten wir wirklich anfangen, Eve. Ich habe heute echt viel Zeit.»

Mir wird ganz schwindelig, bei dem Tempo. «Sieht ganz danach aus, als würde es wirklich ernst werden», murmle ich verhalten.

«Es *ist* ernst, Eve!», betont Ulla. «Bertram ist kein Schwätzer. Wir sind jetzt Kochbuchautorinnen und produzieren einen Bestseller. Das wird eine Ober-Riesen-Gaudi.»

Dass ich mir keine Sorgen wegen der Rezepte mache, sondern eher um meine «Vermarktung», behalte ich lieber für mich. Stattdessen erkundige ich mich beiläufig: «Hat Bertram eigentlich gesagt, wann wir uns wiedersehen?»

«Kannst es wohl kaum erwarten?», kichert sie.

«Sei nicht albern, Ulla. Auch wenn es um meine Ehe nicht zum Besten steht, würde ich nie etwas mit einem anderen Mann anfangen», erkläre ich mit fester Stimme, um ihre Vermutung zu entkräften.

«Solange du noch verheiratet bist ... Und wenn du geschieden bist?», fragt sie lauernd und schenkt uns Tee nach.

Schulterzuckend erwidere ich: «Sagst du nicht immer, dass ich mir keine Gedanken über ungelegte Eier machen soll?»

«Na gut, Madame Lacombe, dann legen wir meinen Onkel vorerst zu den Akten, arbeiten am Konzept und schreiben das Exposé», erklärt sie eifrig über die Tasten gebeugt. Sie sprudelt förmlich über vor Energie.

«Wie wär's, wenn wir in meinen Kochbüchern blättern, um uns von der Konkurrenz inspirieren zu lassen?», schlage ich vor.

Eilig schleppe ich eine erste Auswahl heran. Nach kurzem Blättern erkennen wir ein sehr sinnvolles Grundkonzept: Einleitung, Beschreibung der einzelnen Zutaten (soweit es Besonderheiten gibt), im Anschluss folgen die Rezepte, meistens in Vorspeisen, Hauptgerichte und Desserts eingeteilt. Und am Ende gibt es Menüzusammenstellungen sowie Dekotipps.

«Das ist ja alles oberprima und gefällt mir schon ganz gut. Aber wir brauchen noch etwas anderes.» Stöhnend schiebt Ulla den Bücherstapel zur Seite. «Etwas wirklich Originelles, etwas, das in keiner Kochbuchsammlung fehlen darf. Ein Callgirl als Autorin sollte auf jeden Fall ein Kochbuch abliefern, das sich von den anderen abhebt.»

«Hm», brumme ich zustimmend, weil mir dazu auch nichts Neues einfällt. Mal abgesehen von der Lust aufs Kochen, die ich zwangläufig kriege, wenn ich in Kochbüchern schmökere. «Hast du auch Hunger?», frage ich Ulla deshalb.

Erstaunt blickt sie vom Laptop auf. «Willst du jetzt etwa anfangen zu kochen?»

«Nur eine Kleinigkeit. In der Küche habe ich nun mal die besten Ideen. Vielleicht ereilt mich ja am Herd ein Geistesblitz. Also, worauf hast du Appetit?»

Ulla bleibt mir die Antwort schuldig, weil ihr Handy piepst. «Oh, das ist mein Wecker, es ist ja schon kurz nach fünf, ich muss gleich weg», erklärt sie und drückt mit flinken Fingern auf den Tasten ihres Handys rum.

Verwundert frage ich, ob es in allen Geräten einen Wecker gibt.

«Logo, Uhr und Wecker sind automatisch drin. Wenn nötig, kann man auch das Datum einstellen. Deshalb brauche ich ja auch keine teure Rolex. Ich hätte wirklich lieber ein Laptop bekommen», erklärt sie leichthin und fährt dann in gewohnter Fröhlichkeit fort. «Ach, was soll's, eines Tages wird das Goldstück ein kleines Vermögen wert sein, wogegen Laptops schon an Wert verlieren, wenn man den Laden verlässt. Die Uhr dagegen kann ich in einer Notlage versetzen.»

«Nicht doch», mahne ich. «Geschenke hält man in Ehren. Erst recht, wenn es ein Verlobungsgeschenk ist.»

«Nach fünfundzwanzig Jahren Ehe hast du bestimmt jede Menge Schmuck, den du in Ehren hältst, was Eve?», mutmaßt Ulla unbekümmert, während sie ihre Sachen zusammensucht.

«Da muss ich dich enttäuschen. Evelyn hat einen geizigen Erbsenzähler geheiratet.»

Überrascht blickt Ulla auf. «Weihnachten gibt's aber schon Geschenke, oder?»

«Natürlich», bestätige ich und bitte sie, in meinem Handy den Wecker auf den dreiundzwanzigsten November zu stellen.

Als sei es ihr eigenes, tippt sie gekonnt auf der Tastatur herum und fragt: «Konrads Geburtstag?»

«Nein, da kommt dieser Dr. Lent aus dem Urlaub zurück. Dann klärt sich hoffentlich die Schlüsselgeschichte auf.»

Kurz darauf bringe ich Ulla zur Tür. Während ich ihr nachsehe, bis das Rücklicht ihres Fahrrads im Nebel verschwunden ist, versuche ich mich an Konrads letztes Weihnachtsgeschenk zu entsinnen. An den Gutschein von den Zwillingen für einen gemeinsamen Abend in einem noblen Restaurant meiner Wahl erinnere ich mich genau. Auch, dass ich Konrad einen teuren Bildband mit berühmten Bauwerken von Oscar Niemeyer geschenkt habe. Aber was hat er mir bloß geschenkt? Ach, ja: ein kleines Kochbuch mit bayrischen Rezepten, das ich leider schon in meiner Sammlung hatte.

Weil ich die besten Ideen nun mal in der Küche habe, überlege ich, welches Gericht ich heute ausprobieren könnte. Meine Wahl fällt auf Tiefseegarnelen. Die habe ich gestern nach dem Treffen mit Bertram zusammen mit der Hähnchenbrust eingekauft. Auf Zitronengras aufgespießt und in Chilibutter gebraten, werde ich sie auf Avocadospalten mit Limonendressing servieren. Nicht nur Austern und Muscheln sind ein Aphrodisiakum. Durch den hohen Gehalt an Eiweiß und Phosphor zählt jede Art von Fisch dazu.

Wie würde wohl ein Tag im Leben von Eve Lacombe aussehen?, überlege ich, während ich mich in der Küche zu schaffen mache. Vielleicht liefert morgens ein Bote einen Strauß exotischer Blumen oder ein sündhaft teures Geschenk von einem zufriedenen Kunden. Den Vormittag vertrödelt sie ohne Bedenken im Bett, und am Nachmittag schlendert sie über den Wochenmarkt, wo sie die Zutaten für ihre Gerichte einkauft. Als leidenschaftliche Köchin kocht sie natürlich selbst. Ob sie das auch für ihre Kunden tun würde? Vielleicht sogar in aufregenden Dessous und Stilettos? Auch ohne ein professionelles Callgirl zu sein, bin ich ziemlich sicher, dass es für Männer ein Paradies sein muss, Essen und Sex beinahe gleichzeitig zu bekommen.

Bei den Vorbereitungen fürs Abendessen denke ich mir weitere Details in Eves Leben aus. Und je länger ich mir was zusammendichte, umso mehr erstaunt mich meine aufblühende Phantasie. Ulla hat recht: Man braucht Übung!

Als ich zwei Minuten vor acht Konrads Wagen höre, habe ich Eve Lacombe gedanklich zum Leben erweckt. Nach dem Essen werde ich ihre Geschichte aufschreiben. Das könnte eine originelle Einleitung für unser erotisches Kochbuch sein. Denn gerade durch diese Extraprise Erotik wird sich unser Buch von den anderen unterscheiden.

## 18

Am Abend sitze ich mit hochrotem Kopf im Kinderzimmer in meinem derzeitigem Bett (dem passenden Arbeitsplatz eines Callgirls) und beginne zu schreiben. Zu meiner Sekretärinnenzeit waren Formulierungen kein Problem für mich, doch nun bereitet mir der Anfang einige Schwierigkeiten.

An welchem Punkt in Eves Leben soll ich beginnen? Kindheit? Schule? Erster Mann? Nach einigem Hin und Her beschließe ich, über Eves erotische Abenteuer und übers Kochen zu schreiben. Darum geht es schließlich im Buch.

*Lieber Leser!*

*Mit diesem Kochbuch werden Sie nicht nur etwas über aphrodisische Zutaten lernen, sondern auch erotische Details aus meinem Leben erfahren.*

*Doch hier geht es nicht allein um Sex, sondern vor allem um das, was vorher passieren sollte. Um die Zeit des sich gegenseitigen Verwöhnens! Des miteinander Genießens.*

*Ich will Ihnen verraten, wie Sie das Objekt Ihrer Begierde mit kulinarischen Genüssen verführen und erobern können. Nach meiner Erfahrung ist ein leichtes, köstliches Mahl der sicherste*

*Weg dazu. Den Frauen sei verraten: Hat ein Mann auch kein Herz, so hat er ganz sicher einen Magen! Und ein Mann, der sich nicht auf romantisches Geflüster versteht, sollte unbedingt kochen lernen. Wie heißt es doch so treffend: Liebe geht durch den Magen! Dass ein Callgirl, also eine Liebeskünstlerin, auch zur Künstlerin am Kochtopf wird, liegt deshalb nahe.*

*Meine Karriere als kochende Liebeskünstlerin begann, als mich ein Kunde für die Geburtstagsparty eines Freundes engagierte. Zusammen mit dem vereinbarten Striptease überraschte ich das Geburtstagskind auch noch mit einem selbstgebackenen Schokoladenkuchen: Die aphrodisierende Wirkung von Schokolade scheint ihn nachhaltig beeindruckt zu haben. Er muss seinen Freunden von diesem Geburtstags-Special erzählt haben, denn plötzlich kamen immer mehr Männer mit kulinarischen Wünschen zu mir. Viele meiner Kolleginnen sind auf eine besondere Technik spezialisiert, aber ich kenne keine, die ihre Kunden bekocht. Mit diesem Service konnte ich meine Kunden doppelt verwöhnen. Und was gibt es Schöneres, als ein sinnliches Mahl zu zweit? Wer Essen nicht genießen kann, hat oft auch keinen Spaß am Sex.*

*Essen ist sinnlich.*

*Einen romantischen Abend sollte man daher weder mit Fastfood noch mit schwerer Kost beginnen. Fertiggerichte, Pizza oder fette Braten begleitet von üppigen Sättigungsbeilagen machen träge. Das ist ein höchst unerwünschter Effekt. Auch Bohnen, Kohl und Knoblauch können ein verliebtes Paar auseinandertreiben. Und zu viel Alkohol benebelt im tatsächlichen Sinne.*

*Doch Vorsicht: Auch beim Verzehr von zwei Dutzend Austern könnte aus der Zweisamkeit schnell ein «Dreier» werden – weil Sie wegen eines Eiweißschocks den Notarzt ans Bett rufen müssen. Die «Zigarette danach» sollten Sie nur dann rauchen, wenn Sie keine «Lust auf mehr» haben – Nikotin beeinträchtigt die Durchblutung der Geschlechtsteile und hemmt die Produktion des Wohlfühlhormons Serotonin.*

*Ein perfektes erotisches Dinner ist leicht und macht vor allen Dingen nicht voll. Widerstehen Sie der Versuchung, zu viel zu essen, egal, wie gut es schmeckt. Bleiben Sie hungrig! Und reduzieren Sie die alkoholischen Getränke auf ein bis höchstens zwei Gläser. Denn nichts ist unerotischer als ein müder oder gar betrunkener Partner.*

*Ein gelungener Abend verlangt also nicht nur nach sorgfältiger Auswahl von Dessous.*

*Das brachte mich auf die Idee, Gerichte mit frischen, aphrodisischen Zutaten zu kreieren, die schnell und einfach nachzukochen sind. Schließlich will man nicht ewig am Herd stehen, sondern Zeit füreinander haben.*

*Im Laufe der Jahre wurde aus meinen Rezeptnotizen eine stattliche Sammlung, die Sie nun in diesem Buch nachlesen können.*

*Die Liste der aphrodisisch wirkenden Lebensmittel reicht von A wie Austern bis Z wie Zwiebel. Wobei ich letztere, wie den Knoblauch, nur in kleinen Dosen empfehle.*

*Ein wichtiges Merkmal erotischer Rezepte ist die Frische der Zutaten, die sorgfältige Zubereitung und natürlich die ansprechende Präsentation. Auch Blumen gehören dazu. Ich liebe Mohnblumen. Der Sage nach wuchsen sie aus den Tränen der Aphrodite, die sie um Adonis weinte.*

*Bekanntlich isst ja das Auge mit, und das wiederum stimuliert das Gehirn, das wichtigste Sexualorgan des Menschen. Warum zwängen wir Frauen uns sonst in knappe Mieder und extrem hohe Schuhe? Angeblich können Männer besser sehen als denken.*

*Für intime Situationen trifft das auf alle Fälle zu. Nutzen Sie diese «Schwäche» zu Ihrem Vorteil aus – machen Sie sich schön, und zaubern Sie ein verführerisches Mahl, das nicht unbedingt vorher genossen werden muss …*

Zufrieden lese ich kurz nach Mitternacht den Text noch einmal durch. Ja, diese Einleitung gibt unserem Kochbuch das gewisse Etwas.

Ob Bertram mein Entwurf gefallen wird?, überlege ich, während ich die Datei schließe und den Computer herunterfahre. Außerdem bin ich gespannt, was Ulla dazu sagen wird. Ich jedenfalls habe das Gefühl, über mich hinausgewachsen zu sein. Erschöpft, aber glücklich lösche ich in dieser Nacht das Licht.

Am nächsten Morgen wache ich erst nach neun Uhr auf. Ich habe verschlafen!

Solange ich denken kann, ist mir das noch nie passiert. Oder habe ich die Uhr falsch gestellt?

Benommen taste ich nach dem Wecker, der jetzt brummt – um dann festzustellen, dass ich ihn gar nicht gestellt habe. Es ist das dumpfe Summen der Überwachungsanlage, das mich aus dem Schlaf geholt hat.

Hastig stehe ich auf, ziehe meinen Bademantel über den grau-weiß-gestreiften Pyjama und eile zur Tür. Konrad entdecke ich nicht – nur ein leeres Glas und Saftspuren auf dem Küchenblock. Wahrscheinlich ist er bereits im Büro.

Auf dem Überwachungsmonitor erblicke ich Eulalia. Mon dieu!, ich habe ganz vergessen, dass sie heute kommen sollte. Für drei Tage die Woche wird sie jetzt das Regiment übernehmen. Ich kann mich also gänzlich meinen neuen Plänen widmen.

«Evelyn?», begrüßt sie mich mit sorgenvollem Blick. Irgendetwas gefällt ihr anscheinend nicht. «Sind Sie etwa unpässlich? Sie sehen ziemlich blass aus.»

Bei der Frage fühle ich mich auf amüsante Weise an Alma erinnert. Die dachte ja auch, ich sei krank – dabei ist es nur Eve Lacombe, die langsam Besitz von mir ergreift.

«Nein, mir geht's gut», erkläre ich. «Ich habe nur verschlafen. Aber kommen Sie doch herein.»

Nachdem Eulalia Jacke und Schal an der Garderobe verstaut hat, marschiert sie Richtung Küche. Auf halbem Weg bleibt sie jedoch abrupt stehen.

«Jetzt weiß ich, was los ist. Sie haben eine neue Frisur!»

«Stimmt», grinse ich.

Sie mustert mich kurz. «Das wurde aber auch Zeit!», nuschelt sie zufrieden, als habe sie mich seit Langem dazu gedrängt. Nach dieser Feststellung schickt sie mich ins Bad und geht Kaffee machen.

Ja, so beginnt ein Tag im Leben der Eve Lacombe!, denke ich vergnügt auf dem Weg zu meinem morgendlichen Schönheitsprogramm.

Nach einer belebenden heißen Dusche erscheine ich in meiner neuen, knapp sitzenden Jeans, einem fliederfarbenen Kaschmirpulli und zartem Make-up (das ich inzwischen perfekt beherrsche) am Küchentresen. Nur auf hohe Absätze verzichte ich zu Hause noch.

«Kann ich noch etwas helfen?», frage ich Eulalia, die sich gerade an der Spülmaschine zu schaffen macht.

Sie dreht sich um und wirkt sichtlich überrascht, als sie mich erblickt. «Meine Güte, Evelyn, Sie haben sich ja komplett verändert!», stellt sie staunend fest. «Eine völlig neue Frau.»

Bei starkem Kaffee besprechen wir den heutigen Arbeitsplan.

«Im Kinderzimmer brauchen Sie übrigens nicht sauber zu machen. Der Raum fungiert im Moment als mein Büro. Ich habe nämlich ein neues Laptop und bin gerade dabei, alle meine Rezepte vernünftig aufzuschreiben», erkläre ich und bitte sie, ansonsten nach ihrem altbewährten System zu arbeiten.

Erfreut, dass ich mich scheinbar nur äußerlich verändert habe, schreitet sie später mit den nötigen Utensilien zur Tat.

Ich begebe mich in mein Büro, um neue Rezepte zu kreieren, die Wirkung der einzelnen Zutaten zu beschreiben und den Aufbau des Buches zu planen. Das ist zwar komplettes Neuland für mich, aber es geht ja erst mal nur darum, eine Art Übersicht zu erstellen. Wie Ulla und ich gestern beim Durchforsten meiner Sammlung festgestellt haben, gibt es in den meisten Kochbüchern ein Grundkonzept. Eigentlich kann ich gar nicht genau sagen, was mich jeweils zum Kauf verleitet hat. Nach einigem Überlegen erinnere ich mich, dass ich mein letztes Buch wegen der verführerischen Fotos erstanden habe. Die Gerichte waren so unglaublich lebendig fotografiert, das mir schon im Laden das Wasser im Mund zusammenlief. Rezepte ohne Fotos dagegen probiere ich selten aus. Vermutlich sind Fotografien für jedes Kochbuch von elementarer Wichtigkeit.

Ob auch unsere Gerichte so ansprechend fotografiert werden, dass die Rezepte Lust zum Nachkochen machen? Ob Ulla und ich darauf überhaupt Einfluss haben? Gute Fotos kosten sicher ein Vermögen. Wer weiß, wie groß Bertrams Budget für das Projekt ist. Hat Ulla nicht berichtet, dass der Verlag nicht besonders gut läuft und Bertram unbedingt einen Kassenknüller braucht?

Stopp!

Ich mache mir ja schon wieder viel zu viele Gedanken. Geld sollte nicht mein Problem sein. Eve Lacombe lebt und agiert schließlich nach dem Lustprinzip! Das ist immerhin ihr Geschäft.

Entschlossen öffne ich eine weitere Datei und beginne die nächste Stunde über eifrig am Exposé zu tippen.

Hingewiesen habe ich unter anderem darauf, dass der Erfolg von «Chili und Schokolade» nicht nur von *meiner* Vermarktung abhängt, sondern auch von überirdisch schönen, inspirierenden Hochglanzbildern. Und die müssen vom besten

Fotografen der Branche gemacht werden. Egal, wie hoch sein Honorar ist. Künstler haben eben ihren Preis.

Moment, wie steht es eigentlich mit meinem Honorar? Vielleicht sollte ich mir den Vertrag erst mal richtig ansehen.

Beim Lesen verstehe ich zahlreiche Paragraphen nicht, und selbst nach zweimaliger Durchsicht bin ich nicht klüger. Ob Ulla weiß, was diese Fachbegriffe bedeuten? Andernfalls brauchen wir juristischen Rat. Das bedeutet: einen Anwalt!

Mmh ... Wenn ich diesen Dr. Lent aufsuche, könnte ich vielleicht alles in einem Aufwasch erledigen, überlege ich. Die Idee ist nicht ohne Komik: Mein altes Leben löst sich auf, gleichzeitig beginne ich ein neues, wenn ich den Kochbuch-Vertrag unterschreibe.

Was für ein euphorisierender Ausblick! Ich kann es kaum erwarten, bis dieser Anwalt aus dem Urlaub zurück ist.

In diesem Moment ertönt wieder der Türsummer. Eulalia kommt mir zuvor. Anscheinend will jemand etwas abgeben.

«Eine Lieferung für Eve Lacombe?», höre ich eine Männerstimme sagen.

Erschrocken rase ich zur Tür. Mon dieu!, wer außer Ulla weiß denn von diesem Namen?

Bertram! Ulla muss ihm meine Adresse doch gegeben haben. Was mache ich denn jetzt? Wenn Eulalia etwas von der Sache erfährt, könnte sie sich Konrad gegenüber verplappern, und dann bin ich geliefert.

«Nein, hier gibt es keine Frau Lacombe», antwortet Eulalia entschieden und stemmt abweisend ihre Hände in die Hüften. «Da sind Sie falsch.»

Gerade als sie ihm die Tür vor der Nase zuschlagen will, habe ich eine rettende Idee.

«Moment, Eulalia!» Ich wende mich an den Boten, der einen in Zellophan eingewickelten gelben Korb voller Küchenkräuter in der Hand trägt. «Worum geht es denn?»

Genervt, weil er im Novembernebel draußen stehen muss und seine kostbare Zeit vertrödelt, hält mir der junge Mann mit Fleurop-Jacke und Käppi den Korb jetzt entgegen. «Für Eve Lacombe. Steht hier ganz deutlich.»

«Äh ... Ja, das ist richtig», sage ich und unterschreibe auf seinem kleinen Taschencomputer. «Das hätte ich beinahe vergessen, Eulalia. Eve ist eine alte Freundin, die mich morgen besuchen kommt. Die Lieferung sollte, äh ... eigentlich auch erst morgen erfolgen.» Ohne eine weitere Erklärung nehme ich den Korb entgegen und beglückwünsche mich im Stillen zu meiner souveränen Reaktion. «Die Kräuter sind ein Geschenk für ihre neue Küche.»

«Na, zum Glück bleiben Topfpflanzen ja länger frisch», erklärt Eulalia resolut.

Erleichtert atme ich auf. Meine Ausrede klang offensichtlich plausibel. So langsam werde ich zu einer echten Profischwindlerin.

Eulalia eilt zurück zu den Fenstern, und ich begebe mich mit den Kräutern wieder in mein Büro. Ungeduldig zerreiße ich das Zellophan, suche nach einer Karte oder sonst irgendeiner Nachricht. Zwischen Basilikum, Rosmarin, Thymian und Petersilie finde ich an einem Töpfchen mit roten Chilischoten ein kleines Kuvert. Darin steckt ein schlichtes weißes Kärtchen mit der Adresse des Verlags. *Auf gute Zusammenarbeit! Bertram Bronner*, steht in schön geschwungener Schrift darauf.

Wie originell!, freue ich mich, grüble dann aber über die Bedeutung der Sendung nach. Konrad hat mich zwar nie mit Blumen überschüttet, dennoch wüsste ich bei einem Strauß, woran ich wäre. Aber Kräuter? Auch sie haben ja eine Bedeutung. Dass Chili zu den Aphrodisiaka gehört, weiß jeder. Die anderen Gewürzpflanzen werde ich bei Hildegard von Bingen nachschlagen. Ihr Werk steht ebenfalls in meinem Bücherregal.

Wenig später weiß ich, dass allen Kräutern in dem hübschen Korb aphrodisierende Wirkung nachgesagt werden. Ob Bertram das auch weiß? Will er mir damit eine versteckte Botschaft senden?

Mon dieu!, so etwas war mir bisher völlig fremd. Wie soll ich jetzt darauf reagieren? Muss ich antworten? Aber was soll ich sagen?

Das Klingeln meines Handys stört meine Überlegungen. Es ist Ulla.

«Hey, Eve», grüßt sie mich atemlos. «Könnte sein, dass Onkel Bertram dir irgendwas schickt. Er wollte unbedingt deine Adresse haben, und ich hab sie ihm gegeben, weil ich ja schlecht behaupten konnte, sie nicht zu kennen ...»

«Schon passiert», unterbreche ich ihre Erklärung.

«Echt? Hat er rote Rosen geschickt?»

«Küchenkräuter!»

Ulla lacht herzhaft. «Och, das ist ja total süß!!!»

«Na, ich weiß nicht», wende ich ein. «Muss ich denn darauf reagieren?»

«Evelyn Meyer», erwidert sie streng. «Hör endlich auf, dir immer wieder Gedanken über nichts zu machen. Ruf ihn an, wenn dir danach ist und bedanke dich, oder lass es sein.»

«Ja, aber ...»

«Oberprima! Du, ich muss Schluss machen, wir sehen uns bald, ja?», verabschiedet sie sich eilig.

Da mich Bertrams nette Geste noch länger beschäftigt, grüble ich den restlichen Vormittag darüber nach, wie ich mich verhalten soll. Nachdem Eulalia ihr Pensum erledigt hat und gegangen ist, entschließe ich mich, ihn einfach anzurufen. Für Eve wäre das sicher kein Problem.

«Herzlich Dank für den grünen Gruß, Bertram», erkläre ich, als er abnimmt. «Ich muss schon sagen, ein ungewöhnliches Präsent.»

«Nun ... Blumen bekommst du wahrscheinlich häufiger, da muss sich ein Mann doch etwas einfallen lassen, um aus der Masse hervorzustechen», erklärt er. «Du hast sicher Verwendung dafür, wenn du deine Rezepte ausprobierst.»

«Ja, die Kräuter passen tatsächlich alle zum Thema», versuche ich ihn aus der Reserve zu locken.

«Gern geschehen, Eve. Übrigens wollte ich auch noch wegen einer anderen Geschichte mit dir sprechen.»

«Ja?», frage ich unsicher.

«Es geht um die Fotos. Ich würde gerne die Termine mit euch besprechen. Die wirklich guten Fotografen und Foodstylisten müssen nämlich lange im Voraus gebucht werden. Deshalb würde ich dich bitten, mir möglichst bald mitzuteilen, wann ihr den Text abliefern könnt.»

Da habe ich mir mal wieder völlig unnötig Gedanken gemacht, denke ich erleichtert und versuche möglichst sachlich zu klingen. «Da müsste ich mich noch mal mit Ulla abstimmen.»

«Klar, aber die Einzelheiten würde ich lieber persönlich mit euch durchgehen. Wie wäre es übermorgen in meinem Büro?»

Mir entfährt ein kleiner Seufzer. Warum nicht gleich heute noch?, denke ich. Aber ich reiße mich zusammen und bestätige den Termin bemüht professionell.

Zwei Tage nach diesem Telefonat sind wir mit Bertram in seinem Büro verabredet. Ulla und ich wollen ihm den Aufbau, Einführungstext und jede Menge Rezepte präsentieren.

Aus diesem Anlass stehe ich besonders lange vor meinem Kleiderschrank. Sexy, aber nicht aufgetakelt und vor allem nicht provokant soll ich aussehen, hat Ulla mir eingeimpft. Meine Wahl fällt schließlich auf einen schwarzen Lederrock und ein hochgeschlossenes Blusenjackett aus brombeerfarbenem Seidensamt. Der weich fallende, schimmernde Samt nimmt dem Leder die Strenge, und die Farbe ist ein reizvoller Kontrast zu meiner Haut. Denn wie ich inzwischen von Ulla weiß, bringen kühle Pink-Blau-Töne meinen Typ am besten zum Vorschein. Darunter trage ich Dessous im gleichen Farbton – obwohl ich mich garantiert nicht ausziehen werde! Aber was ich Ulla anfangs nicht so recht glauben wollte, stimmt tatsächlich: In feiner Wäsche fühlt man sich sexy. Nicht zuletzt deshalb heißt sie Reizwäsche. Hohe schwarze Stiefel (Eve Lacombe, das verschwendungssüchtige Callgirl, war gestern schnell nochmal bei Jerome) vervollständigen den Stil mit einer weiteren Prise Sexappeal. Eine große schwarze Handtasche für meine Unterlagen ist dagegen die Messerspitze Seriosität.

Meinem Make-up widme ich mich mit besonderer Sorgfalt. Ein Hauch hellen Puder nimmt den Glanz und roséfarbenes Rouge betont die Wangenknochen, so hat es mir Trixi erklärt. Zur Verlängerung meiner Wimpern benutze ich reichlich Tusche, mit schimmerndem Lipgloss lasse ich meinen Mund sinnlich glänzen. Meine Fingernägel lackiere ich inzwischen regelmäßig, und Parfüm vergesse ich längst nicht mehr.

Bertrams Büro befindet sind in den hinteren Räumen eines ehemaligen Ladengeschäfts im Stadtteil Maxvorstadt. Die schlichten weißen Vorhänge an den beiden Fenstern verleihen dem hohen Raum etwas Wohnliches. Genau wie die gerahmten Fotos mit diversen Buchcovern an den Wänden und die drei knallroten Stühle um einen runden Tisch aus hellem Holz. Das Material harmoniert mit Bertrams Schreibtisch und den übervollen Bücherregalen neben den Fenstern. Die sympathische Unordnung lässt auf Kreativität schließen.

«Eve, wie schön, dich zu sehen.» Bertram eilt um den Schreibtisch herum und streckt mir lächelnd die Hand entgegen. «Ulla wird sich etwas verspäten. Sie meinte, Dschingis Khans Nachkommen plündern noch die Juweliergeschäfte in der Maximilianstraße.»

Ein Schauer läuft mir über den Rücken, als er meine Hand drückt und mich mit seinen grünen Augen erfreut anstrahlt. Dann lässt sie mich ja schon wieder allein mit Bertram, denke ich leicht panisch. Mon dieu!, wie soll ich das nur überstehen? Meine Knie werden weich. Obendrein sieht Bertram heute noch besser aus als bei unserem ersten Treffen im Palmengarten-Café. Die Jeansjacke, das weiße T-Shirt zu der dunkelgrauen Hose und die Bartstoppeln verleihen ihm einen intellektuellen Touch.

Hoffentlich kommt Ulla bald, stöhne ich lautlos, als er mir aus dem Mantel hilft.

«Setz dich doch, bitte, Eve. Möchtest du etwas trinken, Kaffee, Tee, Wasser, Cola oder Ähnliches?»

«Danke, ein Wasser gern.»

Bertram entschuldigt sich und verlässt den Raum. Nervös sehe ich mich um. Mein Blick fällt auf einen Stein, der einen Stapel bedrucktes Papier beschwert. Bei genauerer Betrachtung erkenne ich, was es ist: eine versteinerte Schnecke. Ob Bertram auch Schnecken-Sammler ist? Gibt es vielleicht doch so etwas wie Seelenverwandtschaft? Plötzlich habe ich nicht mehr das Gefühl, im Büro eines Fremden zu sitzen.

«Was für ein ungewöhnlicher Briefbeschwerer», bemerke ich, als Bertram mit einer Flasche Pellegrino und zwei Gläsern zurückkommt.

«Danke», sagt er schlicht. «Ich mag diese klugen Tiere. Haben immer ihr Zuhause dabei.»

Dass ich genau aus demselben Grund Schnecken sammle, kann ich jetzt unmöglich gestehen. Eve würde doch eher Schmuck sammeln, vielleicht Diamant-Ohrringe oder Armbänder. Morgengaben von reichen Verehrern.

«Bis meine Nichte auftaucht, kann ich dir ja schon mal die ersten Layout-Entwürfe zeigen», schlägt er beim Gläserauffüllen vor.

In dem Moment stürmt Ulla herein, umarmt ihren Onkel und küsst mich flüchtig auf beide Wangen.

«Sorry, Sorry, Sorry», entschuldigt sie sich und sprudelt sofort weiter. «Also diese Russen, unglaublich, wie die mit der Kohle um sich werfen, da wird man ja depressiv ... Na, egal. Wie läuft's denn bei euch?» Erschöpft lässt sie sich auf einen Stuhl am runden Tisch fallen und verlangt stöhnend nach aufmunterndem Koffein.

«Oberprima», scherze ich und freue mich, dass sie endlich hier ist.

Bertram geht, um ihr einen Kaffee zu holen. Erstaunlicherweise sieht Ulla überhaupt nicht mitgenommen aus. Sie ist weder verschwitzt, noch ist ihr Make-up verschmiert. Die zurückgesteckte Frisur sitzt tadellos, der knallrote Hosenanzug ebenso. Sie sieht toll aus. Das muss wohl an ihrer Jugend liegen, denke ich, oder an der Liebe zu Henry.

«Ich sage dir, Eve, ich bin ja so was von reif für die Ehe», schnauft sie, streift ihre Highheels von den Füßen und reibt sich die Zehen. «Diesen Stress halte ich nicht mehr lange durch, da altert man im Zeitraffertempo. Ich brauche ein Auto, ein gemütliches Zuhause, zwei, drei niedliche Kinder und einen liebenden Mann, der mir jeden Abend sagt, dass er mich vermisst und sich ein Leben ohne mich nicht mehr vorstellen kann.»

Ich nicke nur versonnen, als Bertram mit einem doppelten Espresso und einem Teller Schokolade erscheint, und erspare mir eine Antwort. Ja, diese Art von Familienidylle hatte ich früher auch vor Augen. Zwar nicht ganz so rosarot, aber alles in allem sah mein Traum ähnlich aus. Dass eine Hausfrau wie ein achtarmiger Krake funktionieren muss, war mir nicht klar. Das Geheimrezept für den Spagat zwischen Sexbombe, liebender Mutter und perfekter Gastgeberin habe ich jedenfalls nicht gefunden.

«Balschóje», sagt Ulla, als Bertram Getränk und Teller auf den Tisch stellt. «Äh ... ich meine, Danke, Onkelchen. Seit Tagen quatsche ich jetzt schon Russisch, trage nur noch rot, wie du sehen kannst, und träume sogar schon auf Russisch. Henry wird dann zu Iwan. Letzte Nacht haben Henry und ich in Moskau geheiratet, und statt eines weißen Kleides, mit Krönchen und Schleier, hatte ich eine monströse rote Tracht mit Stickereien an. Henry trug ein albernes Kosakenkostüm mit Pelzmütze und –»

«Klingt doch lustig», unterbricht Bertram ihren Redeschwall.

Ulla verdreht die Augen und rutscht mit ihrem Stuhl näher. «Ein Alptraum, kann ich euch sagen!»

Sichtlich amüsiert begibt sich Bertram hinter seinen Schreibtisch an den Computer und dreht den Monitor zu uns herum. «Hier, ein erstes Layout von einem Schokokuchen. Das Foto stammt von Jörg Jensen, dem momentan besten Food-Fotografen der Branche», erklärt er.

Die Doppelseite auf dem Monitor zeigt auf der linken Seite Blindtext und rechts ein ganzseitiges Foto, das ungeheuer beeindruckend auf mich wirkt. Auf einem zartgrün schimmernden Glasteller liegt ein kunstvoll mit Schokocreme verzierter Kuchen. Er sieht so verführerisch aus, dass man sofort in das herausgeschnittene Stück reinbeißen möchte. Aber am effektvollsten finde ich die kandierte weiße Rosenblüte darauf, die aussieht, als sei sie von Raureif überzogen. Das Licht macht aus dem überaus gelungenen Arrangement einen wahren Augenschmaus.

«Ein Kunstwerk», urteile ich bewundernd.

«Echt geil», findet Ulla.

Zufrieden lächelnd stellt Bertram fest, dass wir uns dann ja einig wären und er die Termine bestätigen könne. «Jörg und sein Team sind schnell ausgebucht. Daher habe ich ihn und den Foodstylisten schon mal für die ersten zwei Dezemberwochen optioniert. Wir müssen nur noch die Anzahl der Rezepte festlegen, damit er den Arbeitsumfang bestimmen kann.» Er reicht mir ein Pasta-Kochbuch für Kinder. «Hier, Eve, das ist eines aus der Themen-Reihe, das sich vor zwei Jahren gut verkauft hat. Die Bücher umfassen jeweils einhundertzwanzig Seiten.»

Staunend nehme ich das Buch entgegen. Auf dem Cover verspeist ein etwa dreijähriger Junge mit beiden Händen Spaghetti. Wie man an seinem saucenverschmierten Mund und dem breiten Grinsen sehen kann, sind die Nudeln köstlich, und man bekommt sofort Appetit auf eine Portion Pasta.

Mon dieu!, so ein Buch könnte schon bald von Ulla und mir sein! Vor Aufregung fühle ich meinen Hals fleckig werden. Bis jetzt habe ich den Vertrag ja noch nicht unterschrieben, und somit ist alles noch theoretisch und könnte im letzten Moment abgeblasen werden. Aber nun gibt es einen Fotografen, einen realen Fototermin, eine bindende Verpflichtung.

«Und der Jörg fotografiert dann, was wir kochen?» Ulla klingt begeistert.

«Nein ... nicht direkt», erklärt Bertram. «Für Fotos dieser Art braucht man keine tatsächlich gekochten Gerichte. Manches wird sogar im ungekochten oder rohen Zustand fotografiert beziehungsweise mit Hilfe ganz spezieller Tricks präpariert. Doch dafür ist Markus, der Foodstylist, zuständig. Im Grunde müsst ihr nicht einmal dabei sein. Aber die Autorinnen sind selbstverständlich als Zuschauer willkommen.»

Ulla zieht eine Schnute. «Wir dürfen nicht kochen? Wo bleibt dann unser Spaß?»

Mich erleichtert der Gedanke eher. Denn je weniger ich Bertram gegenüber als Eve auftreten muss, desto lieber ist es mir. Allein seine Gegenwart und die Art, wie er mich ansieht, lässt meine Nerven flattern. Ich befürchte ständig, dass er mein wahres Ich erkennt und meine Callgirl-Maske auffliegen könnte.

Bertram sieht mich erwartungsvoll an. «Und, was meinst du, Eve?»

«Äh ...» Stotternd entschuldige ich mich für meine geistige Abwesenheit. «Tut mir leid, ich war gerade in Gedanken.»

«Das passiert mir auch oft.» Verständnisvoll lächelt er mich an. «Du wolltest mir noch sagen, wie viele Rezepte wir ins Buch nehmen.»

«Ja, also fünfundzwanzig stehen bereits, den Rest überarbeite ich gerade», verkünde ich selbstbewusst. Seltsam, sobald es ums Kochen geht, werde ich ruhig. «Ich muss noch die Erläuterungen zur Wirkung der einzelnen Zutaten hinzufügen. Meinen Einleitungstext und die Rezepte habe ich aber schon mal ausgedruckt mitgebracht.» Gelassen greife ich nach der Mappe mit den Ausdrucken, die in meiner Handtasche stecken.

Bertram nimmt beides mit einem «Dankeschön» entgegen, schlägt die Unterlagen auf und beginnt sofort zu lesen.

Während ich voller Spannung auf sein Urteil warte, knabbert Ulla an einem Stück Schokolade und rutscht zappelig auf ihrem Stuhl herum.

«Na, sag schon: Wie findest du es, Onkelchen?», drängt sie nach einigen Minuten ungeduldig.

«Sehr gut! Soweit ich es in der Kürze beurteilen kann. Nachher werde ich es mir genauer durchlesen.»

Kurz darauf verabschieden wir uns. Ulla hat eine Verabredung mit Henry, und ich gebe vor, nach Hause zu müssen. In Bertrams Gegenwart bringe ich sowieso keinen klaren Gedanken zustande. Aber Eves Text scheint immerhin glaubwürdig zu sein. Evelyn Meyer ist erleichtert.

«Vielen Dank für euren Besuch», verabschiedet sich Bertram. «Es liegt zwar noch viel Arbeit vor uns, aber mein Gefühl sagt mir, dass es ein ganz außergewöhnliches Buch werden wird.» Er blickt mir tief in die Augen und drückt meine Hand. «Du kannst mich natürlich jederzeit anrufen, falls irgendwelche Fragen auftauchen, Eve.»

Sein Blick lässt mich sofort erröten. «Ja ... äh ... danke. Und bis bald», stottere ich unbeholfen.

«Tja, und wegen des Vertrags ...», fügt Bertram noch an.

Ich sende Ulla einen hilfesuchenden Blick. Sie versteht sofort. Ich hatte ihr erklärt, dass ich vor der Unterschrift unbedingt diesen Dr. Lent sprechen möchte.

«Ach ja, Onkelchen, den Vertrag wollten wir einem Anwalt zur Prüfung geben. Ist das für dich in Ordnung?»

«Selbstverständlich, das ist durchaus üblich», erklärt Bertram leichthin. «Schafft ihr es denn noch vor dem Fototermin?»

«Logo», behauptet Ulla und küsst ihn zum Abschied schmatzend auf die Wange.

«Danke, Ulla, das war lieb von dir», schnaufe ich erleichtert, als wir auf der Straße stehen. «Darf ich dich dafür zu deinem Henry fahren?»

«Nur zu gerne, meine Füße schmerzen wie nach einem Marathonlauf, aber ich muss erst nach Hause, mich umziehen. Ich mag Henry nicht in diesem Business-Look treffen», erwidert sie und nimmt meinen Arm. «Du warst übrigens große Klasse heute. Onkel Bertram ist ja regelrecht verzaubert von dir.» Ihre veilchenblauen Augen leuchten, als habe sie soeben das schnulzigste Happy End des Jahres miterlebt.

Überrascht bleibe ich stehen. «Meinst du?»

Sie versetzt mir einen freundschaftlichen Stoß. «Du Unschuld vom Lande, du weißt genau, was ich meine: Mein Onkel steht auf dich, er findet dich toll, er ist ... Ach, ist das romantisch!»

«Also ich kann das nicht glauben. Einem so attraktiven Mann müssen die Frauen doch die Tür eintreten. Hat er keine Freundin?» Verheiratet ist er jedenfalls nicht, sonst hätte er wohl einen Ring am Finger, murmle ich vor mich hin.

«Nein, der hat sich noch nicht einfangen lassen», erwidert sie und fügt nach einer kurzen Pause hinzu: «Und falls er eine feste Freundin hat, würde er sie deinetwegen bestimmt sofort verlassen.»

«Mon dieu! Das würde ich niemals wollen», erkläre ich nachdrücklich. «Keine Frau soll meinetwegen verlassen werden. Dieses Gefühl ist einfach zu grässlich.»

## 19

Die nächsten Wochen sind mit Arbeit gefüllt. Arbeit, die Spaß macht und obendrein lecker schmeckt. Wenn Ulla nicht zu irgendeinem Dolmetscher-Job muss, sitzen wir jetzt täglich zusammen, probieren die verschiedensten Rezepte aus und lassen uns das Ergebnis schmecken.

Konrad benimmt sich dermaßen untadelig, dass es schon verdächtig ist: Er meldet sich zweimal täglich aus dem Büro, erkundigt sich, wie es mir geht, erscheint jeden Abend überpünktlich zum Essen, und am letzten Wochenende wollte er sogar etwas mit mir unternehmen! Ich musste Gartenarbeit vortäuschen, die unbedingt noch vor dem ersten Schneefall erledigt werden sollte. Nicht mal die Abrechnung der Kreditkartenfirma brachte ihn aus der Fassung. Er wollte lediglich wissen, ob ich mir etwas Hübsches gekauft habe, und bot gönnerhaft an, das Haushaltsgeld zu verdoppeln.

Er glaubt anscheinend, Licht am Ende des Eheproblem-Tunnels zu sehen. Wenn er wüsste, dass es das Licht des direkt auf ihn zufahrenden Zuges ist, würde er sich vermutlich zum Staubsaugen herablassen. Obwohl wir dafür ja eigentlich Eulalia haben. Dank meiner Perle kann ich mich voll und ganz dem Kochbuch-Projekt widmen.

Heute steht wieder ein Termin mit Bertram an. Ohne Ulla, die ihren Henry trifft, der nur für einen Tag in der Stadt ist.

Meine Unsicherheit Bertram gegenüber habe ich mittlerweile überwunden. Wir unterhalten uns meist ganz ungezwungen übers Kochen. Er kocht ja genauso leidenschaftlich wie ich. Manchmal muss ich aufpassen, dass unsere Gespräche nicht zu persönlich werden, damit ich mich nicht unfreiwillig verrate. Aber inzwischen fiebere ich unseren Treffen regelrecht entgegen. Zugegeben, ich genieße auch die zufälligen Berührungen und die kleinen Wangenküsse, die wir bei Begrüßung und Abschied austauschen.

Nach dem Essen mit Bertram habe ich heute noch einen Termin bei Dr. Lent. Nüchtern betrachtet sind beides nur Geschäftstermine.

Bertram bekommt die endgültige Zutatenliste der letzten Rezepte und die Beschreibung ihrer aphrodisischen Wirkung. Damit ist meine offizielle Arbeit als Kochbuchautorin erst mal erledigt. Wenn ich mir vorstelle, dass wir uns zum vorerst letzten Mal sehen, spüre ich ein unangenehmes Kribbeln im Magen. Bertram ist ja nicht nur ein charmanter Mann, sondern auch ein Verleger, mit dem ich gerne weiterarbeiten würde. Die Arbeit am Kochbuch hat mir so unglaublich viel Spaß gemacht, dass ich schon eine Idee für ein nächstes Kochbuch habe. Davon werde ich ihm beim Essen erzählen.

Nicht weniger aufregend dürfte anschließend der Termin beim Anwalt verlaufen, für den ich etwas dezenter gekleidet sein sollte.

Ich entscheide mich daher für ein schmales Kleid in Pflaumenblau, dessen U-Boot-Ausschnitt die Schultern freilässt. In seiner Schlichtheit könnte es langweilig wirken, die gefährlich hohen Absätze meiner grauen Wildlederstiefel heben das aber auf. Die Farbe des Kleids belebt meinen Teint, und die auberginefarbene Wimperntusche lässt meine blauen Augen intensiv strahlen. Erst gestern hat Trixi die Farbe meiner Haare aufgefrischt und die Spitzen nachgeschnitten.

Noch ein paar Spritzer *Diorissimo*, den schicken Ledermantel drüber und los.

Das «L'Escargot» ist ein kleines Restaurant mit dem Ruf einer beständig guten Küche. Bertram schlug diesen Schnecken-Ort für unsere heutige Verabredung vor, nachdem ich ihm von meiner Schneckensammlung erzählt hatte. Aber ich kenne das Restaurant. Vor etwa zehn Jahren waren Konrad und ich oft mit Carla und Frank hier. Es ist immer gut besucht und unverändert im rustikalen Stil französischer Landgasthäuser eingerichtet: grob verputzte Wände, rot-weiß-blau karierte Tischdecken, Holzgriff-Bestecke und eine Wandtafel, auf der die Angebote des Tages nachzulesen sind.

Bertram erwartet mich bereits. Der Anblick meines attraktiven Verlegers elektrisiert mich jedes Mal aufs Neue. Heute trägt er einen hellen Anzug, der ihm etwas Seriöses verleiht.

«Tut mir leid», entschuldige ich mich für meine Verspätung. «Irgendwie konnte ich mich einfach nicht zwischen Rock und Hose entscheiden.»

Galant hilft er mir aus dem Mantel. «Es ist ein Privileg, auf die schönste Frau der Stadt warten zu dürfen.» Seit er bemerkt hat, wie schüchtern ich auf manche Komplimente reagiere, lässt er keine Gelegenheit ungenutzt.

«Hör auf, mir zu schmeicheln», protestiere ich.

«Ich sage nur die Wahrheit», erwidert er und bietet mir den Platz ihm gegenüber an.

Während der unzähligen Treffen in den letzten Wochen begann sich unsere berufliche Beziehung ganz langsam zu verändern. Solange es um das Kochbuch und die Rezepte geht, bin ich wortgewandt und selbstsicher. Wenn es aber um persönliche Dinge geht, verschlägt es mir schnell die Sprache.

Während Bertram beim Kellner einen leichten weißen Landwein und eine Flasche Mineralwasser bestellt, suche ich meine Unterlagen hervor und lege sie auf den Tisch.

«Lass uns erst das Geschäftliche erledigen», schlage ich vor. «Dann können wir uns aufs Essen konzentrieren.»

«Gute Idee», erwidert er, schiebt dann jedoch die Unterlagen einfach zur Seite und blickt mich herausfordernd an. «Erledigt!» Mit einem frechen Grinsen im Gesicht beginnt er, mir die Speisen von der Schiefertafel vorzulesen.

Jeder für sich entscheiden wir uns für einen kleinen Salat, Entenbrust an Pfeffersauce und frische Feigen mit Mascarponecreme zum Dessert. Wir haben einen Menge Gemeinsamkeiten, stelle ich beglückt fest.

Als sich der Kellner nach der Bestellung entfernt, hebt Bertram sein Glas und spricht einen Toast aus.

«Auf den Erfolg!», sagt er und sieht mir tief in die Augen. «Bei dieser Gelegenheit möchte ich dir gerne sagen, wie froh ich bin, dich kennengelernt zu haben.»

Schüchtern gebe ich das Kompliment zurück.

«Auch auf die Gefahr hin, dass ich indiskret erscheine, möchte ich dich gerne fragen, wie du eigentlich in diese Callgirlbranche äh ... Also, ich meine, hattest du vielleicht vorher einen anderen Beruf? Was hat *Eve Lacombe* vorher gemacht?»

Ich könnte stundenlang zuhören, wenn er meinen Namen mit französischer Betonung ausspricht. Seine Stimme klingt dann so weich und beinahe zärtlich. Doch auf diese Frage war ich nicht vorbereitet.

«Ach, ... äh, das ist eine langweilige Geschichte», antworte ich vage, um Zeit zu gewinnen. «Keine schlimme Kindheit, keine Gewalt, kein Schmutz oder so. Jedenfalls nichts, aus dem man eine publikumswirksame Sensationsstory stricken könnte.»

«Deshalb habe ich nicht gefragt. Aber was dich betrifft, so kann mich nichts langweilen.»

Der Kellner serviert die Vorspeise und füllt Wein nach. Mir fällt Ullas kurze Erfahrung mit der unseriösen Begleitagentur ein. Gedanklich füge ich ein paar Veränderungen zu ihrer Geschichte hinzu, nehme einige Wahrheiten aus Evelyn Meyers Leben und *koche* daraus Eve Lacombes Werdegang. «Nun», beginne ich. «Dann werde ich dir meine Geschichte wohl erzählen müssen.»

Erwartungsvoll nickt er mir zu.

«Also, ich war zwanzig Jahre alt, kam gerade von einer Wirtschaftsschule und suchte nach einem Job. Eine Bekannte, von der ich wegen ihrer schicken Klamotten und ihres Porsches immer dachte, sie käme aus einem wohlhabenden Elternhaus, überredete mich eines Abends, sie zu einer Verabredung zu begleiten. Ihr Freund würde einen Kollegen mitbringen. Daraus wurde dann ein sehr feucht-fröhlicher Abend, und am nächsten Morgen bin ich in einem Hotel aufgewacht. Na ja, es waren die Achtziger, und ich war jung. Mein One-Night-Stand hatte auf dem Kissen einen Umschlag hinterlassen. Darin steckten ein Zettel, auf dem *Vielen Dank für diese wundervolle Nacht* stand, und dreihundert Mark. Was hätte ich tun sollen? Das Geld dem Portier geben? Meine Bekannte meinte ganz pragmatisch, ich solle mir einfach vorstellen, es wäre ein verspätetes Geburtstagsgeschenk. Als ich kurz darauf wieder mit ihr und zwei Männern ausging, wurde ich direkt nach meinem Preis für die Nacht gefragt ... Tja, meine Bekannte gestand mir dann, dass sie für eine Begleitagentur arbeiten würde und dieser Extraservice den Mädchen selbst überlassen sei. Es gäbe keinen Zwang, alles wäre freiwillig.»

Ich mache eine kleine Pause, um Bertram verstohlen von der Seite anzusehen. Ob er mir die Story abkauft?

Nachdenklich legt er seine Gabel zur Seite und wischt sich mit der Serviette über den Mund. «Aber du hattest doch die Wirtschaftsschule –»

«Mit einem miserablen Zeugnis abgeschlossen», werfe ich ein und klopfe mir in Gedanken selbst auf die Schulter für diesen genialen Einfall. Überhaupt bin ich stolz auf mich und meine sprudelnde Phantasie. Munter improvisiere ich weiter. «Und deshalb fing ich an, für diese Escort-Agentur zu arbeiten. Man könnte also sagen, ich bin da einfach so reingerutscht.»

«Grundsätzlich ist es mir egal, wo jemand herkommt, aber bei dir ist es etwas anderes ... Äh, also nicht aus moralischen Gründen», beteuert Bertram schnell, als ich ihn fragend anblicke. «Ich habe dir ja schon bei unserem ersten Treffen gesagt, dass du nicht gerade das Klischee eines Callgirls erfüllst. Obwohl ich mich in dieser Branche nicht besonders gut auskenne.»

Als die köstlich duftende Entenbrust serviert wird, ergreife ich die Gelegenheit, das Thema zu wechseln, bevor mir die Ideen ausgehen und Bertram doch noch meine wahre Identität aufdeckt.

«Jetzt haben wir aber genug von mir gesprochen», erkläre ich. «Warum erzählst du mir nicht, was du so treibst, wenn du mal nicht nach neuen Buchideen suchst? Es gibt doch sicher auch Tage, an denen du keine Bücher mehr sehen kannst.»

Konzentriert widmet sich Bertram dem Zerschneiden des Fleisches. Seiner verschlossenen Miene nach zu urteilen, ist er wenig begeistert von meinem Interesse an seinem Privatleben. «Bücher sind mein ganzes Leben», erwidert er knapp.

Nach dieser abweisenden Antwort bin ich sicher, dass es ein dunkles Geheimnis in seinem Leben gibt. Und wenn mich mein Gefühl nicht täuscht, steckt eine Frau dahinter.

«Tut mir leid, Bertram, dass du enttäuscht wurdest.»

Beinahe unmerklich zuckt er zusammen und sieht mich eindringlich an.

«Es war nur so eine Vermutung», füge ich schnell hinzu.

Leider verwandelt sich die gelöste Stimmung zwischen uns danach in unangenehmes Schweigen.

«Sei nicht böse, Eve, aber ich möchte nicht darüber sprechen ...», erklärt Bertram nach einer halben Ewigkeit ausweichend.

«Ach, Liebesgeschichten sind sowieso kein gutes Tischgespräch», gehe ich scherzend darüber hinweg.

Bertram wechselt das Thema. «Darf ich dich noch an den Vertrag erinnern? Wäre schön, wenn wir alles unter Dach und Fach hätten, bevor die Arbeit im Fotostudio beginnt.»

«Oh, den unterschreibe ich heute noch», verspreche ich und berichte von meinem anschließenden Termin bei Dr. Lent. «Ich könnte dir den Vertrag morgen vorbeibringen.»

Einen Moment lang habe ich das Gefühl, er würde erleichtert aufatmen. «Das wäre schön, Eve. Außerdem würden wir uns dann vor dem ersten Fototermin noch einmal sehen.»

«Das fände ich auch schön. Und dabei könnten wir auch meine Idee für ein weiteres gemeinsames Buchprojekt besprechen. Vorausgesetzt, unser Buch wird ein Erfolg, natürlich.»

Das Essen hat länger gedauert als geplant, und so verspäte ich mich heute zum zweiten Mal.

In der Kanzlei gerate ich an eine wasserstoffblonde Empfangsdame in meinem Alter, die extrem viel grünen Lidschatten aufgelegt hat und offensichtlich zu lange im Solarium war. Naserümpfend lässt sie mich wissen: «Dr. Lent erwartet Sie bereits seit –»

«Seit fünfzehn Minuten», falle ich ihr selbstbewusst ins Wort. «Es sei denn, Ihre Uhren gehen anders.»

«Äh …», stottert sie verblüfft, steht auf und weist mit der Hand den Flur entlang. «Wenn Sie mir bitte folgen wollen.» Flotten Schrittes eilt sie voran.

Am Ende des Flurs klopft sie an eine dunkle Holztür und öffnet sie gleich darauf, ohne auf eine Antwort zu warten. «Frau Meyer, der 15-Uhr-Termin», kündigt sie mich an und lässt mich eintreten.

Ein dicklicher Mann um die sechzig mit Halbglatze sitzt quer zum Fenster an einem wuchtigen Wurzelholzschreibtisch. Er trägt einen dunkelblauen Anzug, ein weißes Hemd und eine blau-weiß getupfte Fliege um den schwammigen Hals.

«Danke, Frau Eiler», nickt er der Wasserstoffblondine zu, die sich daraufhin zurückzieht.

Über seine randlose Brille hinweg blickt Dr. Lent mich kritisch an. Als ich näher trete, bleibt mir die Luft weg: Hier arbeitet ein Kettenraucher. Auch das Röcheln des rotgesichtigen Mannes passt zu dem stickigen Mief, der einem das Atmen in seinem Büro zur Qual macht.

«Verzeihen Sie die Verspätung, Dr. Lent. In Schwabing einen Parkplatz zu finden, kommt einem Lottogewinn gleich.»

«Passiert mir täglich», murmelt er und deutet auf den Besucherstuhl vor seinem altmodischen Schreibtisch. «Alles wegen dieser Straßenbahn-Baustelle … Was führt Sie zu mir, Frau … äh …»

«Evelyn Meyer», helfe ich ihm.

Stirnrunzelnd greift er nach einem Stapel blassroter Akten. «Sind Sie die Gattin von –»

«Von Konrad Meyer», bestätige ich und überlege, wie ich den Grund meines Kommens eigentlich erklären soll und wie ich zu meiner gewünschten Information kommen kann.

Dr. Lent blättert in der Mappe, räuspert sich und fragt erstaunt: «Gibt es Probleme? Der Wohnungskauf wurde doch bereits beim Notar abgewickelt, Ihr Gatte ist als Eigentümer eingetragen … Alles ist in Ordnung.»

Notar? Kaufvertrag? Eigentümer?

Ich habe das Gefühl, als würde mein Herzschlag kurz aussetzen. Der Schlüssel gehört also doch Konrad und nicht zur Wohnung einer anderen Frau! Mein Mann hat mich nicht betrogen, sondern eine Wohnung gekauft!

In meiner Magengegend breitet sich ein unangenehmes Gefühl aus. Habe ich ihm Unrecht getan? Wieso hat er mir nichts davon erzählt, frage ich mich. Schließlich bin ich doch seine Frau. Warum verschweigt er mir etwas derart Wichtiges? Für unsere Söhne wird er die Immobilie wohl nicht gekauft haben.

«Sind noch irgendwelche Fragen offen, Frau Meyer?», erkundigt sich Dr. Lent, als ich anhaltend schweige.

Wie verzweifelte Fliegen, die ins Freie wollen, aber nur gegen eine Fensterscheibe knallen, schwirren die Fragen durch meinen Kopf. «Äh, nein … Ich meine ja. Also, eigentlich bin ich nicht wegen der Wohnung hier.»

Schwungvoll schlägt der Anwalt die rötliche Mappe zu und sieht mich erwartungsvoll an.

Geistesgegenwärtig greife ich in meine Tasche und reiche ihm das Kuvert. «Es geht um einen Kochbuch-Vertrag, zu dem ich gerne Ihren Rat hätte.» Ich kann ihn ja schlecht fragen, ob mein Mann eine Geliebte hat.

Während Dr. Lent die Seiten herausholt und zu lesen beginnt, spreche ich einfach weiter. «Wie Sie sehen, ist der Vertrag auf den Namen Eve Lacombe ausgestellt, mein Pseudonym für dieses Werk.»

Er zieht die Brauen hoch und mustert mich. «Ist dieser Name amtlich, ich meine, in Ihrem Pass eingetragen?»

«Pass? Äh … nein, wozu sollte das gut sein?»

«Tja, in diesem Fall ist die Unterschrift ungültig.» Er blättert den dreiseitigen Vertrag durch. «Ich würde Ihnen raten, den Vertrag auf Evelyn Meyer umzuschreiben und das Pseudonym zum Titel des Werkes hinzufügen zu lassen. Damit wäre die Sache dann rechtskräftig.»

Pseudonym ... Vertrag ... ungültig ... Seine Worte dringen kaum zu mir durch. Ständig muss ich an Konrad und die Wohnung denken.

Wie in Trance bedanke ich mich für die Beratung, verabschiede mich eilig und verlasse so schnell wie möglich das Büro.

Müde schleppe ich mich nach Hause. Konrad erwarte ich erst heute Abend, es bleibt also noch ein wenig Zeit, um mir eine Strategie zu überlegen.

Um mich zu beruhigen und besser nachdenken zu können, beschließe ich ein heißes Bad in Limonenschaum zu nehmen, als plötzlich mein Handy klingelt.

«Hey, Eve, bist du zu Hause?» Ullas Stimme klingt ungewöhnlich hektisch.

«Ja, bin ich. Was ist los?»

«Kann ich vorbeikommen?», keucht sie atemlos. «Ich muss dir unbedingt etwas ganz Wichtiges erzählen!»

«Na klar, aber willst du mir nicht verraten, was dich so aufregt? Ich mache mir Sorgen.»

«Nichts Schlimmes. Ganz im Gegenteil», erklärt sie und legt auf.

Keine fünfzehn Minuten nach unserem Telefonat hält ein Taxi vor dem Haus. Ich laufe zur Tür und sehe eine derangierte Ulla aussteigen. Jedenfalls macht sie in ihrer weiten Jeans, dem dicken Schlabberpulli und den nachlässig hochgesteckten Haaren einen für sie untypisch schlampigen Eindruck. Aber der äußerliche Eindruck täuscht. Übermütig lacht sie mich an und läuft mit ausgestreckten Armen auf mich zu.

«Es ist passiert!»

«Mon dieu!, hat dir Henry endlich den Antrag gemacht?», frage ich und schiebe sie ins Haus.

Ulla stemmt die Hände in die Hüften und baut sich breitbeinig vor mir auf. «Viel, viel besser.»

«Ulla, bitte, nun sag schon», stöhne ich entnervt, weil ich im gleichen Augenblick Konrad in die Garage fahren höre. «Mein Termin beim Anwalt war eine einzige Katastrophe, und da kommt Konrad schon, viel zu früh. Also sag jetzt endlich, was los ist, oder ich werde hysterisch.»

Sie streckt mir ihren Bauch entgegen. «Rate!»

«Wenn das wieder eine deiner Blödsinn-Ideen ist ... Dafür habe ich heute wirklich keinen Nerv.»

Genau in dem Moment als Konrad das Haus betritt, platzt Ulla endlich mit ihrer Neuigkeit heraus: «Ich bin schwanger!»

Konrad stockt in der Tür und sieht uns irritiert an.

«Hallo Konrad», begrüße ich ihn. «Wir haben Besuch. Das ist Ulla, die ich aus dem Seniorenheim kenne. Ulla, das ist –» Es verschlägt mir die Sprache, als ich den panischen Blick meines Mannes sehe.

Einige Sekunden lang herrscht beängstigende Stille, nur unterbrochen von dem dumpfen Geräusch eines zu Boden fallenden Aktenkoffers.

«Henry!?», kreischt Ulla plötzlich.

Ich benötige nur eine Nanosekunde, um zu begreifen, was hier los ist: MEIN Konrad ist IHR Henry! Noch vor einer Stunde habe ich geglaubt, ihm bitter Unrecht getan zu haben. Von wegen! Es ist alles noch viel ungeheuerlicher, als ich es mir mit meinem schlichten Hausfrauenhirn vorgestellt habe. Das hier ist eine Menage à trois! Und meine Freundin Ulla ist die Geliebte meines Mannes! Und Konrad, dieser emotionale Raffzahn, wollte mich auch in Zukunft ausnutzen. Hätte er sonst in letzter Zeit so einen versöhnlichen Ton angeschlagen?

Konrad oder Henry, also Konrad-Henry wird leichenblass.

Er kapiert natürlich auch ohne detaillierte Erklärung, dass er gerade seine Apokalypse erlebt. Mit vor Entsetzen geweiteten Augen rast sein Blick zwischen Ulla und mir hin und her, als müsse er zusehen, wie alle seine Bauten gleichzeitig einstürzen. Plötzlich greift er sich an die linke Brust, zerrt an seinem schwarzen Hemd und sinkt laut röchelnd auf den Marmorboden.

«Henry, neiiin!», schreit Ulla panisch, beugt sich über ihn und wimmert: «Einen Arzt, Evelyn, schnell! Ruf einen Notarzt, er braucht sofort Hilfe!»

Mir ist überhaupt nicht danach, einen Notarzt zu rufen. Nach einem Messer würde ich aber gerne greifen ... Doch ich beherrsche mich, verschränke meine Arme und behaupte eiskalt: «Das Telefon funktioniert nicht, und mein Akku vom Handy ist leer.»

Für so viel Gefühlskälte ernte ich einen vorwurfsvollen Blick von Ulla. Sie holt ihr eigenes Handy aus der Jeans und schreit kurz darauf verzweifelt unsere Adresse hinein, und dass es sich um einen Herzinfarkt handeln würde.

Mich kann dieser gemeine Lustmolch nicht täuschen. Das ist doch alles nur mieses Schmierentheater. Das war kein Infarkt, sondern der entgegenkommende Zug, der Konrad voll erwischt hat!

Sollte er aber tatsächlich einen Infarkt erlitten haben, lasse ich den Namen Eve Lacombe in meinen Pass eintragen und eröffne ein Bordell!

## 20

Der Notarzt wischt dem theatralisch hechelnden Patienten erst mal den Angstschweiß von der Stirn. Anschließend stellt er einen erhöhten Blutdruck fest und rät zu einem gründlichen Check-up in der Klinik. Ulla und Konrad können gar nicht schnell genug zustimmen, um der Gefahrenzone zu entkommen. Welche Verbrecher bleiben schon am Tatort, wenn das Opfer plötzlich zum Täter werden könnte?

«Evelyn, bitte», fleht Ulla mit der Stimme eines Klageweibs, als Konrad auf der Trage in den Krankenwagen geschoben wird. «Es tut mir alles so leid. Wir müssen reden. Ich komme nachher vorbei, Henry braucht ein paar Sachen fürs Krankenhaus. Ich hoffe, du lässt mich rein.»

Die treusorgende Geliebte begleitet diesen Mistkerl natürlich beim Abtransport. Ich bleibe allein mit meinen düsteren Rachegedanken zurück. Aber wie heißt es so schön: Rache sollte man kalt genießen. Es ist also klüger, erst mal einen klaren Kopf zu bekommen. Den Verursacher dieser Ungeheuerlichkeit kann ich ja ohnehin nicht massakrieren, weil er sich hat abtransportieren lassen!

Zornbebend renne ich durchs Haus. Blöderweise gibt es in diesen sterilen Räumen keine persönlichen Dinge von diesem Betrüger, ja nicht mal ein Foto, an dem ich meine Wut auslassen könnte. Aber wenn ich nicht gleich ein Ventil finde, drehe ich noch durch.

Solange ich es verhindern kann, wird Konrads Konkubine dieses Haus nicht betreten, brumme ich grimmig. Ulla hat mich hintergangen! Aber damit mir niemand vorwerfen kann, dass ich einem armen kranken Mann seine Zahnbürste verweigere, werde ich Krankenschwester Ulla die Sachen vor die Tür stellen. In einem Müllsack!

Und was steckt man üblicherweise in so einen Sack? Genau! Alte, unbrauchbare Klamotten, die eigentlich in den Zerreißwolf gehören.

Wutentbrannt nehme ich mir die Ärmel von Konrads Jacketts und Hemden und auch die Hosenbeine vor und schneide großzügig daran herum. Danach würde die Sachen nicht mal mehr das Rote Kreuz annehmen. Für Konrad hingegen ist der Stil jetzt perfekt: Kurze Hosen passen einfach viel besser zu einem Mann, der gerade seine zweite Jugend erlebt.

Ungerührt lasse ich Ulla zwei Stunden später an die Tür hämmern und um Einlass betteln. Wie konnte ich mich nur so in ihr täuschen?

«Evelyn, bitte, lass uns miteinander sprechen, ich versteh das alles nicht», jault sie minutenlang.

Als ich nicht auf ihr Gewinsel reagiere, ändert sich ihr Tonfall, und sie wird zornig: «Du gefühlloses Monster, kein Wunder, dass Henry dich alte Spießerin nicht mehr mag.»

Das ist doch die Höhe! Wie kann diese Schlampe mir nur so in den Rücken fallen? Schließlich bin *ich* diejenige, die belogen und betrogen wurde. Ich mag mir gar nicht vorstellen, wie es weitergegangen wäre, wenn sie heute nicht hier aufgetaucht wäre. Und ...

Sacre bleu!

Wie Schuppen fällt es mir von den Augen: Ulla ist schwanger!

Bei dem Gedanken stockt mir der Atem. Hätte der Stararchitekt sein Doppelleben weitergeführt? Hier das vorgetäuschte harmonische Familienleben und dort, in der neuen Wohnung, das Nachwuchsglück mit der jungen Mätresse?

Dieser infame Lügner: Er sei ein kinderloser Witwer! Er hat mich und die Zwillinge einfach *sterben* lassen!!!

Und Ulla? Vielleicht wusste sie ja von Anfang an, wer ich bin. Wahrscheinlich ist sie doch ein Callgirl und hat sich alles andere nur ausgedacht. Vermutlich existiert auch die Oma im Seniorenstift nicht. Ich habe die Frau ja nie kennengelernt. Ulla, dieses Miststück mit ihrer wildwuchernden Phantasie denkt sich so eine tränenreiche Story doch schneller aus, als man das Wort Oma überhaupt aussprechen kann. Ich habe es oft genug selbst erlebt. Ein Stichwort genügt, und schon spinnt sie ein neues Lügennetz. Doch diesmal waren entschieden zu viele Löcher drin. Das Netz ist gerissen!

Am nächsten Morgen brummt mein Kopf, als hätte ich versucht, das Drama in Hochprozentigem zu ertränken. Aber ich glaube nicht, dass unser Vorrat an Alkoholika dazu ausgereicht hätte.

Um wieder auf die Beine zu kommen, koche ich mir erst mal eine Kanne starken schwarzen Tee und kuschle mich in meine Sofadecke. Langsam wird mir das Ausmaß der Katastrophe deutlich. Die Situation ist genauso skurril wie unmöglich: Ich habe mit der Geliebten meines Mannes ein erotisches Kochbuch geschrieben!

Vielleicht kann ich eines Tages darüber lachen. Im Moment kommt mir sofort die Galle hoch, wenn ich nur daran denke. Noch schlimmer ist aber die Vorstellung, dass der vermeintlich Kranke nicht ewig in der Klinik bleiben wird, sondern irgendwann hier auftaucht und ...

Nichts und! Er wird feststellen, dass sein Schlüssel nicht mehr passt, weil ich nämlich jetzt den Schlüsseldienst anrufen werde und sämtliche Schlösser austauschen lasse!

Gerade als ich zum Telefon greife, ertönt der Türsummer. Auf dem Monitor sehe ich Bertram.

Oh, Merde! Den habe ich ja total vergessen! Ungeachtet meines katastrophalen Aussehens, der verheulten Augen und der dunklen Ringe unter den Augen muss ich wohl öffnen.

«Äh ... Hallo, Bertram», begrüße ich ihn müde. «Komm doch rein.»

«Danke», sagt er höflich und tritt ein. «Du kannst dir sicher denken, dass ich dir keinen Höflichkeitsbesuch abstatte, oder?»

Schuldbewusst fällt mir ein, dass ich ja versprochen hatte, den unterschriebenen Vertrag vorbeizubringen.

«Tut mir leid, dass ich dich versetzt habe», murmle ich zerknirscht. «Aber es gibt da etwas, worüber wir sprechen müssen. Also, die Umstände ... Nun, um es vorsichtig auszudrücken: Mein Leben hat sich in den letzten vierundzwanzig Stunden gravierend verändert.»

«Ich weiß», entgegnet er knapp und fügt nach einer längeren Pause an: «Ulla hat mich heute Morgen angerufen und mir die ganze Geschichte gebeichtet. Deshalb bin ich hier. Um zu retten, was noch zu retten ist.»

Ich weise den Weg in die Küche, stelle zwei Tassen vor uns hin und verkünde mit leicht zittriger Stimme: «Du wirst sicher verstehen, dass ich aus dem Projekt aussteige.»

Bestürzt sieht er mir tief in die Augen und fragt verständnislos: «*Du* willst aussteigen?»

«Bitte, Bertram, ich verstehe ja, dass du sauer bist, weil ich dich belogen habe. Zu meiner Verteidigung kann ich nur vorbringen, dass diese Callgirl-Story nicht auf meinem Mist gewachsen ist, sondern ...» Ich vollende den Satz nicht. Sobald ich ihren Namen aussprechen würde, könnte ich aggressiv oder sogar ausfallend werden. «Tut mir leid, aber ich ertrage es nicht, diese Frau wiederzusehen. Sie hat vorgegeben, meine Freundin zu sein. Dabei will sie nur meinen Platz einnehmen.»

«Das ist kompletter Blödsinn», fährt Bertram mich unwirsch an. Er nimmt mich am Arm, zwingt mich, auf einem der Hocker Platz zu nehmen und sagt bestimmend: «Jetzt wirst du mir mal gut zuhören, Eve. Oder soll ich dich ab jetzt Evelyn nennen?»

Verwirrt blicke ich Bertram an. Ich weiß nicht, was ich sagen soll.

«Du bist also davon überzeugt, dass meine Nichte dich ausgenutzt hat?», fragt er provozierend.

Schweigend erhebe ich mich, um Milch und Zucker zu holen.

Als ich an den Küchentresen zurückkehre, fährt er kopfschüttelnd fort. «Bitte, denk doch mal nach, Evelyn! Woher sollte Ulla denn wissen, dass Henry Konrad ist. Dass es ein und derselbe Mann ist?»

«Tja, sein zweiter Vorname ist Heinrich», unterbreche ich ihn trotzig und gieße Tee ein. «Kann ich ahnen, dass er sich plötzlich neudeutsch Henry nennt?»

«Vielleicht nicht. Aber Ulla ist genauso getäuscht worden wie du. Sie ist außer sich! Henry hat ihr gegenüber behauptet, erst vor kurzem aus dem Ruhrgebiet nach München gezogen zu sein. Er hat sich als wesentlich jünger ausgegeben. Und zudem als kinderloser Witwer, wenn ich sie richtig verstanden habe. Warum hätte sie ihm nicht glauben sollen? Sie hat Henry durch einen Dolmetscherauftrag kennengelernt. Sie wusste nicht, wer du bist. Ihr beide seid euch doch im Seniorenstift über den Weg gelaufen, wo du dich als Aushilfsköchin beworben hast. Richtig? Und selbst wenn sie dich vorher gekannt hätte, bleibt die Frage: Warum sollte sie ihre Rivalin überhaupt kennenlernen und sich auch noch mit ihr anfreunden wollen?»

«Sie ist nun mal eine durchtriebene Frau», erwidere ich zornig.

«Ich bin jedenfalls sehr froh, dass ihr euch angefreundet habt, sonst hätte ich dich nicht kennengelernt. Aber ich hasse es, belogen zu werden ...» Er beißt sich auf die Lippen und bricht plötzlich ab.

«Es tut mir wirklich sehr leid, Bertram», betone ich erneut.

Er macht eine abweisende Handbewegung. «Bei unserem letzten Mittagessen hast du ja wahrscheinlich gemerkt, dass ich auf Heimlichkeiten sehr empfindlich reagiere. In meiner letzten Beziehung wurde ich nämlich sehr lange hintergangen. Meine Freundin hatte ein Verhältnis mit meinem besten Freund, und deshalb kann ich auch gut nachfühlen, wie es dir jetzt geht. Aber als Ulla mir die Wahrheit gesagt hat, war ich erst mal ganz schön wütend. Und zwar auf euch beide! Letztlich bin ich nämlich der Dumme.»

Beklommen sehe ich zur Seite. Doch Bertram fährt unbeirrt fort.

«Aber so komisch es auch klingt, ich glaube nach wie vor an die Idee und den Erfolg des Kochbuchs. Aus diesem Grunde bin ich auch hier. Ich hoffe, dass –»

«Nein!», unterbreche ich ihn mürrisch. «Diese Frau hat mein Leben zerstört. Ich will sie nie wieder sehen!»

Nachdenklich rührt Bertram in seiner Tasse. Nach einer längeren Pause fragt er plötzlich: «Aus welchem Grund bist du eigentlich auf ihren Callgirl-Vorschlag eingegangen?»

«Äh, weil …»

«Ja?»

«Ich wollte mich an meinem Mann rächen, weil ich dachte, dass er mich betrügt.»

Zweifelnd sieht Bertram mich an. «Nun, das hat er ja auch tatsächlich getan. Also existiert dein Grund noch immer. Dagegen gibt es keinen Grund, auf meine Nichte böse zu sein. Man könnte sagen: Du bellst den falschen Baum an. Der Übeltäter ist nämlich dein Mann. An ihm solltest du deine Wut auslassen. Oder willst du das jetzt nicht mehr?»

Auch wenn es mir überhaupt nicht gefällt, muss ich Bertram recht geben. Halb zustimmend grummle ich: «Mmm, ich glaub schon. Aber du vergisst, dass deine hochgeschätzte Nichte ein Kind bekommt – und zwar von meinem Mann!» Meine Stimme hört sich jetzt mehr wie ein Fauchen an. «Du kannst doch nicht im Ernst von mir erwarten, dass ich bei dieser Farce mitmache! Außerdem plant Konrad ja offensichtlich ein neues Leben mit der jungen Mutter. Wozu sonst hat er heimlich eine Wohnung gekauft?»

Überrascht zieht Bertram die Stirn kraus. Anscheinend hat Ulla das gemeinsame Liebesnest verschwiegen.

«Du sprichst nur von den Zukunftsplänen deines Mannes, Evelyn. Mich würde viel mehr interessieren, wie deine Pläne aussehen? Im Moment klingt es ja beinahe so, als wolltest du deine Ehe retten.»

«Zuerst muss ich mich von dem Schock erholen», seufze ich erschöpft.

Gerade als Bertram etwas erwidern will, piepst es in seiner Jacke. Er entschuldigt sich, holt sein Handy aus der Innentasche und liest die eingegangene SMS.

«Auch das noch», stöhnt er gestresst. «Jörg dringt auf Bestätigung der Fototermine, da er ansonsten einen anderen Auftrag annimmt. Das Cover fürs Buch ist übrigens auch schon fertig.»

«Bis wann musst du Jörg denn Bescheid geben?», frage ich leise.

Überrascht blickt Bertram mich an. «Heißt das, du überlegst es dir nochmal?»

«Äh ... nein, ich wollte nur –»

«Was?» Seine grünen Augen verdunkeln sich. Er wirkt angespannt.

«Tut mir leid, Bertram», entschuldige ich mich. «Ich kann gerade keinen klaren Gedanken fassen. Versteh doch. Ich brauche Zeit, um über alles nachzudenken.»

«Aber, Eve ...»

«Bitte, Bertram, lass mich. Ich muss jetzt allein sein.»

## 21

Am nächsten Morgen ist es so nebelig, dass ich am liebsten den ganzen Tag im Bett verbringen würde. Doch ich erwarte Eulalia zum wöchentlichen Reinemachen. Ein Grund, mir die Haare zu waschen und mich etwas zu schminken, um nicht wie ausgespuckt auszusehen. Dem Röntgenblick meiner Perle entgeht nämlich nichts, was unangenehme Fragen nach sich ziehen und mich wieder zum Weinen bringen könnte. Solange die Situation nicht endgültig geklärt ist, will ich mir keine neuen Lügen ausdenken müssen.

Geduscht und angekleidet öffne ich wenig später die Tür.

«Guten Morgen, Evelyn. So ein Sauwetter, was?», begrüßt mich Eulalia.

Hinter ihr sehe ich Carla, die mir aufgeregt zuwinkt und etwas ruft, was ich nicht hören kann. Ich lasse Eulalia ins Haus, ziehe mir einen Mantel über und laufe durch einen grauen Schleier aus feinen Regentropfen zu ihr hinüber.

Mir ist zwar nicht nach einem oberflächlichen Plausch, aber ich bin froh, Eulalias Röntgenblick erst mal entkommen zu sein. Ob Carla schon von dem Skandal gehört hat?

In einem lachsrosa Hausanzug aus weichem Fleece steht sie im Hauseingang. Einen Moment lang sieht sie mich staunend an, und schlagartig wird mir bewusst, dass wir uns ja schon eine Ewigkeit nicht mehr gesehen haben.

«Meine Güte, Evelyn, du siehst ja furchtbar aus. Also, bis auf die neue Frisur, die dir wirklich ausgezeichnet steht.»

«Ja, ich war ... äh beim Friseur», erkläre ich.

«Und woher stammen diese Augenringe?», fragt sie neugierig und zieht mich ins Haus. «Ich will jetzt sofort wissen, was los ist. Und wer ist überhaupt diese junge Person, die gestern einen Müllsack bei euch abgeholt hat? Himmel, was hat die ein Theater vor der Tür veranstaltet! Ich will sofort alle Einzelheiten wissen. Dafür mach ich dir sogar eigenhändig einen Kaffee. Frau Stettner ist noch unterwegs, Einkäufe erledigen.»

Dass die ordnende Hand ihrer Haushälterin fehlt, hätte ich auch ohne Carlas Erklärung bemerkt. Es herrscht ein gemütliches Durcheinander aus herumliegenden Zeitungen, benutztem Geschirr, Papierservietten und zerknüllten Kissen. Es ist unordentlich, aber nicht schmutzig.

Während Carla Kaffee in den Filter einfüllt und dabei einiges danebengeht, beginne ich erschöpft zu berichten. Von Konrad. Von Henry, von Ulla und der Schwangerschaft. Unbeabsichtigt gebe ich dabei mehr Einzelheiten preis, als mir lieb ist.

«Unglaublich!», schnauft Carla empört. «Wie konnte Konrad dir nur so etwas antun? Aber die ganze Story ist absolut filmreif. Da sag noch einer, ein Hausfrauenleben wäre langweilig.»

Filmreif oder nicht, ich fühle mich von einer großen Last befreit. Es hat gut getan, einmal darüber zu sprechen und alles loszuwerden. Auch wenn Carla die Geschichte offensichtlich aufregender findet als ich.

«Ich weiß einfach nicht, wie es jetzt weitergehen soll», gestehe ich am Ende meines Berichts. «Ständig muss ich daran denken, dass Konrad plötzlich vor der Tür stehen könnte.»

«Keine Panik, Evelyn», beruhigt mich Carla. «Den wirst du so schnell nicht wiedersehen. Männer sind feige. Konrad wird sich mit der Tussi in seine neue Wohnung verkrochen haben. Den siehst du erst vor dem Scheidungsrichter wieder.»

Bei dem Wort Scheidung breche ich in Tränen aus. «Aber ... Ich kann mir gar keinen Anwalt leisten», schluchze ich. «Das Geld dafür wollte ich doch eigentlich –» Ich stocke. Von dem Callgirl-Projekt erzähle ich Carla besser nichts. Hinterher werde ich noch als unzurechnungsfähig abgestempelt.

Carla hebt erstaunt die Augenbrauen. «Na, du bist vielleicht naiv. Für derartige Fälle gibt es doch Fachanwälte! Experten, die einer schwachen Ehefrau zu ihrem Recht verhelfen können. So einen musst du dir suchen! Konrad wird schon sehr bald bitter bereuen, dich so gemein hintergangen zu haben.»

Bei Kaffee und einem kleinen Imbiss, den Carla mir selbst

zubereitet, blättert sie in ihrem privaten Telefonbuch und nennt mir eine Anwältin, die sich auf Fälle wie meinen spezialisiert hat.

Ich wundere mich gerade, dass sie derartige Kontakte hat, als sie ironisch erklärt: «Es ist eben nie verkehrt, einen guten Scheidungsanwalt zu kennen.»

Auch wenn Carla wahrscheinlich recht hat mit ihrer Einschätzung, was ein entsprechendes Verfahren angeht, macht mich das alles furchtbar nervös. Aber sie bestärkt mich darin, die Sache vernünftig anzugehen und mir Hilfe zu suchen. Außerdem rät sie mir, meine Schwiegereltern aufzusuchen. Vielleicht können sie auf Konrad Einfluss nehmen und dafür sorgen, dass er sich mir gegenüber fair verhält.

Ob Konrad wohl noch im Krankenhaus liegt?, frage ich mich auf der Fahrt durch den dichten Novembernebel zur Villa von Alma und Arwed.

Das Anwesen liegt in der Nähe des Prinzregentenplatzes und damit auch nahe der Meyerschen Firma. Licht dringt aus den Fenstern der feudalen Villa, die in der Zeit zwischen den zwei Weltkriegen erbaut, aber natürlich längst renoviert wurde. Da Alma unangemeldete Besuche nicht ausstehen kann, komme ich sicher ungelegen. Sogar als Familie mussten wir uns immer anmelden.

Beherzt drücke ich die Klingel. Kurz darauf öffnet Arwed mir die Tür in einem schwarzen Anzug und einer schwarzgrau gemusterten Krawatte.

«Evelyn, du?» Unentschlossen bleibt er im Türrahmen stehen.

«Guten Tag, Arwed. Bitte entschuldige, dass ich einfach so reinplatze ...»

«Äh ... komm doch erst mal herein. Scheußlicher Nebel.» Er tritt zur Seite, schließt die Tür und hilft mir etwas umständlich aus dem Mantel. «Was ist denn geschehen? Ich meine, du bist noch nie allein –»

«Ungewöhnliche Umstände verlangen nach ungewöhnlichen Maßnahmen», höre ich mich plötzlich sagen und ahne, dass Eve Lacombe souffliert hat.

Erstaunt über meine selbstbewusste Antwort zieht Arwed unwillig die Brauen zusammen. «Alma ist im Wohnzimmer.»

Der großzügige Wohnraum der Meyerschen Villa gleicht einem englischen Club. Schwere dunkelbraune Ledersofas mit dazu passenden Sesseln gruppieren sich um einen Kamin, in dem eigentlich immer ein Feuer lodert. Auf verschieden großen Beistelltischen aus Mahagoni thronen wuchtige Messinglampen mit hellen Seidenschirmen. Die Wände schmücken wertvolle Gemälde, die meine Zwillinge immer respektlos «Meisterwerke in Essig und Öl» nennen.

«Evelyn?» Meine Schwiegermutter ist nicht weniger erstaunt, als sie mich erblickt. Aber sie kann sich offensichtlich vorstellen, was mein unangemeldetes Erscheinen bedeutet, denn sie weist mir seufzend einen Platz auf dem Sessel zu ihrer Rechten an.

Arwed kredenzt unterdessen drei Gläser Portwein. Auch er scheint zu ahnen, was auf ihn zukommt.

«Nun, was können wir für dich tun?» Unsicher rutscht Alma in ihrem eleganten Lederfauteuil hin und her.

Da ich nicht weiß, ob sie Arwed von ihrem letzten Besuch bei mir berichtet hat und da ich mir auch nicht wirklich überlegt habe, was genau ich eigentlich von ihnen will, rutsche auch ich nun unruhig hin und her.

«Also, äh ... Es ist mir nicht leichtgefallen, hierherzukommen», beginne ich umständlich und versuche durch einen Seitenblick Almas eisige Miene zu ergründen.

«Wir sind ganz Ohr», sagt Arwed, doch auch seine Miene verrät nichts über den genauen Stand seines Wissens.

«Um es kurz zu machen: Konrad betrügt mich!», platzt es aus mir heraus.

Schweigend sehen mich beide an, als wollten sie sagen: Erzähl uns was Neues. Wie auf Kommando greifen beide gleichzeitig nach ihren Gläsern. Also lasse ich auch noch die Nachwuchs-Bombe platzen.

«Außerdem erwartet seine Geliebte ein Kind von ihm!»

Doch die «Bombe» ist ein Blindgänger. Meine schockierende Nachricht scheint weder Alma noch Arwed aus der Fassung zu bringen. Ist im Portwein vielleicht Schlafmittel?, frage ich mich, als Arwed mit der Inbrunst eines Sommeliers nachschenkt. Währenddessen schlägt Alma elegant die Beine übereinander und zupft die Bügelfalten ihrer dunkelblauen Hose zurecht. Dann nestelt sie an den silbernen Knöpfen ihrer rosefarbenen Strickjacke herum und ergreift schließlich milde lächelnd das Wort. «Wir haben bereits davon gehört.»

Fassungslos über so viel Gleichgültigkeit schnappe ich nach Luft. «Ihr habt davon *gehört?*», wiederhole ich gereizt. «Und wie ich sehe, lässt es euch kalt. Aber …? Also, *ich* kann jedenfalls so nicht weiterleben.»

Arwed übernimmt das Gespräch. «Was soll denn dieser vorwurfsvolle Ton, Evelyn? Natürlich hat Konrad sofort angerufen und uns informiert. Schließlich leiten wir zusammen eine Firma», erklärt er ungerührt.

Alma beugt sich zu mir vor, schlägt den verschwörerischen Ton von Leidensgenossinnen an und flüstert: «Aber Evelyn, ich habe dir doch gesagt, dass du dir keine Gedanken machen musst. Du bist Konrads Ehefrau, und daran wird sich auch nichts ändern. Du kannst also ganz beruhigt sein. Früher oder später wird unser Sohn zur Vernunft kommen.»

Mir fehlen die Worte. Rede ich hier mit wildfremden Menschen? Es geht doch nicht um einen entlaufenen Kater, der nach seinen Streunereien auch mal ausschlafen muss.

Arwed deutet auf mein noch volles Portweinglas. «Möchtest du vielleicht etwas Stärkeres? Die Bar ist gut bestückt.»

«Ich bin nicht wegen der Getränke hier», entgegne ich vorwurfsvoll, «sondern weil ich mir Unterstützung erhofft habe.»

«Wofür?», verlangt Arwed zu wissen, als wolle ich einen Risikokredit aushandeln.

«Na, bei der Scheidung! Der Ehevertrag ist ja wohl hinfällig. Ich war fünfundzwanzig Jahre eine vorbildliche Ehefrau! Was man von eurem Filius nicht behaupten kann ...»

Die Mienen meiner Schwiegereltern verschließen sich.

«Evelyn, bitte!» Almas Stimme klingt äußerst kontrolliert. «Wenn du möchtest, können wir beide eine kleine Erholungsreise machen, damit du auf andere Gedanken kommst.»

«Eine prächtige Idee, meine Liebe», stimmt Arwed seiner Gattin huldvoll zu und tätschelt ihre Hand.

«Warum liefert ihr mich nicht gleich in eine Nervenheilanstalt ein?», schieße ich frostig zurück. «Dann seid ihr mich alle los.»

«Werde bitte nicht ausfallend», ermahnt mich Alma und lächelt nachsichtig. «Wir meinen es doch nur gut mit dir.»

Jetzt kann ich mich einfach nicht mehr länger zurückhalten. Erbost falle ich ihr ins Wort: «Auf diese Art von Güte kann ich verzichten. Ich bin euch vollkommen egal. Ihr sorgt euch doch nur um euren feinen Sohn – und natürlich um die Firma.»

Alma schweigt. Sie streicht sich eine Strähne ihrer ansonsten perfekt sitzenden Kurzhaarfrisur aus der Stirn und kontrolliert den Sitz ihrer eleganten Perlenohrringe.

Arwed stellt sein Glas mit Nachdruck auf dem glänzenden Mahagonitisch ab. Dann erhebt er sich, verschränkt die Hände auf dem Rücken und schreitet hoheitsvoll im Zimmer auf und ab. Nach wenigen Sekunden bleibt er neben mir stehen und erklärt von oben herab: «Es geht hier schließlich nicht nur um dich. Du weißt sehr gut, dass wir uns auch in der Kirche engagieren. Eine Scheidung würde ein denkbar schlechtes Licht auf die Familie und die Firma werfen. Wir werden unsere Meinung zum Thema Scheidung und Ehevertrag daher nicht ändern. Und eines kann ich dir versprechen: Solltest du tatsächlich auf deinem Vorhaben beharren, wirst du eine herbe Enttäuschung erleben.»

«Pah!» In mir meldet sich plötzlich eine sehr zornige Eve Lacombe. «Nicht mal das englische Königshaus ist so rückständig wie ihr!», schimpfe ich voll eiskalter Abscheu und verlasse grußlos das gestrenge Haus.

Während der Heimfahrt grummle ich das gesamte Repertoire meiner französischen Flüche und alle möglichen Verwünschungen vor mich hin. Nach dem unerfreulichen Besuch bei den Sittenwächtern ist mir klar, dass ich von meinen Schwiegereltern keine Unterstützung erwarten kann. Dennoch bin ich mehr denn je entschlossen, einen Weg aus dieser verzwickten Lage zu finden. Und zwar mit einer großzügigen Unterhaltszahlung und einer richtig netten Abfindung! Gleich morgen werde ich die Anwältin anrufen, die Carla mir genannt hat. Mal hören, was die zu dieser «Angelegenheit» sagt.

Als ich in die Einfahrt einbiege, ist es bereits dunkel. Im Scheinwerferlicht entdecke ich eine Gestalt, die sich an unserer Haustür zu schaffen macht. Alles was ich erkennen kann, sind eine übergroße Steppjacke und zwei Jeansbeine, die in Wanderschuhen stecken. Die Person dreht sich jetzt zu mir um. Vor ihrer Brust hält sie ein Pappschild, auf dem in fetten Buchstaben steht:

***Falscher Alarm!***

Vollkommen überrascht lese ich die Nachricht mehrmals und begreife schließlich: Die verpackte Gestalt ist Ulla. Und wenn ich das Ganze hier richtig verstehe, ist sie doch nicht schwanger!

Als ich aussteige und näher komme, blicke ich in ein blasses, verquollenes Gesicht.

«Ich habe Henry verlassen», erklärt Ulla mit ernster Miene.

«Na, klar! Bei mir kannst du aber mit deinen miesen Tricks nicht mehr landen», erwidere ich frostig. «Ich glaube dir kein einziges Wort.»

«Evelyn, ich schwöre, das ist kein Trick», entgegnet sie müde. «Wenn du mir bitte nur zwei Minuten zuhören würdest.»

Mürrisch sehe ich auf meine Armbanduhr. «Na, gut, du hast zwei Minuten», genehmige ich gnädig und öffne die Tür.

Ohne sie hereingebeten zu haben, stürmt Ulla an mir vorbei, lässt die Pappe fallen und entledigt sich ihrer viel zu großen braunen Steppjacke, die so gar nicht zu ihrem sonstigen Look passt. Überhaupt wirkt sie völlig verändert. Ihr ungeschminktes, verheultes Gesicht und das fettig aussehende Haar, das unter ihrer Wollmütze hervorquillt. Dazu schon wieder ein seltsamer Schlabberpulli in einem undefinierbaren Blaugrün ...

«Ich darf doch?!», fragt sie, während sie auch schon die schweren Wanderstiefel abstreift und sich ohne auf meine Antwort zu warten, Richtung Sofa begibt. Sie lässt sich darauf nieder, zieht die Beine hoch und kuschelt sich in die Decke. Meinen ablehnenden Blick ignoriert sie einfach. «Also», beginnt sie schnaufend. «Dieser B-Test aus der Apotheke war positiv, aber manchmal sind die Dinger ja nicht zuverlässig. Deshalb war ich heute beim Arzt, weil ich leichte Blutungen bekommen habe. Und ... na ja, es war falscher Alarm. Ich bin nicht schwanger.»

«Tatsächlich», werfe ich skeptisch ein und sehe demonstrativ auf die Uhr. «Deine zwei Minuten sind um.»

Meinen Sarkasmus ignorierend, spricht Ulla weiter. «Seit ich

Henry … also, äh, Konrad von der Schwangerschaft erzählt habe, hat er ständig gefragt, ob ich das Kind denn auch behalten wolle. Ob ich mich jetzt schon als Mutter sehe, und wie ich mir meine Zukunft vorstelle und wer sich um das Baby kümmern solle, wenn ich arbeiten müsse. Und nachdem er aus dem Krankenhaus entlassen wurde, war er total merkwürdig … Der Infarkt war übrigens gar keiner, er hat nur simuliert.»

Schulterzuckend erwidere ich: «Das war mir sofort klar, deshalb fand ich diese ganze Notarzt-Aktion auch ziemlich übertrieben, um nicht zu sagen: unnötig.»

«Das weiß ich ja inzwischen», fährt Ulla im Jammerton fort. «Jedenfalls fand er es wunderbar, als ich ihm vor ein paar Stunden erzählt habe, dass ich kein Baby erwarte. Stell dir vor, die ganze Zeit hat er mich immer vollgelabert, wie gern er Kinder hätte und so. Alles nur, um mich glauben zu lassen, er würde eine Familie mit mir gründen wollen … Ich wusste übrigens wirklich nicht, dass er verheiratet ist. Sonst hätte ich mich nicht mal zu einer Tasse Kaffee einladen lassen. Ich bin nicht so eine Tussi, die anderen Frauen den Mann ausspannt, das musst du mir glauben, Eve.»

«Mm», brumme ich noch immer unversöhnlich. Das kann schließlich jede behaupten. «Und warum hast du ihn dann letztendlich verlassen?»

Ulla greift nach einem Sofakissen und drückt es sich auf den Bauch, als leide sie unter quälenden Koliken. «Weil er ein egoistischer Gierschlund ist, der den Hals nicht voll kriegen kann, und dem vollkommen egal ist, wie andere sich dabei fühlen.»

«Mein Beileid», zische ich mürrisch. Immerhin kenne ich diesen emotionalen Ausbeuter schon länger als sie.

«Er wollte doch tatsächlich ein Doppelleben führen!» Zutiefst verletzt blickt sie mich aus ihren großen blauen Augen an. «Er hat mir vorgeschlagen, so weiterzumachen wie bisher. Eine Scheidung käme für ihn zwar nicht in Frage, aber wir könnten uns ja weiterhin treffen. Im Prinzip würde sich ja nichts ändern, wir hätten uns vorher auch nicht täglich gesehen. Und dann meinte er noch, du würdest dich schon wieder beruhigen.»

«Etwas Ähnliches hatte meine Schwiegermutter heute auch von mir verlangt. Von Konrads Vorstellungen mal ganz abgesehen.»

Irgendwie tut Ulla mir jetzt ein wenig leid, und ich biete an, Tee zu kochen. «Damit können wir unseren Kummer begießen, weißt schon: Geteiltes Leid ist halbes Leid.»

Ungewollt muss Ulla lachen. «Du bist anscheinend nicht so leicht unterzukriegen.»

Versöhnlich blicke ich sie an. «Ach, weißt du, ich hab in den letzten Jahren so viel gelitten. Aber irgendwann reicht es einfach, dann muss man sich das Gesicht waschen, die Nase putzen und den Tatsachen ins Auge sehen. Und wie diese Tatsachen aussehen, weißt du ja genauso gut wie ich.»

Seufzend stimmt mir Ulla zu. «Weißt du, Eve, als mir klar wurde, dass mein Henry dein Konrad ist, war mein erster Gedanke: Nix wie weg. Ich wollte einfach davonlaufen vor den Problemen. Aber du hast recht: Gesicht waschen, Nase putzen und den Tatsachen ins Auge sehen. Und Tatsache ist nun mal, dass Konrad-Henry ein ganz mieses Schwein ist. Das haben wir beide nicht verdient!» Sie lächelt mich befreit an. «Wir müssen jetzt zusammenhalten!»

Und was ich nie für möglich gehalten hätte, geschieht auf einmal: Ich sitze mit meiner Rivalin – die plötzlich meine Leidensgenossin ist – gemütlich auf dem Sofa. Wir trinken Tee, lassen uns geräucherten Lachs auf Toast mit Sahnemeerrettich schmecken und vereinbaren, den Betrüger ab sofort nur noch K.H. zu nennen. Schließlich erzähle ich Ulla auch noch von diesem grauenvollen Besuch bei meinen Schwiegereltern.

«Widerliche Leute!», empört sich Ulla, nachdem ich ihr das

Gespräch bei der königlichen Familie in seiner ganzen Unfassbarkeit geschildert habe.

«Ja, diese Blutsaugersippe kümmert sich nicht die Bohne um die Gefühle anderer», füge ich noch hinzu. «Die sitzen auf ihren verstaubten Prinzipien und behaupten, sich nicht scheiden zu lassen wäre Tradition. Lächerlich! Ich habe noch nie von einer Nicht-Scheidungs-Tradition gehört. Wo doch inzwischen jede dritte Ehe scheitert.» Schnaufend belege ich ein zweites Stück Toast mit Lachs und gebe reichlich Sahnemeerrettich obendrauf. «Als ich noch Sekretärin bei meinem Schwiegervater war, gab dieses Thema oft Anlass zu Geflüster. Arwed war ja ein gutaussehender Mann. Sobald ihm auch nur eine der weiblichen Mitarbeiterinnen schöne Augen machte, hieß es immer: Gegen diese Tradition kommt keine an.»

«Dann ist dein Schwiegervater auch fremdgegangen, oder?», fragt Ulla neugierig.

«Klar», erwidere ich kauend. «Noch so eine Meyersche Familientradition, wie ich inzwischen weiß. Meine Schwiegermutter hat mir gut zugeredet, großzügig über den kleinen Fehltritt ihres Sohnes hinwegzusehen. Zur Ablenkung hat sie mir eine Reise empfohlen ...»

«Weißt du, was mich wundert, Eve?», fragt Ulla versonnen.

«Dass wir wieder miteinander reden?», mutmaße ich. «Aber ich bin froh darüber, denn eigentlich haben wir uns doch gut verstanden, oder?»

«Haben wir, Eve. Und nachträglich gesehen, bin ich richtig dankbar über unseren kleinen Autounfall.» Ulla schiebt noch zwei Brotscheiben in den Toaster. «Was mich aber noch viel mehr wundert, ist, dass sie dir kein Schmerzensgeld angeboten haben.»

Ich werde hellhörig. «Hat man dir denn welches angeboten?»

«Könnte man so sagen. K.H. wollte meine Miete übernehmen, weil Zusammenziehen deinetwegen ja nicht in Frage käme. Außerdem wollt er mir meine Klamotten bezahlen. Mit anderen Worten: Er wollte mich kaufen!», konstatiert sie empört. «Die Rolex hab ich ihm übrigens zusammen mit dem Schlüssel für die neue Wohnung vor die Füße geknallt. Ich lasse mich doch nicht aushalten! Sonst wäre ich doch tatsächlich ...» Sie bricht ab und sieht mich verblüfft an.

«Ein Callgirl», vervollständige ich.

«Ganz genau», bestätigt sie und sieht mich fragend an. «A propos Callgirl, mein Onkel ist am Boden zerstört. Wir sollten ihn bald über die unerwartete Wendung informieren.» Ulla füllt unsere Tassen auf und sieht mich herausfordernd an. «Jetzt hast du doch erst recht allen Grund, einen Skandal zu provozieren. Meinst du nicht?»

«Mmh ... Allein in die entsetzten Gesichter dieser erzkonservativen Familie zu sehen, wäre ein guter Grund, es mir doch noch zu überlegen», sage ich mehr zu mir selbst. «Also, was machen wir zwei verhinderte Callgirls jetzt mit dieser ungeheuren Situation?»

Ullas Augen verengen sich. «Rachepläne schmieden!»

## 22

Ich gestehe Ulla, dass ich Konrad in Gedanken schon tausend Tode habe sterben lassen.

Sie richtet sich aus ihrer zusammengesunkenen Stellung auf und blickt mit zornfunkelnden Augen aus dem Fenster. «Also ich würde ihn vom Baugerüst stoßen. Das ist schön unverfänglich.»

«Ach nein», wehre ich ab. «Es müsste etwas sein, das ihn richtig lange schmerzt und am besten auch noch die ganze Königsfamilie. Etwas, das die Grundfesten dieser feinen Familie erschüttert.»

«Wir sollten ihm auflauern», schlägt Ulla feixend vor. «Wenn er uns zusammen sieht, kriegt er diesmal garantiert einen echten Herzinfarkt.»

«Tja, nur leider wissen wir nicht genau, wo er ist. Bei seinen Eltern hat er sich jedenfalls nicht versteckt.»

«Na, dann kann er sich eigentlich nur in seine neue Dachterrassenwohnung verkrochen haben», vermutet Ulla. «Die Einbauten für Bad und Küche waren ja so gut wie abgeschlossen. Ich weiß, wo die Wohnung liegt, sollen wir hinfahren?»

«Was soll das bringen?», frage ich, überrascht von ihrem Vorschlag.

«Na, du könntest ihm ein Scheidungsangebot machen, das er nicht ablehnen kann», sinniert Ulla mit rachelüsternem Gesichtsausdruck. «Konfrontiere ihn mit deinen Forderungen.»

Zugegeben, ihr Vorschlag ist nicht übel. Auch wenn ich Konrad nicht mehr zurückhaben will, wäre es Balsam für meine geschundene Ehefrauenseele, ihm meine Forderungen an den Kopf zu knallen, ihn in Angst und Schrecken zu versetzen.

«Da gibt es nur eine unbedeutende Kleinigkeit», stöhne ich. «Ich weiß gar nicht, wie meine Rache konkret aussehen soll.»

«Nicht?», wundert sich Ulla. «Willst du vielleicht doch keine Scheidung? Liebst du ihn noch?»

Bestürzt fahre ich zusammen. «Mon dieu, nein! Spätestens als seine Mutter zu mir kam, um für ihn zu sprechen, habe ich kapiert, was für ein jämmerlicher Feigling K.H. ist. Mittlerweile habe ich auch den letzten Respekt vor ihm verloren.»

«Verstehe. Weißt du, wann meine Liebe den ersten Riss bekam?»

Gespannt blicke ich sie an.

«Als der Notarzt auf der Fahrt in die Klinik meinte, dass es meinem *Vater* bestimmt bald wieder besser gehen würde. Ich meine, es war mir ja schon länger klar, dass ich einen Vaterkomplex habe. Aber die Wahrheit von einem jungen, gut aussehenden Mann zu hören, ist wirkungsvoller als jede Therapie», grinst Ulla selbstironisch. «Aber zurück zu dir. Es gibt diesen unmoralischen Ehevertrag, der besagt, dass du im Scheidungsfall keinen Unterhalt kriegst, obwohl du für diesen Mann alles aufgegeben hast und fünfundzwanzig Jahre eine treusorgende Ehefrau warst. Richtig?»

«Auf den Punkt! Und das schreit doch nach Vergeltung, oder?»

Meine Leidensgenossin nickt zustimmend. «Deshalb kapiere ich nicht, warum du jetzt abspringen willst. K.H. kann dir jetzt piepegal sein, und du brauchst doch Geld für einen Scheidungsprozess.»

«Na ja, im Prinzip ist auch das richtig, aber ich sollte die anständige, untadelige Ehefrau bleiben, damit ich vor Gericht die größeren Chancen habe. Einen Skandal kann ich mir also nicht leisten. Mit der Scheidungsanwältin, die mir meine Nachbarin empfohlen hat, will ich gegen diesen Knebelvertrag angehen. Und ich will Prozesshilfe beantragen. Dann kann ich auch ohne finanzielle Mittel vor Gericht ziehen.»

«Hm, verstehe. Dann brauchen wir eine neue Strategie.» Ulla sieht mich lauernd an und spricht erst weiter, nachdem ich erneut genickt habe. «Nur mal angenommen, du übernimmst den Callgirl-Job doch, und alle kriegen Wind davon.»

Erschrocken fahre ich herum. «Mon dieu! Das wäre der Untergang! Für mich, die Firma, die Familie und die Tradition ...» Ich stocke, als mir klar wird, dass ich gerade die Meyerschen Prinzipien verteidige.

Ulla richtet sich aus ihrer Sofaecke auf. «Na bitte, das ist doch oberprima!» In ihrer Stimme liegt ein merkwürdiger Unterton.

«Was ist denn daran *oberprima?*», protestiere ich. «Auf diese Weise würde ich mir doch jegliche Chance auf Unterhalt verspielen. Kein Richter der Welt würde mir glauben.»

Kichernd sieht Ulla mich jetzt an. «Vertrau mir! Wir müssen nur noch Onkel Bertram anrufen und dann in meine Wohnung, damit ich mich in die begehrenswerte Ulla zurückverwandeln kann. K.H. soll nämlich glauben, ich würde zu ihm zurückkommen.»

Es vergehen zwei Stunden, dann ist Ulla aufgetakelt wie ein superteures Callgirl, und auch ich bin entsprechend gestylt. Als wir uns auf den Weg zu Konrads neuer Wohnung machen, ist es mittlerweile schon nach neun und sehr ungemütlich draußen.

«Wäre es nicht doch besser, wenn ich alleine zu ihm gehe?», frage ich, nachdem wir Ullas Plan in allen Einzelheiten besprochen haben. «Immerhin kenne ich ihn am besten.»

«Kommt nicht in Frage», widerspricht Ulla energisch. «Ein erfolgreicher Rachefeldzug braucht in diesem Fall Zeugen. Außerdem will ich mir dieses Spektakel nicht entgehen lassen.»

Mich ereilt ein heftiger Schweißausbruch. Trotz Ullas unerschütterlicher Überzeugung vom Gelingen unseres Vorhabens bin ich noch immer skeptisch. Der Parkplatz, den ich direkt vor dem noch eingerüsteten Gebäude finde, stimmt mich dann allerdings nicht nur wegen der hohen Absätze meiner Mary-Janes zuversichtlich.

Als wir aussteigen, blinken die Lichter eines auf der anderen Straßenseite geparkten Wagens auf. Das wird Bertram sein, folgere ich mit klopfendem Herzen. Ihn hier zu treffen, lässt mich noch zappeliger werden. Für ein Wiedersehen hätte ich mir andere Umstände gewünscht. Aber ich bin froh, dass er mir nicht mehr böse ist. Ulla hat ihm am Telefon von unserer Versöhnung erzählt und unseren Racheplan erläutert.

«Ah, das diabolische Doppel!» Schnellen Schrittes eilt Bertram jetzt auf uns zu. Er sieht mal wieder umwerfend gut aus.

«Spar dir deinen Zynismus für nachher», kontert Ulla, während sie ihn umarmt. «Außerdem muss es eigentlich Trio heißen, denn du bist ja mit von der Partie, wenn wir K.H. abkochen.»

Bertram muss auf seinen «Einsatz» allerdings noch etwas warten. Und nachdem auch ich zwei sanft hingehauchte Wangenküsse bekommen habe, geht er zurück zu seinem Wagen, um dort zu warten.

Ulla drückt wahllos auf einige Klingelknöpfe (den von Konrad ausgenommen, wir wollen ihn ja überraschen) und verschafft uns mit dem Ruf «Pizzaservice» Eintritt in das fünfstöckige Gebäude.

Erleichtert stellen wir fest, dass der luxuriöse Fahrstuhl in matt gebürstetem Edelstahl bereits in Betrieb ist. Keuchend und mit hochrotem Kopf im fünften Stock anzukommen, wäre eine denkbar schlechte Voraussetzung für eine elegante Erpressung.

«Ob er uns in seinen abgeschnittenen Hosen empfängt?», flüstere ich Ulla kichernd zu, als wir im obersten Stockwerk aus dem Lift steigen.

Doch Ulla steht bereits vor Konrads Wohnungstür. Wegen der Überwachungskamera schiebt sie mich zur Seite, bevor sie auf den Klingelknopf drückt.

Nach wenigen Sekunden öffnet sich die Tür.

«Ulla?», höre ich Konrad erfreut flöten.

«Überraschung!», quietscht sie aufgedreht und zieht mich am Arm zu sich.

Aus Konrads Gesicht weicht die Farbe. Anscheinend ahnt er, dass dieser Überraschungsbesuch nichts Gutes bedeutet. Vielleicht ist es aber auch nur Verwunderung über unser aufgemotztes Aussehen.

Ulla versetzt mir einen unauffälligen Schubs.

«Äh, ja ...», stottere ich. «Also, ich bin gekommen, um dir ein Angebot zu machen.»

Ohne weitere Erklärung drängelt sich Ulla an ihm vorbei. Ich stolziere hinterher und registriere das laute Klackern unserer Stilettos auf dem noch nackten Betonboden. Es geht durch einen breiten Flur, vorbei an fünf Metern leerer Regale, bis wir schließlich in einem leeren Loft von enormem Ausmaß stehen. Der Blick aus dem riesigen Panoramafenster, dessen breite Flügeltüren zu einer weitläufigen Dachterrasse führen, ist phantastisch: Angestrahlt von hellen Scheinwerfern erheben sich im Halbdunkel sämtliche Türme der Stadt.

Als gemütlich würde ich diesen sterilen Raum allerdings nicht bezeichnen. Denn abgesehen von einer Matratze auf einem Lattenrost mit vier großen Rollen in der anderen Ecke gibt es keine weiteren Einrichtungsstücke. Und nur an der Kleiderstange in einer Ecke kann man erkennen, dass diese Räumlichkeiten tatsächlich bewohnt sind. Teilweise hängen sogar noch die Preisschilder an den schwarzen Anzügen und Hemden.

Ulla und ich tauschen verstohlene Blicke aus. Einen Moment lang bin ich versucht, Konrad jetzt gleich die grauen Sofas und überhaupt das ganze ungemütliche Zeug aus unserem Haus zu überlassen. Dann wäre ich es los, und hoffentlich auch alle Erinnerungen an ihn. Aber eins nach dem anderen.

Mein Noch-Ehemann verschanzt sich hinter dem grauen Küchenblock, der weit in den Raum hineinragt. Der futuristischen Form nach zu schließen, stammt das Stück vom selben italienischen Designer wie der Küchenblock im Bungalow.

Ich weiß, dass diese Firma sechs Monate Lieferzeit hat. Das Liebesnest war also schon seit längerem geplant.

Verblüfft stelle ich fest, dass Konrad ganz normal aussieht. In seinem glatt rasierten Gesicht ist nicht eine Sorgenfalte zu erkennen. Er zeigt nicht die geringste Spur einer schlaflosen Nacht. Auch seine Sprache hat er mittlerweile wiedergefunden.

«Tja, Platz kann ich euch leider nicht anbieten», erklärt er und grinst schief. «Aber ihr seid auch sicher nicht gekommen, um –»

«Schon gut», winkt Ulla ab. «Das wird kein Kaffeekränzchen.»

Ich nicke, nehme auf ein Zeichen von Ulla ein Kuvert aus meiner Handtasche. Irritiert beobachtet Konrad, wie ich den Umschlag öffne, der den Kochbuchvertrag sowie das Marketingkonzept enthält und ihm beides über die Granitplatte zuschiebe.

«Lies das!», fordere ich ihn auf.

Erstaunt über meinen kühlen Befehlston, folgt er meiner Anweisung und greift mit spitzen Fingern nach den Papieren.

Mein souveränes Auftreten erstaunt mich selbst. Ullas Anwesenheit ist enorm hilfreich, andererseits habe ich das Gefühl, als würde ich hier vor einem Fremden stehen. Nach fünfundzwanzig Jahren stelle ich beinahe erleichtert fest, dass Konrad und mich nichts mehr verbindet.

«Was soll das sein?», knurrt Konrad und zieht die Stirn kraus. Seinem aggressiven Ton nach versucht er die altbewährte Einschüchterungsmethode.

«Du kennst ja meine Leidenschaft fürs Kochen und weißt, dass ich meine Rezepte seit Jahren aufschreibe», erkläre ich milde lächelnd, kann mir aber nicht verkneifen zu betonen, dass er ja oft genug davon profitiert habe. «Nun hat mir ein Verleger einen Vertrag angeboten: Gegenstand, wie es so schön heißt, ist ein Kochbuch mit erotischen Rezepten, geschrieben von einem ehemaligen Callgirl. Und dieses Callgirl ...» Ich straffe meine Schultern. «Das bin ich!»

Bei dem Wort Callgirl weicht der überhebliche Ausdruck aus Konrads Gesicht. Ein solch unanständiges Wort aus meinem Mund irritiert ihn offensichtlich. Doch gleich darauf gewinnt er seine Fassung zurück.

«Was soll der Schwachsinn?», bellt er in gewohnter Manier.

«Nun, ich möchte dir ein Angebot machen, das nur zu deinem Vorteil ist und das du nicht ablehnen kannst.»

Sein flackernder Blick zeigt deutlich, dass ihm meine Gelassenheit unheimlich ist. Dennoch schiebt er abfällig grinsend den Vertrag wieder zurück. «Na, da bin ich aber gespannt.»

«Also, Folgendes: Wir lassen uns scheiden, du überlässt mir das Haus und zahlst mir zusätzlich einen monatlichen Unterhalt. Dafür verzichte ich auf einen Skandal, von dem sich die Meyersche Firma nicht so schnell wieder erholen würde.»

Es ist nicht Eve, die mir souffliert hat, und auch nicht die sanfte Evelyn, die immer alles richtig machen will. Es ist die starke Stimme einer selbstbewussten Frau, die ihre Harmoniesucht überwunden und endlich angefangen hat zu kämpfen. Auf dem Schlachtfeld der Emanzipation hat sie ihren ersten Sieg errungen. In Zukunft will sie ihr eigenes Leben führen!

«Und mit diesem erfundenen Quatsch willst du mich erpressen?» Abschätzend sieht Konrad erst Ulla, dann mich kritisch an. Er lacht künstlich: «Hahaha ... Das glaubt doch kein Mensch. Du und Callgirl ...! Hahaha.»

Aber ich lasse mich von seinem Machogehabe nicht mehr verunsichern. «Ich dachte schon, dass du mir nicht glauben wirst», fahre ich fort. «Aber das ist keine erfundene Story. Mein Verleger wird dir gerne die Details erläutern.»

Ulla, die sich in lasziver Pose auf dem Rollbett niedergelassen hatte, erhebt sich, zupft ihr kurzes rotes Kleid zurecht und kommt langsamen Schrittes näher. «Der Verleger ist mein Onkel», erklärt sie lässig.

«Kein Interesse», erwidert Konrad höhnisch.

Ich zögere einen Moment, um ihn glauben zu machen, er habe gewonnen. «Tja, das nennt man wohl verhärtete Fronten», erkläre ich dann und nicke Ulla zu.

Sie greift nach ihrem Handy, sendet Bertram die vereinbarte SMS und geht gleich selbst an die Tür, um ihm zu öffnen.

Verunsichert blickt ihr mein Noch-Ehemann hinterher.

Seine Verfassung verschlechtert sich zusehends, als Ulla wenig später am Arm eines attraktiven Mannes zurückkommt. Vermutlich entspricht Bertram nicht Konrads Vorstellungen von einem Verleger. Vielleicht irritiert ihn aber auch die Tatsache, dass man schwarze Jacketts auch zu hellen Hosen tragen kann und damit sogar viel schicker aussieht.

«Bertram Bronner, Inhaber des Bronner-Kochbuchverlags, freut mich», begrüßt Bertram den staunenden Hausherrn und streckt ihm die Hand entgegen: «Herr Meyer, nehme ich an.»

Verblüfft zuckt Konrad zusammen. Und es ist ein wahres Vergnügen zuzusehen, wie seine maßlose Selbstüberschätzung bröckelt. Es hat ihm tatsächlich die Sprache verschlagen. Ein denkwürdiger Augenblick!

Bertram hält sich nicht lange mit Höflichkeiten auf. «Sie wissen ja bereits, worum es geht, Herr Meyer», beginnt er und fährt unbeeindruckt von Konrads kühler Miene fort: «Als Architekt sind Ihnen die Gegebenheiten der Buchbranche wahrscheinlich nicht geläufig, deshalb bin ich hier, um Sie ins rechte Bild zu setzen. Also, sobald das Kochbuch erscheint, wird diese begehrenswerte Frau der Öffentlichkeit als ehemaliges Callgirl präsentiert. Sie wird Interviews geben, in Zeitschriften porträtiert werden und als Gast in diversen TV-Shows auftreten. Auf so eine delikate Geschichte stürzen sich alle Medien! Sex sells, so viel ist sicher. Sie wird über ihre ehemaligen Kunden und natürlich auch über deren sexuelle Vorlieben plaudern und ...» Er macht eine wirkungsvolle Pause. «... und natürlich auch Intimes von dem bekannten Stararchitekten Konrad Meyer ausplaudern, der einst ihr Stammkunde war, sie aber aus diesem Milieu ‹gerettet› und dann geheiratet hat.» Bertram blickt Konrad eindringlich an. «Ich nehme an, Sie können mir folgen?»

Klopfenden Herzens suche ich Bertrams Blick. Am liebsten würde ich meinen Helden umarmen und ... Ach, im Moment wage ich noch nicht weiterzuträumen. Noch hat Konrad die Vereinbarung nicht unterschrieben. Deshalb mische ich mich jetzt ein.

«Wie deine hochgeschätzten Kunden einen derartigen Skandal finden werden, muss ich dir ja nicht sagen», füge ich Bertrams Erklärung hinzu. «Auch nicht, wie deine Eltern darauf reagieren.»

Spöttisch blickt Konrad in die Runde. «Diesen Quatsch glaubt doch niemand. Ich werde die Wahrheit schon ans Licht bringen.»

Mir wir plötzlich heiß und kalt. Was, wenn Konrad recht behält. Wenn er es mit seinen unzähligen Verbindungen doch schafft, Ulla und mich lächerlich zu machen. Wieder kommt mir Bertram zu Hilfe.

«Eines kann ich Ihnen auf jeden Fall versprechen, Herr Meyer: Der Medienrummel wird gewaltig sein. Eine so attraktive Frau wie Evelyn, die hervorragend kochen und von einer amourösen Vergangenheit berichten kann, möchte jeder gerne in seiner Sendung haben. Sollten Sie sich dann mit einer Gegendarstellung an die Öffentlichkeit wenden, wird das den Rummel nur noch verstärken. Da bin ich ganz sicher. Und so ein netter kleiner Skandal fördert den Verkauf ungemein.»

Konrads Mundwinkel zucken angewidert. Als würde er auf einem maroden Baugerüst stehen, das nur noch von einer einzigen, verrosteten Schraube zusammengehalten wird, scheint er nach einem Ausweg zu suchen. Und plötzlich grinst er abfällig. «Ich unterschreibe gar nichts!»

Mit diesen Worten greift Konrad zu der Vereinbarung und reißt vor unseren entsetzten Augen alle Seiten in der Hälfte durch. «Das könnte dir so passen, du geldgeiles Miststück», erklärt er und starrt mich feindselig an.

«Wie du willst, dann werde ich eben Callgirl.»

## 1 Jahr später …

Seit jenem denkwürdigen Tag ist viel Zeit vergangen, um genau zu sein: über ein Jahr. Kaum zu glauben, wie sich mein eintöniges Hausfrauenleben seit dem kleinen Unfall mit Ulla verändert hat.

Der absolute Höhepunkt war natürlich das Erscheinen des erotischen Kochbuches. Nie gekannter Stolz, aber auch Zufriedenheit durchströmte mich, als ich es in Händen hielt. Es war das Gefühl, ein großes Ziel erreicht zu haben. Besonders aufregend fand ich im Vorfeld die Fototermine im Studio von Jörg Jensen: Auch wenn wir nur zusehen konnten. Markus, der Foodstylist, übernahm das Kochen. Allerdings ist *Kochen* im tatsächlichen Sinne die falsche Bezeichnung für diese kreative Arbeit. Unglaublich, was dieser Mann für Tricks drauf hatte, um die Gerichte auf den Fotos so aussehen zu lassen, dass dem Betrachter sofort das Wasser im Mund zusammenläuft. Da werden Erdbeeren mit einem in Öl getränkten Pinsel betupft, damit sie noch frischer glänzen. Auch Rasierschaum statt Schlagsahne zur besseren Festigkeit ist kein praxistauglicher Trick. Aber Holzstäbchen vor dem Aufspießen von Fleisch, Fisch oder Gemüse kurz zu wässern, um Splitter im Essen zu verhindern, könnte auch in einer privaten Küche nicht schaden.

Zu erleben, wie viel Mühe es machte, die «kulinarischen Verführungen» fotografisch umzusetzen, hat mich ehrfürchtig staunen lassen. Spannend war auch die Korrektur der Druckfahnen, die wir im Sommer auf dem Tisch hatten. Mit heißen Gesichtern und kalten Getränken saßen Ulla und ich auf der Terrasse und bereinigten eifrig die letzten Schönheitsfehler.

Ende November, rechtzeitig zum Weihnachtsgeschäft, stand unser erotisches Kochbuch dann endlich in den Buchhandlungen. Auf dem Cover taucht eine pralle Erdbeere in eine Champagner-Schale ein, als sei sie die Burlesque-Tänzerin Dita von Teese, die ein Champagnerbad nimmt. Eine prickelnde Verführung!

Am Erscheinungstag sind Ulla und ich gespannt losgerannt, um dieses denkwürdige Ereignis live mitzuerleben. Das großartige Gefühl, unser Buch in der Buchhandlung liegen zu sehen, werde ich nie vergessen. Wir standen eine Weile etwas abseits, um zu beobachten, ob es jemand kauft. Ja! Es waren siebzehn Käufer – in knapp vierzig Minuten.

Und heute feiern wir nun Weihnachten. Mit Familie und allen Freunden. Erstaunlicherweise gab es nämlich ein unerwartetes Happy End: Nachdem Konrad die schriftliche Vereinbarung auf so dramatische Weise zerrissen hatte, war ich zunächst tief verzweifelt. Mein störrischer Mann heulte sich bei seiner Mama aus und berichtete ihr von meinen Callgirl-Plänen. Entgegen seiner Hoffnung waren Alma und Arwed dieses Mal aber nicht bereit, den Junior zu trösten, sondern begriffen den Ernst der Lage. Zwei Tage später besuchte mich Alma und präsentierte mir eine vom Firmenanwalt aufgesetzte Vereinbarung, in der alle meine Bedingungen erfüllt wurden. Noch am selben Tag sind Ulla und ich durch diverse Einrichtungsläden gezogen, um *mein* Haus neu auszustatten. Das italienische Designerzeugs bekam Konrad für seine karge Junggesellenbude.

Ich habe mittlerweile nicht nur ein gemütliches Samtsofa und ein romantisches Himmelbett, auch die Fenster schmücken nun schwere Seidenvorhänge. Den kalten Steinboden überdecken diverse Teppiche mit Blumenmuster. Die alberne Obstschale mit den fünf abgezählten Äpfeln habe ich gegen einen Stapel Zeitschriften und Kochbücher aus Bertrams Verlag ausgetauscht. Und aus unzähligen Silberrahmen lachen mich jetzt die Zwillinge an.

Gerade bin ich mit den letzten Vorbereitungen für unser Weihnachtsessen beschäftigt, als der Türsummer ertönt.

Auf dem Überwachungsmonitor erkenne ich einen kleinen Tannenbaum, geschmückt mit silbernen Schleifen und pinken Rosenblüten in allen möglichen Schattierungen. Dahinter taucht Bertrams übermütiges Gesicht auf.

«Ich bin etwas zu früh. Aber ich wollte dich nochmal allein sehen und dir für das vergangene Jahr danken, Eve», flüstert er mit rauer Stimme, als ich die Tür öffne. «Und wie du siehst, bringe ich für dich sogar Nadelbäume zum Blühen!»

Lächelnd stecke ich meine Nase in die zartduftenden Rosenblüten, deponiere das Bäumchen auf dem Küchenblock und umarme ihn aus einem plötzlichen Impuls heraus. Er drückt mich fest an sich. Die Luft knistert, und mein Herz klopft so stark, dass ich mich verlegen aus der Umarmung löse.

Doch ehe ich etwas erwidern kann, zieht mich Bertram an sich und küsst mich sanft und fordernd zugleich. Ein bisschen fühle ich mich überrumpelt wie bei einem Verkehrsunfall – nur das Kribbeln, das durch meinen Körper läuft, ist millionenfach schöner. Minutenlang küssen wir uns, bis mir ein absurder Gedanke kommt.

«Bin ich nicht zu alt für dich?»

Provozierend stellt Bertram die Gegenfrage. «Bin ich nicht zu jung für dich? Ach, Eve, du bist doch meine Seelenverwandte, mein verführerisches *Callgirl*. Und wie heißt es in der Widmung unseres Kochbuchs: *Wenn man mit einem Mann genauso gerne am Herd steht, wie man mit ihm ins Bett geht, muss es Liebe sein!*»

Mit diesen Worten strubbelt Bertram durch mein Haar und will mich gerade erneut küssen, als es plötzlich an der Tür poltert und überdrehte Mamilein-Rufe zu hören sind.

Ich löse mich schnell aus Bertrams Armen und erblicke

kurz darauf überrascht aber glücklich meine geliebten Jungs. Ursprünglich wollten die beiden nämlich erst am späten Nachmittag eintreffen.

«Wir haben einen früheren Flug genommen, denn wir brauchen Tageslicht, um das Geschenk für Paps zu besorgen», erklären sie einstimmig, als sie meinen fragenden Blick sehen.

«Ach, und was ist das Geheimnisvolles?»

«Seine Schaufeln! Wir werden ihm seine Schaufeln aus dem Wasser holen, die du in den Eisbach geworfen hast. Die großen Wände in seinem Loft sollen nicht mehr so kahl aussehen.»

«Oh, darf ich helfen?», höre ich Bertram belustigt fragen.

Noch etwas unsicher stelle ich die drei einander vor. Jens und Timo begrüßen Bertram, den sie nur aus meinen Erzählungen kennen, mit jugendlicher Ungezwungenheit. Erleichtert stehe ich daneben und beobachte vergnügt, wie sie sich die Hände schütteln und sofort miteinander plaudern, als wäre es völlig normal, einen Mann bei mir anzutreffen, der nicht ihr Vater ist.

Während meine drei Männer in den verschneiten Garten verschwinden, probiere ich das Mitbringsel meiner Söhne an: ein pflaumenblaues Pailletten-Jackett und eine gleichfarbene Satinhose im Marlene-Stil aus ihrer Kollektion.

Als es langsam dämmert, trudeln nach und nach die Gäste ein. Valeska, das berühmt gewordene «Callgirl», taucht als Erstes auf. Ja, Ulla hat den Job übernommen und sich in sämtlichen Talkshows, unzähligen Interviews und beinahe allen Radiosendungen als kochende Femme fatale präsentiert. Es gab schließlich keinen Henry und auch sonst keinen Hindernisgrund mehr.

Unser Werk steht seit zwei Wochen sogar auf den Bestsellerlisten. Die Medien sind vollkommen verrückt nach Ulla. Sie sieht aber auch immer zum Anbeißen aus! Genau wie heute, in ihrem tief ausgeschnittenen grünen Seidensamtkleid. Es spannt etwas in der Taille. Sie ist nämlich im vierten Monat schwanger. Begleitet wird sie von Wolf, dem Vater des Kindes. Er ist der Notarzt, der meinem Ex-Mann seinerzeit den Angstschweiß von der Stirn gewischt hat. So war Konrads vorgetäuschter Herzinfarkt doch nicht vergebens.

Als Nächstes treffen Alma und Arwed ein. Alma hat sich überraschend als zuverlässige Freundin entpuppt, die mich für meine Kühnheit bewundert und es schade findet, dass sie definitiv zu alt für solche Eskapaden sei. Aber sie ist noch fit genug, um mit mir auf Shoppingtour zu gehen. Seit einem halben Jahr engagieren wir uns auch gemeinsam in einem Tierschutzprojekt für ausgesetzte Hunde.

Als Letzter taucht Konrad auf. Natürlich darf er mitfeiern. Ich lebe im dritten Jahrtausend, da sind bunte Patchworkfamilien normal. Außerdem wird er immer der Vater meiner Kinder bleiben. Ich habe das Drama zwar noch nicht ganz vergessen, aber ich habe ihm großzügig verziehen. Und wenn ich ehrlich bin, konnte ich meine Kochkünste ja in fünfundzwanzig Jahren Ehe perfektionieren. Vielleicht wird man ab fünfzig aber auch einfach milde.

«Ein Familienfoto!», kichert Ulla fröhlich, als wir komplett sind. Aber eigentlich hat sie nur Augen für ihren Notarzt. Verliebt kuscheln die beiden auf meinem brombeerfarbenen Sofa.

Konrad unterhält sich indessen mit seinen Söhnen über Formen, Farben und – nicht zu fassen – über bunte Strickmützen! Jens und Timo erläutern ihrem Vater nämlich gerade eine spektakuläre Idee, wie er seinen geplanten Null-Energie-Häusern und somit auch seiner Firma überregionale Aufmerksamkeit verschaffen kann. Das nächste Haus wollen die Zwillinge als PR-Gag im Christo-Stil mit einer riesigen Strickmütze verkleiden und zur Schlüsselübergabe die Presse dazubitten. Konrad ist kaum noch zu halten vor Begeisterung. Seine Söhne!

Bertram hilft mir in der Küche beim Vorbereiten des Hauptgerichts. Damit wenigstens eine Familientradition erhalten bleibt, gibt es Weihnachtsgans. Zum Essen erwarten wir auch noch Ullas Großmutter, zusammen mit ihrem zehn Jahre jüngeren Schwarm aus dem Seniorenstift.

«Du hast mir übrigens auf meine Frage noch nicht geantwortet», flüstert Bertram mir plötzlich zu und knabbert an meinem Ohr. «Ab wann nimmst du wieder Heiratsanträge an?»

Wortlos umarme ich ihn. Ja, so fühlt sich Glück an.

# *Erotische Rezepte von Eve Lacombe*

## *Lachsfilet auf Avocadomus*

Die Liste der aphrodisierenden Lebensmittel sollte natürlich mit Austern beginnen. Was an der Art und Weise liegt, wie sie geschlürft wird, und am hohen Zinkgehalt, der die Testosteron- und Sperma-Produktion ankurbelt. Casanova soll angeblich vierzig Stück pro Tag gegessen haben – was wegen des drohenden Eiweißschocks bezweifelt werden darf. Es müssen aber nicht immer Austern oder Kaviar sein. Wie inzwischen bekannt, ist jede Fischsorte reich an Eiweiß und Zink.

*Zutaten:*

2 Lachsfilet
2 große Knoblauchzehen
2 rote Chilischoten
1 große, reife Avocado
1–2 EL Naturjoghurt
2 EL Olivenöl
1 EL Butter
1 Bio-Limone
1 TL rosa Pfefferkörner
Wasabipaste, Salz

Limone waschen, Schale abreiben, zur Seite stellen, dann halbieren und entsaften. Pfefferkörner im Mörser zerdrücken. Avocado halbieren, Kern entfernen, das Fruchtfleisch mit einem Löffel entnehmen und zusammen mit 1–2 EL Joghurt und dem Limonensaft zu einer feinen Creme mixen. Mit Salz, Pfeffer und ca. 1/4 TL Wasabipaste pikant abschmecken.

Lachsfilets (TK-Filets vorher bei Zimmertemperatur oder über Nacht im Kühlschrank auftauen) waschen, trocken tupfen, salzen, in Mehl wenden und abklopfen. Öl heiß werden lassen. Hitze herunterdrehen, Filets ca. 2–3 Minuten (hängt von der Stärke der Filets ab) anbraten, wenden, Butter dazugeben, weitere 3 Minuten braten. Chili und Knoblauch im Ganzen mitbraten. In der letzten Minute die Pfefferkörner dazugeben.

Avocadomus als Spiegel auf einen Teller geben. Filets drauflegen. Teller mit der abgeriebenen Limonenschale dekorativ bestreuen. Dazu Baguette servieren.

## *Garnelen auf Mango-Carpaccio*

*Zutaten:*

500 g Garnelen ohne Schale (bes. aromatisch sind Tiefseegarnelen)
4–6 Stängel Zitronengras (ersatzweise Holzstäbchen)
2 große, reife Mangos
2 Knoblauchzehen
2 EL Olivenöl zum Braten
1 Granatapfel (der Sage nach verzehrte Persephone einen Granatapfel und verfiel danach Hades, dem Herrscher der Unterwelt)

*Für die Sauce:*

1 Bio-Limone
2 EL Olivenöl
1 TL mittelscharfen Senf
1 kleine rote Chilischote
1 EL Honig
Salz
Koriander, ersatzweise Petersilie od. Rucola

Chilischote längs halbieren, von Kernen und den weißen Innenlamellen befreien und etwas klein schneiden (mit Gummihandschuhen arbeiten)

Koriander von den Stängeln zupfen. Öl, Senf, Chili und Honig in einen Mixer geben und gut durchmixen. Mit Salz, evtl. Pfeffer und noch etwas Honig abschmecken.

Mangos gut waschen, schälen, das Fruchtfleisch quer zum Kern und dann in dünne Scheiben schneiden. Fächerartig auf einen Teller legen, mit der Limonensauce überziehen.

Zitronengras waschen, abtrocknen, bei dicken Stängeln die äußeren Blätter abschälen und die Enden schräg anschneiden, damit eine Spitze entsteht.

Garnelen waschen, am Rücken entlang aufschneiden, den schwarzen Darm entfernen (TK-Ware ist bereits entdarmt), auf das Zitronengras spießen und in Öl ca. 5 Minuten braten. Die Knoblauchzehen im Ganzen mitbraten.

Spieße auf die Mangos legen, mit Granatapfelkernen (evtl. auch einige Tupfer Petersilienpesto vom Artischocken-Rezept) dekorieren.

*Beilage:* Salat aus Kräutern (Basilikum, Petersilie, Kresse, Rucola, Feldsalat) mit einem Dressing aus Walnussöl, weißem Balsamico, Salz und Pfeffer. Mit Erdbeeren dekorieren.

## *Huhn in Chili-Schoko-Sauce*

Fleisch hat keine aphrodisierende Wirkung. Es liegt zu lange im Magen und macht träge. Geflügel dagegen ist leichter verdaulich und steht wie das Ei für Fruchtbarkeit. Hier ein Rezept, das ursprünglich aus Mexiko stammt. Wegen der dafür nötigen, speziellen Chilisorten, die hierzulande kaum zu kriegen sind, habe ich das Rezept etwas geändert. Es schmeckt dennoch köstlich. Übrigens auch zu gedünstetem Gemüse.

*Zutaten:*

2 Hähnchen- oder Putenschnitzel
3 EL Olivenöl, zum Braten
1 kleine Zwiebel und 1 bis 2 Knoblauchzehen, klein geschnitten
1 rote und 2 grüne Peperonischoten, das sind die etwas größeren Schoten, die eine angenehme Schärfe haben
1 EL gehackte Rosinen, in heißem Wasser einweichen
1 EL gehackte Mandelblätter oder -stifte
1 EL Sesamkörner
1 EL Tomatenmark
1/4 l Weißwein oder Brühe/Geflügelfond
Saft einer halben Zitrone
1 Prise Zimt, Salz
50 g Schokolade 60 %

Zwiebeln und Knoblauch in 2 EL Öl glasig anbraten. Peperonischoten ohne Stilansatz klein schneiden, dazugeben und weiterbraten, bis alles hellbraun ist. Mandeln und Sesam dazugeben, durchrühren, Farbe annehmen lassen, aber aufpassen, dass es nicht anbrennt. Tomatenmark und Salz dazu, unter Rühren kurz weiterbraten. Rosinen abgießen, dazugeben und mit dem Weißwein oder der Brühe/Fond aufgießen. Deckel drauf und 10 Minuten bei milder Hitze kochen.

Anschließend Zitronensaft dazugeben und die Sauce mit dem Mixstab pürieren. Jetzt erst Zimt und Schokolade dazugeben und auflösen. Die Sauce soll dickflüssig sein. Ist sie zu scharf, mit etwas Honig mildern. Sollte sie zu dick sein, mit Wein oder Brühe/Fond aufgießen. Der Geschmack erinnert leicht an scharfe asiatische Saucen, ist aber dennoch nicht zu vergleichen.

Während die Sauce kocht: Fleisch waschen, trocken tupfen, salzen, in Öl auf jeder Seite 3–4 Minuten braten und abgedeckt ziehen lassen, bis die Sauce fertig ist. Zum Servieren auf Teller geben und dekorativ mit der Sauce begießen. Dazu passt Reis (in Tassen portioniert und gestürzt) und Tomatensalat mit Rucola.

*Tipp:* Wer es noch schärfer mag, gibt zu den Peperonischoten noch zwei kleine Thaichilischoten.

## *Gebratener Spargel mit Trüffel*

Einer Sage nach ließ Jupiter einen Blitz in die Nähe einer Eiche einschlagen, um daraus die Trüffel wachsen zu lassen. Im Mittelalter war die Trüffel wegen ihres dämonischen Aussehens und der aphrodisierenden Wirkung verboten. Tatsächlich ähnelt der Duft den menschlichen Sexuallockstoffen.

Spargel, das edelste aller Gemüse, gilt nicht zuletzt wegen seiner phallischen Form als erotisierend. Um so mehr, wenn man die Stangen im Ganzen kocht, sie mit brauner Butter übergießt und dann mit den Fingern auf laszive Art und Weise verspeist. Hier ein etwas weniger provokantes, aber sehr luxuriöses Rezept:

*Zutaten:*

Je 500 g grünen und weißen Spargel
(als Vorspeise nur die halbe Menge)
3 EL Olivenöl
1 kleine schwarze Trüffel
1 Tasse Balsamico-Essig
1 EL Honig

Den Balsamico-Essig mit dem Honig in einer beschichteten Pfanne auf 2/3 reduzieren, bis er dickflüssig ist. Dauert ca. 5 Minuten. Abgedeckt zur Seite stellen.

Weißen Spargel schälen, grünen nur im unteren Drittel.

Holzige Enden abschneiden. (Lässt sich gut vorbereiten und in einem feuchten, sauberen Tuch im Kühlschrank lagern.) Stangen schräg in zwei Zentimeter große Stücke schneiden. Spargelspitzen zur Seite legen. Die Spargelstücke in heißem Olivenöl 2–3 Minuten unter Rühren braten, nach 1 Minute die Spitzen dazugeben.

Auf Teller geben. Trüffel drüberhobeln – geht auch mit dem Spargelschäler.

Mit der Balsamicoreduktion dekorieren.

*Preisgünstigere Variante:* Statt Trüffel halbierte Erdbeeren unter den fertig gebratenen Spargel mischen und mit der Balsamicoreduktion dekorieren.

*Deko-Tipp:* Essbare Blumen, beispielsweise die leuchtend orangefarbene Kapuzinerkresse, auch Salatblume genannt, mit ihrem pfeffrigen Aroma, machen aus dem Gericht auch einen optischen Augenschmaus.

## *Artischockenherzen mit Parmesan und Petersilienpesto*

Die Bitterstoffe der Artischocken regen nicht nur die Verdauung an, sie fördern auch die erotischen Empfindungen.

Petersilie regt die männlichen Kräfte an. Dieses Gemüse auf klassische Weise zu kochen, dann beim Essen zu entblättern, Blatt für Blatt in eine Vinaigrette zu tauchen und abzulutschen, garantiert wie beim Spargel sinnliches Vergnügen.

Hier ein etwas anderes köstliches Sommer-Rezept mit ungekochten Artischocken aus Italien:

*Zutaten:*

4 Artischocken
1 Stück Parmesan ca. 100 g
1/2 unbehandelte Zitrone
3 EL Olivenöl
3 EL weißen Balsamico-Essig
1 TL mittelscharfen Senf
Salz, Pfeffer
1 Bund glatte Petersilie und
3–5 EL Olivenöl für das Pesto

Von der Zitrone erst die Schale abreiben (zur Seite stellen), dann halbieren und auspressen. Öl, Essig, Senf, Salz und Pfeffer mit dem Schneebesen cremig aufschlagen. Petersilie waschen, gut trocknen, Stiele entfernen, Blätter mit dem Olivenöl im Mixer/mit dem Mixstab zu einem dickflüssigen Pesto verarbeiten. Mit Salz, Pfeffer und ca. 2/3 TL Zitronensaft abschmecken. Das Pesto darf nicht zu flüssig sein und soll intensiv nach Petersilie schmecken.

Die Blätter der Artischocken und das Heu so weit abschneiden, bis nur noch die Herzen übrigbleiben. Sofort mit Zitronensaft abreiben. Die Herzen mit einem Hobel oder scharfen Messer in möglichst dünnen Scheiben hobeln. Auf Teller verteilen. Mit dem Dressing überziehen, Parmesan drüberhobeln, mit Pestotupfen verzieren

Dazu passt Ciabatta-Brot.

## *Sellerie-Apfel-Cremesuppe*

Die alten Römer widmeten die Sellerie-Knolle Pluto, dem Gott des Sexes. Sie verströmt einen unwiderstehlichen männlichen Duft und soll potenzsteigernd für den Mann wirken. In Verbindung mit dem Apfel (der Verführung) ein köstliches und sehr gesundes Suppenrezept für kalte Wintertage.

*Zutaten:*

250 g Sellerie geputzt und klein geschnitten
1 Schalotte od. kl. Zwiebel
1 säuerlichen Apfel
2 EL Pflanzenöl, z.B. Sonnenblumenöl
1 Glas Geflügelfond
1 Becher süße Sahne
Salz, weißen Pfeffer
Sahnemeerrettich oder frischen Meerrettich zum Abschmecken
2 Scheiben Toastbrot

Apfel schälen, vierteln, Kerngehäuse entfernen und in Stücke schneiden.

Zwiebel schälen, klein schneiden und in Öl glasig dünsten. Nicht braun werden lassen, die Suppe soll weiß bleiben. Sellerie und Apfelstücke dazugeben und unter Rühren kurz mitdünsten. Mit Geflügelfond aufgießen, bis Sellerie und Apfel knapp bedeckt sind. Fünf Minuten weich kochen und vom Herd nehmen. 1/2 Becher Sahne dazugeben und mit dem Pürierstab pürieren. Falls die Suppe zu dickflüssig ist, mit Sahne oder Geflügelfond verdünnen. Mit Salz, Pfeffer und dem Meerrettich abschmecken.

Toastbrot in Würfel schneiden und in Butter goldbraun braten (zum Valentinstag Herzen ausstechen).

*Tipp:* Suppe im Glas servieren, geröstetes Toastbrot-Herz quer auf ein Holzstäbchen stecken und drüberlegen. Auch mit Bauchspeck umwickelte Scampi, auf Holzspießchen gesteckt und gebraten, eignen sich gut als Beilage.

## *Ullas Chili-Schoko-Pralinen*

Schokolade ist ja der Glücksspender schlechthin. Die glücklich machende Wirkung wurde inzwischen sogar wissenschaftlich belegt. Mandeln gelten im Orient (dem Ursprungsland der Mandeln) seit Jahrhunderten als potenzsteigernd.

*Zutaten:*

50 g Butter
200 g dunkle 60 % Chili-Schokolade
50 g süße Sahne
1 EL Honig
3 EL geschälte, gemahlene Mandeln
2–3 EL Kakao oder Puderzucker zum Wälzen

Schokolade in möglichst kleine Stücke brechen. Mit der Butter und Sahne in einer Metallschüssel über Wasserdampf schmelzen, bis sie anfängt flüssig zu werden. Die Schüssel vom Dampf nehmen. Schokolade dazugeben und durch Rühren schmelzen. Die Masse sollte nicht zu heiß werden, sonst leidet das Schokoladenaroma. Honig und gemahlene Mandeln in die Schokomasse unterheben. Masse mindestens 2 Std., besser über Nacht kalt stellen.

Dann zu kirschgroßen Kugeln formen und in Kakao oder Puderzucker wälzen. Im Kühlschrank halten sich die Pralinen 2–3 Wochen.

Zum Servieren die Kugeln einzeln in Pralinenförmchen setzen.
Wer sie verschenken möchte, bitte dazusagen, dass sie unbedingt in den Kühlschrank gehören.

*Tipp:* Für noch mehr Schärfe eine Chilischote ohne Kerne im Mixer oder Mörser zu Mus zerreiben und nach Geschmack nach und nach zur Masse geben. Aber Vorsicht: Zu viel Schärfe überdeckt den Schokogeschmack.

## *Evelyns-Schokokuchen*

*Zutaten:*

50 g Butter
50 g dunkle Schokolade 60 %
2 Eier, Größe M – trennen – Eiweiß steif schlagen
50 g Puderzucker
1 EL Mehl
1 EL Speisestärke
2 MS Backpulver
Mark einer halben Vanilleschote (Vanille regt die Produktion von Glückshormonen an)

Schokolade mit der Butter im Wasserbad schmelzen. Sobald die Masse flüssig wird, vom Wasserbad nehmen und den Rest unter Rühren auflösen. Evtl. nochmal kurz draufsetzen. Wird die Masse zu heiß, fällt der restliche Teig zusammen.

Eiweiß mit 1 Prise Salz steif schlagen. Eigelbe, Puderzucker und Vanilleschotenmark in einer extra Schüssel so lange mit dem Mixer aufschlagen, bis eine helle Creme entsteht. Schoko-Butter-Masse unterrühren, Mehl, Stärke und Backpulver dazu und zum Schluss den Eischnee vorsichtig unterheben.

Teig auf gefettete (oder mit Papierförmchen ausgelegte) Muffinform verteilen (Menge reicht für 6 Stück) und bei 180 Grad, Umluft 170 Grad, 10 Minunten backen. Herd abstellen und noch 10 Minuten stehen lassen. Tür öffnen und nach weiteren fünf Minuten die Muffins rausnehmen. Etwas auskühlen lassen und stürzen. Wer keine Muffinform hat, kann die Zutatenmenge verdoppeln und den Teig in einer Kastenform 30 Minuten backen.

Noch warm mit Puderzucker bestäuben, mit Himbeeren und einer Kugel Vanilleeis servieren. Oder auch sehr lecker, schnelles Himbeer-Sorbet: 1 Packung TK-Himbeeren mit 3 EL Puderzucker und 1 Becher süße Sahne in einem Mixer pürieren. Kann vorbereitet und bis zum Verzehr im Eisfach aufbewahrt werden. Allerdings wird es sehr schnell fest.

*Dekovariante:* Mangomus als Spiegel auf einen Teller geben, darauf eine Portion Erdbeermus und mit einem Holzstäbchen zu sternförmigem Muster ziehen.

## *Honeymoon-Feigen*

Die herzförmige Feige zählte schon im Orient zu den traditionellen Aphrodisiaka.

Honig wurde vor einigen hundert Jahren zu Hochzeiten in Form von Honigwein getrunken und gilt seither als stimulierend. Die englische Bezeichnung «Honeymoon» für Flitterwochen lässt sich auch darauf zurückführen. Besonders liebesfördernde Wirkung wird dem Lindenblütenhonig nachgesagt.

Walnüsse wirken stimulierend auf unser Gehirn – und das ist ja bekanntlich unser größtes Sinnesorgan.

*Zutaten:*

4 frische reife Feigen
1 Becher Crème fraîche
2–3 EL Puderzucker nach Geschmack
Mark einer halben Vanilleschote
100 g grob gehackte Walnüsse
2 EL Honig

Walnüsse in eine Pfanne geben. Honig darüber träufeln, karamellisieren lassen. Achtung: die Masse wird schnell zu dunkel und dann bitter.

Auf dem Teller abkühlen lassen.

Feigen waschen und an der Unterseite etwas abschneiden, damit sie gut auf dem Teller stehen bleibt. Die Frucht oben mit einem Kreuzschnitt aufschneiden und vorsichtig auseinanderdrücken.

Crème fraîche nach Geschmack mit dem Puderzucker süßen, Vanillemark unterrühren und über die Feigen träufeln.

Die abgekühlten Walnüsse evtl. noch etwas zerkleinern und über die Crème fraîche streuen.

Dazu passt ein Gläschen Champagner.

## *Erdbeer-Trifle*

Erdbeeren mit Champagner galten schon am französischen Hofe als die klassischen Verführer und sind ein perfekter Abschluss für Ihr erotisches Mal. Casanova schätzte die erotisierende Wirkung von Champagner und Erdbeeren auf Frauen höher als die von Austern ein.

Hier ein einfaches, schnelles Rezept, das sich gut vorbereiten lässt:

*Zutaten:*

250 g Erdbeeren
250 g Mascarpone
250 ml fettarme Milch
1–2 EL Honig
1/2 Bio-Limette
100 g Amerettini
2 EL Amaretto
Mark einer halben Vanilleschote
ca. 1 TL brauner Zucker (ersatzweise normaler Zucker)

Mascarpone mit Honig, Vanillemark, dem Saft einer halben Limette, der Milch und dem Amaretto glatt rühren. Die Masse soll nur leicht süß sein, da die Mandelkekse sehr süß sind.

Von den Amerettini einige zur Dekoration zurückbehalten, den Rest zerdrücken und unter die Mascarponemasse geben.

Die Limettenschale mit einem TL braunen Zucker in einer beschichteten Pfanne karamellisieren lassen. Darf auf keinen Fall zu dunkel werden, sonst schmeckt es bitter. Auf einen Teller geben, abkühlen lassen.

Die Mascarponemasse abwechselnd mit den halbierten Erdbeeren in Gläser (evtl. bauchige Rotweingläser) schichten.

Vor dem Servieren mit ganzen Erdbeeren garnieren und die karamellisierte Limettenschale drüberstreuen.

Dazu ein Glas Champagner.

## Danksagung

An meine Tochter Jenny.

An Heidi Rehn und Beatrix Mannel. Ohne die vielen Gespräche und Diskussionen mit meinen beiden Freundinnen und erfolgreichen Kolleginnen würde das Schreiben nur halb so viel Spaß machen.

An Barbara von Weitershausen, für viele Jahre Freundschaft, wunderbare Samstagnachmittage und vieles mehr. Sie weiß wofür.

An Kathinka Ruthel, meine Fachfrau für modische Trends.

An meine Freundin Susie Knoll, die mir immer «schöne Steinchen in den Garten wirft».

An Oliver Sydow, meinen kompetenten, zuverlässigen Fachmann für PC-Katastrophen.

An Marvin Möller, den genialen Architekten und leidenschaftlichen Spatensammler.

Und nicht zuletzt an meine Lektorin Ditta Kloth, für die konstruktiven, humorvollen Telefongespräche und ihre Geduld, wenn ich mal wieder über ein einzelnes Wort diskutiere.

Das für dieses Buch verwendete FSC®-zertifizierte Papier *Holmen Book Cream* liefert Holmen, Schweden.